ro
ro
ro

Hannes Sprado ist Chefredakteur und Herausgeber der P.M.-Gruppe und beschäftigt sich seit langem mit populärwissenschaftlichen Themen. Er hat bereits als Redakteur bei BUNTE, Bild und Marie-Claire gearbeitet. Im Rowohlt Taschenbuch Verlag erschien zuletzt «Das dunkle Ritual» (rororo 24933).

hannes sprado

Runengrab

thriller

Rowohlt Taschenbuch Verlag

Originalausgabe

Veröffentlicht im Rowohlt Taschenbuch Verlag,
Reinbek bei Hamburg, Juli 2010

Redaktion Werner Irro
Umschlaggestaltung any.way,
Barbara Hanke / Cordula Schmidt
(Foto: neuebildanstalt / Jaeckl)
Satz aus der Dante MT PostScript, InDesign
Gesamtherstellung CPI – Clausen & Bosse, Leck
Printed in Germany
ISBN 978 3 499 24934 1

Für Max

Und die Götter mögen Dir den Tod gewähren,
ehe die Alten wieder über die Erde herrschen.

Abdul Alhazred (arabischer Poet, 8. Jahrhundert)

Prolog

Der Anblick ist übel, wie er nur übel sein kann, Chef. Du kriegst hier keinen Picasso zu sehen, mach dich darauf gefasst.

Die warnenden Worte seines Assistenten im Ohr, lenkte Hauptkommissar Olafur Hinriksson seinen vierzehn Jahre alten Volvo 850 GTL durch die morgendlich leeren Straßen von Reykjavík zum Tjörnin, dem Stadtteich im Zentrum, an dessen Ufer ein Busfahrer auf dem Weg zur Frühschicht die furchtbar zugerichtete Leiche einer Frau gefunden hatte.

Ein sauberer Schnitt glatt durch. Aber es ist eigentlich mehr das ganze Drumherum, was mir Sorgen macht.

Hinriksson hatte wie jedes Jahr die Julnacht vom 21. zum 22. Dezember bei seiner Mutter in Hafnarfjordur verbracht, um mit ihr die Wintersonnenwende bei einem üppigen Abendessen und ein paar Bieren zu feiern. Dort hatte sein Assistent Magnús Blöndal ihn vor einer halben Stunde auf dem Handy angerufen und ihm mitgeteilt, was passiert war.

Wer das getan hat, ist kein Freund von halben Sachen. Um das Bild wieder aus dem Kopf zu bekommen, bräuchte man einen verdammt guten Korkenzieher. Ein paar Leute sind ziemlich nervös. Beeil dich!

Leicht verkatert vom Bier und dem Cognac, den seine Mutter immer wieder nachgeschenkt hatte, bog Hinriksson an der Südseite des Tjörnin von der Straße auf einen Sandweg ab. Er folgte dem Weg bis zu einer Reihe von Fahrzeugen, die am Rand einer Wiese nahe beim Wasser parkten: drei Polizeiwagen, ein Krankenwagen und der graue verdreckte Transporter der Spurensicherung.

Er stieg aus und hielt einem Beamten, der zum Auto kam, seinen Ausweis unter die Nase.

Der Beamte nickte und sagte: «Nicht mehr nötig, inzwischen wissen wir, wer du bist.»

«Dann vergiss es nicht wieder», antwortete Hinriksson kurz angebunden.

Sein Einstand bei der Kriminalpolizei von Reykjavík hatte viele Kollegen verärgert, vor allem die älteren unter ihnen. Wochenlang war er gegen eine unüberwindbar scheinende Mauer der Ablehnung gestoßen, weil er einem beliebten Beamten vorgezogen worden war, der fest mit seiner Beförderung gerechnet hatte. Die Stimmung wendete sich erst zum Besseren, als es Hinriksson innerhalb von achtundvierzig Stunden gelang, einen Kindermörder zu überführen, der eben im Begriff war, erneut zuzuschlagen. Seitdem begegnete man ihm mit Respekt, aber der Makel, ein auf Grönland geborener Inuit zu sein, blieb an ihm haften, obwohl er seit seinem achten Lebensjahr einen isländischen Pass besaß.

«Wo ist Magnús?», fragte er.

Der Beamte deutete zum See. Auf einer eisfreien Fläche am Rand drehten ein paar Eisenten ihre Runden.

«Redet, glaube ich, mit dem Mann, der sie gefunden hat.»

Hinriksson tauchte unter dem flatternden Absperrband

hindurch, das die Medienmeute und Neugierige auf Abstand halten sollte. Der Tatort lag ein ganzes Stück dahinter und war von dort, wo sie standen und auf Fotos, Interviews und Filmaufnahmen hofften, nicht zu sehen.

Es begann zu nieseln. Hinriksson zog den Kragen seiner Jacke hoch, ignorierte die Zurufe der Presseleute und machte sich auf den Weg. Er beschleunigte den Schritt, als er seinen Assistenten Magnús Blöndal bei drei Gestalten in weißen Overalls stehen sah, die im nassen Schnee hockten und nach Beweismaterial suchten.

«Na endlich», sagte Magnús erleichtert. «Ich dachte schon, du willst mich alles allein machen lassen.»

«Schon was gefunden?», fragte Hinriksson.

«Darauf kannst du wetten. Komm mit. Wir müssen zu dem Baum am Ufer, da liegt sie. Der Fotograf macht die letzten Aufnahmen. In ungefähr einer Stunde können wir die Leiche in die Gerichtsmedizin abtransportieren lassen.»

Doch Hinriksson hörte ihm bereits nicht mehr zu. Sein Blick hatte den nackten Frauenkörper erfasst, der quer über den weit aus der Erde ragenden Wurzeln des Baums lag. Mit scheinbar größter Sorgfalt hatte der Mörder die Arme und Beine der Toten zu einem bizarren Gebilde arrangiert, das im kalten Licht der Scheinwerfer seltsam fremd und unheimlich aussah.

Überall war Blut. Der scharfe Geruch des Bluts stieg ihm in die Nase.

Neben der Leiche steckten glatt polierte Steine im Schnee, so groß wie Tennisbälle. Scharfkantige Symbole waren in die Steine eingeritzt, rot ausgemalte Linien und Bögen und Ecken. Instinktiv zählte Hinriksson die Steine, es waren dreizehn.

«Runen?», fragte er.

«Die Zeichen unserer Ahnen, du sagst es. Sieht aus, als wollte der Täter uns etwas mitteilen.»

Hinriksson war kein Spezialist für Runen, er verstand nicht, was sie bedeuteten und erst recht nicht, warum der Mörder sie in einem Halbkreis um die Tote ausgelegt hatte. Wozu diese Dramatik? Warum der Aufwand?

Ein weiteres Detail interessierte ihn jedoch noch viel mehr, seit er den makabren Schauplatz betreten hatte.

«Wo zum Teufel ist ihr Kopf?»

Sein Assistent runzelte die Stirn und hob demonstrativ den Blick.

Die Zweige des Baumes raschelten harmlos im Wind. Zwei Meter über ihnen schaukelte ein großes Vogelnest in den kahlen Ästen. Erst auf den zweiten Blick erkannte Hinriksson, was das Vogelnest wirklich war.

1

Das sündhaft teure Restaurant am Hafen von Reykjavík, in das der isländische Bankier Arne Gauti die Mitarbeiter der deutschen Knossos Filmproduktion zur Sonnenwendfeier eingeladen hatte, war berühmt für seine lokalen Spezialitäten. Auf der Speisekarte standen so außergewöhnliche Gerichte wie gegrilltes Walfischsteak, gesottener Hammelhoden und gesengter Schafkopf.

Die Stimmung am Tisch war ausgelassen, denn nach fünf zermürbenden Wochen gingen die Dreharbeiten für den Kinofilm *Der Eiskrieger* endlich zu Ende. Alle waren froh, Island bald verlassen zu können. Sie hatten genug vom schauderhaften Schneeregen, der unablässig von der See über das Land peitschte, genug von der nassen Kälte, die binnen Minuten durch die Kleider kroch und die Hände klamm machte. Auch von Feen und Trollen wollte niemand mehr etwas wissen. Anfälle von unerklärlichem Trübsinn hatten ihnen die Freude an den isländischen Fabelwesen gründlich verdorben.

Vom Regisseur bis zur Kostümbildnerin wusste inzwischen jeder, was er von den Reiseberichten zu halten hatte, die in Hochglanz-Magazinen von der kreativen Modeszene, den spektakulären Clubs und den trendigen Galerien der isländischen Hauptstadt schwärmten. Vielleicht war es auf dieser Klippe im Nordatlantik im Sommer tatsächlich so wunderbar, wie immer behauptet wurde, im Winter war es das nicht. Definitiv nicht. Stattdessen grauer Beton, Wellblechfassaden, karge Gärten, beschlagene Fenster und Dunkelheit. Ewige Dunkelheit. Nichts passte zueinander, und doch hielt alles irgendwie zusammen. Reykjavík war eine Kleinstadt mit einem internationalen Flughafen, und damit hatte es sich.

Zur musikalischen Untermalung der Feier hatte der Wirt eine Panflöten-Combo aus Südamerika angeheuert, die mit ihren rhythmischen Klängen in den vergangenen Tagen die beheizte Flaniermeile Laugavegur beschallt hatte. Die Musiker gaben sich alle Mühe, ihrem Ruf gerecht zu werden, und spielten auf, als gäbe es kein Morgen. Ihre gestreiften Ponchos wirbelten wie Ikea-Läufer durch die Luft und kamen den Gläsern auf dem Tresen oft gefährlich nahe.

Die dritte Runde Brennivin, ein isländischer Aquavit, der von den Einheimischen wegen seines schwarzen Etiketts auch Schwarzer Tod genannt wurde, belebte die Konversation. An einem solchen Abend waren die Sätze oft genug nur ein Gesumm ohne jede Bedeutung, doch keiner störte sich daran. Lediglich der Produzent des Films, Hilmar Barring, und sein Star, Julia Mestrom, steckten die Köpfe zusammen und schienen in ein ernsthaftes Gespräch vertieft zu sein.

Barring sah auf unheimliche Weise wie Danny de Vito aus. Na ja, fast. Der gleiche Typ, klein, mit kurzen schwarzen Haaren, rundliche Figur. Seine Augen hatten eine ungesunde stumpfe Farbe, und die Lider waren in den Winkeln etwas schlaff geworden. Wer ihn kannte, fragte sich, wie lange er seinen dreiundneunzig Kilo noch einen Blutdruck von hundertsechzig zumuten konnte.

Julia Mestrom hätte jeder Mann, wenn nicht als schön, dann wenigstens als aufregend bezeichnet. Ihre wegen des Films blond gefärbten Haare bildeten ein seltsames Arrangement mit den schwarz lackierten Fingernägeln, den roten Lippen und ihrer säuerlichen Miene.

Durch den Nebel seiner Schläfrigkeit drang ihre Stimme immer wieder zu Barring durch, und er wünschte sich, sie würde endlich den Mund halten. Sich stets ihren gleichgültig gedehnten Ton anhören zu müssen, konnte einen fassungslos machen, besonders jetzt, da ihre Stimme schrill wurde. Barring hätte am liebsten gesagt: Bist du fertig? Hast du dich endlich lange genug selbst quatschen hören? Doch das brachte nichts. Er schwieg lieber und aß weiter, als denke er über etwas nach.

Seit Tagen war sie nervös. Regte alle auf mit ihren Sonderwünschen, ihrer Aggressivität. Kam ständig zu spät zu den Aufnahmen und vergaß ihren Text.

«Warum hast du ihn nicht gefeuert, als ich dich darum gebeten habe?», fing sie wieder an. «Er ist ein lausiger Regisseur und ein noch schlechterer Autor. Seine Dialoge kann man nur mit einer Hasenscharte sprechen.»

«Das Drehbuch hat dir gefallen, als ich dich fragte, ob du die Hauptrolle spielen willst», erwiderte Barring.

«Du weißt genau, warum ich die Rolle haben wollte.»

«Und du hast sie bekommen. Etwa nicht? Also hör auf, ihm Schwierigkeiten zu machen. Die Leute haben die Nase voll von euren Eskapaden.»

Vom ersten Drehtag an hatte sich Julia Mestrom den Anweisungen des Regisseurs widersetzt und versucht, mit eigensinnigen Interpretationen ihrer Rolle mehr Raum und Gewicht zu geben. Doch Kohrs stand nicht im Ruf, einem Schauspieler, Star hin oder her, mit unterwürfigem Respekt zu begegnen, und trieb ihr die Flausen schnell wieder aus. Seitdem herrschte eine anstrengende Dauerfehde zwischen den beiden, die allenfalls von ihrer Professionalität einigermaßen in Schach gehalten wurde.

Julia Mestroms Stimmung hatte sich nicht gebessert, als am Morgen überraschend ihr Mann aus Rom zu Besuch gekommen war. Jetzt saß Paolo Costa zwischen all den Filmleuten, von denen keiner Notiz von ihm nahm, und beobachtete, was um ihn herum geschah.

«Warum ist er hier?», fragte Barring und deutete eine Kopfbewegung in Costas Richtung an. «Hat er einen Verdacht?»

«Aber wie.»

«Was hast du ihm erzählt?»

«Dass er wieder nach Hause fahren soll.»

«Ist dir egal, was du ihm antust?», fragte Barring. «Von deinen anderen Verrücktheiten will ich gar nicht reden.»

«Was soll's. Früher oder später ist er immer dahintergekommen. Diesmal, finde ich, hat er ziemlich lange gebraucht.»

Als sie Barrings bohrenden Blick bemerkte, fügte sie gereizt hinzu: «Ist was? Darum wolltest du mich doch haben, auf der Leinwand und am liebsten auch im Bett, stimmt's? Weil alles Dunkle und Gefährliche mich anzieht.»

Dabei funkelte sie Barring mit ihren beiden verschiedenfarbigen Augen an, einem braunen und einem blauen Auge, mit denen die Natur sie ausgestattet hatte. Sie waren das Resultat einer Iris-Heterochromie und seit Jahrzehnten ihr unverwechselbares Markenzeichen.

Auf dem Set war natürlich bekannt, dass Julia Mestrom sich auf eine Affäre mit dem isländischen Kameramann Argná Kristjánsson eingelassen hatte. Barring konnte sie sogar verstehen, denn mit seinem Vollbart, den ausgeprägten Schultern und den langen Haaren, die ihm ständig ins Gesicht fielen, sah er bemerkenswert rustikal aus. Ein Eindruck, der durch eine Narbe verstärkt wurde, die sich quer über seine Stirn zog. Barring hatte er erzählt, die Narbe stamme von einer Kneipenschlägerei, bei der ihm sein Gegner einen Kristallaschenbecher ins Gesicht gedrückt und blitzschnell herumgedreht habe. Den Kampf hatte Kristjánsson trotzdem gewonnen. Wie alle Kämpfe zuvor und danach auch. Mit anderen Worten: Er gehörte nicht zu den Typen, denen man auf die Zehen treten sollte.

Julia Mestrom versuchte, Barring über den Kopf zu streicheln. «Entspann dich», sagte sie. «In einer Woche reisen wir ab. Dann brauchst du dir keine Gedanken mehr um mich zu machen. Haken dahinter, fertig.»

Er wischte ihre Hand beiseite. «Lass den Quatsch.»

«Machst du dir Sorgen wegen der da?», fragte sie.

Die Frau, auf die sie anspielte, hieß Eva Wahlberg. Sie schrieb als Reporterin im Unterhaltungsressort einer großen deutschen Sonntagszeitung und war für ein paar Tage nach Island gekommen, um einen Hintergrundbericht über die Dreharbeiten zu schreiben, denn seit die ersten Gerüchte über den Filmstoff kursierten, sorgte die Produktion für einiges Aufsehen. Im Moment galt das Interesse der Journalistin allerdings ihrem Tischnachbarn, dem bissigen Talkshow-Moderator Kurt Küster, der zum ersten Mal in einem Kinofilm mitspielte, was ihn wenig Überwindung und den Produzenten ein Honorar in sechsstelliger Höhe gekostete hatte.

«Sieh dir diesen Banker an», sagte Küster zu ihr. «Der verzieht keine Miene. Sitzt einfach nur da. Wie seine Leute hinterm Schalter.»

Der Banker, Arne Gauti, saß ihm direkt gegenüber an der langen Tafel. Küster musterte seinen dunkelblau gestreiften Brioni-Anzug, das rosa Hemd und die goldfunkelnden Manschettenknöpfe.

«Versprüht Eitelkeit um sich herum wie ein billiges Eau de Toilette», sagte Küster.

«Na, immerhin ist er es, der heute Abend die Rechnung bezahlt», erwiderte Eva Wahlberg. «Ich finde es sehr nett von ihm, uns alle zur Sonnenwendfeier einzuladen. Eine Zeche weniger, für die Barring aufkommen muss. Das dürfte ihn freuen.»

«Was meinst du damit?», hakte Küster nach. Wenn er nicht redete, waren seine dünnen, akkuraten Lippen permanent zusammengekniffen.

«Seine beiden letzten Filme hat er mustergültig in den Sand gesetzt. In München heißt es, Knossos stehe vor der Pleite.»

«Pleite?»

«Die Ausgaben übersteigen die Einnahmen, falls du das besser verstehst.»

«Warum bittet er nicht Gauti, ihm etwas zu leihen? Ohne Quatsch, es heißt, der ist so reich, dass er vor Lachen nicht in den Schlaf kommt.»

«Soweit ich weiß», sagte Eva Wahlberg, «ist seine Bank bereits mit ein paar Millionen eingestiegen. Julia Mestrom und Gautis Frau Ingrid, eine Deutsche übrigens, aus Hamburg, alte Kaffeedynastie, gingen auf dasselbe Internat, irgendwo in Schleswig-Holstein, in Plön, glaube ich. Seit dieser Zeit sind die beiden die besten Freundinnen. Auf Drängen von Barring soll Julia Mestrom sie gebeten haben, ihren Mann von dem Projekt zu überzeugen, damit er für die Restfinanzierung bürgt. Offensichtlich hatte sie Erfolg damit.»

Küster schenkte sich ein weiteres Glas Brennivin ein – das fünfte – und trank es in einem Zug aus, während Eva Wahlberg lustlos in ihrem Vorspeisenteller herumpickte. Amüsiert sah Küster ihr eine Weile zu, bevor er sagte: «Gott, bist du eine lahme Esserin.»

«Ich mag nur Gemüse und Salat, sonst nichts. Nichts, was Eltern hat», meinte Eva Wahlberg und lehnte ihren Kopf an seine Schulter. «Außerdem bist du blau.»

Sie selber war es auch.

«Kommst du mit hoch?», fragte Küster. «Ein bisschen vögeln?»

«Du liebe Güte, ich dachte schon, du würdest mich nie fragen.»

«Wir müssen früh raus. Lass uns gehen.»

Am nächsten Morgen wollte das Filmteam um sechs Uhr zum Langjökull aufbrechen, dem zweitgrößten Gletscher Islands, wo ein dreitägiger Außendreh geplant war. Dabei sollten die Strapazen einer historisch umstrittenen Expedition im ewigen Eis festgehalten werden.

Die beiden waren noch nicht einmal beim Ausgang, als plötzlich die Tür aufflog und ein kalter Windstoß durch das Restaurant fegte. Fast gleichzeitig setzte die Musik aus.

Ein Mann in schwarzem Ledermantel trat ein, geräuschvoll folgten ihm vier Männer und drei Frauen in grauen Kapuzenpullovern und verteilten sich im Lokal.

Das Gesicht des Mannes wirkte alt und hart wie aus Stein, rotbraune Haare hingen wie eine dünne Gardine von seinem Kopf, in seinem rechten Ohr steckte eine dichte Reihe kleiner Silberringe. Langsam schritt er auf den Tisch zu, an dem die Filmleute saßen.

Es herrschte absolute Stille, eine Stille, die vibrierte und rauschte, als hielte man sich eine Muschel ans Ohr.

Der Mann zog sich einen Stuhl heran, setzte sich hin, legte lässig die Beine übereinander. Er sagte nichts, sah sich nur jedes Gesicht an, eins nach dem anderen.

«Haltet euch fern vom Langjökull», begann er. Seine Stimme war kaum zu hören. «Ihr habt da oben nichts zu suchen. Der Gletscher ist heiliges Gebiet. Verflucht sei jeder von euch, der es wagt, seinen Fuß dorthin zu setzen.»

Argná Kristjánsson, der Kameramann, erhob sich, ging um den Tisch herum und baute sich in seiner ganzen Größe vor dem Mann auf. Er zog den Bund seiner Jeans hoch und stemmte die Fäuste in die Seite.

«Was willst du von uns, Sigurpáll?», fragte er. «Im Sommer gehen die Touristen zu Dutzenden auf den Langjökull, und keiner schert sich um sie. Was ist mit denen?»

Der Mann, den er Sigurpáll nannte, sprang auf, seine Augen glühten. Sie waren beide ungefähr gleich groß.

«Ihr seid keine Touristen! Eure Absicht ist es, den Ort zu entweihen, die Geister zu stören und Lügen zu verbreiten. Wir kennen eure Pläne.»

Kristjánsson seufzte laut.

«Du und deine größenwahnsinnige Germanenschwärmerei. Lass uns in Ruhe damit und verschwinde.»

«Wir beide hatten große Pläne», sagte der Mann. «Hast du das vergessen? Ich bin enttäuscht von dir.»

«Das ist lange her», knurrte Kristjánsson.

«Du fandest nichts dabei, den Göttern zu opfern.»

«Zum Teufel mit deinen Göttern!»

«Es waren auch deine Götter. Eine Kuh für Odin, ein Schaf für ...»

«Sei still!», erwiderte Kristjánsson, immer noch ruhig. «Pfeif deine Kapuzen zusammen, und dann raus hier.»

«Du vergisst, wer ich bin. Niemand verbietet mir zu reden, wenn mir der Sinn danach steht.»

Er schlug seinen Mantel zurück. Im Gürtel seiner Hose steckte eine Axt, ein zurechtgehauener Stein mit einem Holzgriff, zusammengeschnürt mit einem Lederriemen. Er zerrte sie aus dem Gürtel und schwang sie über seinem Kopf. Dann machte er einen Schritt nach vorn, auf Kristjánsson zu.

Doch bevor sein Fuß den Boden berührte, war Kristjánsson bei ihm und hieb ihm seine Faust ins Gesicht. Der Mann taumelte, fasste sich an die Lippen. Die Axt fiel zu Boden. Zwei seiner Begleiter, die am dichtesten bei ihm standen, packten ihn unter den Achseln und richteten ihn auf. Er schüttelte sie wütend ab und spuckte einen Schwall Blut aus.

Kristjánsson knurrte: «Das war für den Mist, den du überall erzählst.»

Er rieb sich die schmerzenden Knöchel seiner Schlaghand und wandte sich ab.

Der ungebetene Gast bückte sich, hob seine Axt auf und schob sie in den Gürtel zurück. Fertig. Mit einem Aufschrei riss er beide Arme empor, seine kehlige Stimme dröhnte durch das Lokal: «Ich, Herr der Runenreihe, versteckte mächtigen Zauber an jenem Ort. Rastlos durch das Böse soll jeder sterben, der das Heilige beschädigt, einen einsamen Tod.»

Durch seinen Körper ging ein Ruck, als würde sich irgendwo da drinnen ein großer Muskel zusammenziehen. Seine Arme sanken herab.

«Seid gewarnt», sagte er, jetzt bedeutend leiser, drehte sich um und wankte zur Tür. Die Kapuzen folgten ihm.

Alle atmeten auf. Auch der Wirt. Er gab der Band ein

Zeichen weiterzuspielen. Die Trommeln waren die Ersten, dann fielen die Gitarren ein, schließlich leckte sich auch der verängstigte Flötist die Lippen und begann, sein Instrument mit hin- und herfliegendem Unterkiefer nach besten Kräften zu bearbeiten.

Julia Mestrom kümmerte sich um Kristjánsson. Sie nahm seine lädierte Hand, sagte: «Zeig mal», und inspizierte die aufgeplatzte Haut. «Wer war dieser verrückte Kerl?»

«Sigurpáll Einarsson. Nennt sich Großmeister der radikalen Heiden, einer Gruppe idealistischer Hitzköpfe, die sich die Wiedergeburt eines nordischen Volkes wünschen. Sie wollen die alte Magie wiederbeleben und berufen sich dabei auf unsere Vorfahren.»

«Er sieht wie ein süßer alter Uhu aus», meinte Julia Mestrom.

Kristjánsson zog sie dicht zu sich heran.

«Sei vorsichtig mit dem, was du sagst. Diese Typen sind keine Spaßvögel, die das als Wochenendhobby betreiben. Sie haben eine eigenartige Phantasie.»

Er ließ sie los und starrte auf seine Hand.

«Du nanntest ihn Sigurpáll», entgegnete Julia Mestrom. «Wie gut kennst du ihn?»

«Das ist eine lange Geschichte. Eine verdammt lange und ungemütliche Geschichte.»

«Wollten wir nicht noch zur Julfeier deiner Freunde? Jetzt wäre ein guter Zeitpunkt zu gehen. Unterwegs kannst du mir deine Geschichte erzählen. In aller Ruhe.»

«Was ist mit deinem Mann?»

Julia Mestrom lachte auf.

«Was soll mit ihm sein? Ich habe ihn nicht gebeten zu kommen, also wird er wohl auf mich warten müssen. Wie immer.»

2

Am nächsten Morgen lag Schnee.

In Zimmer 213 des Hotels Borg zog Eva Wahlberg die Gardinen beiseite und sah hinaus auf den Austurvöllur mit dem Parlamentsgebäude, der Domkirche und der Statue von Jón Sigurosson, Islands berühmtem Unabhängigkeitskämpfer. Der Platz lag menschenleer in der Dunkelheit.

Sie schaute auf ihre Armbanduhr. Es war kurz nach fünf.

Sie war allein. Irgendwann in der Nacht war Kurt Küster aufgestanden und in sein Zimmer gegangen. Er brauche sein eigenes Bett, hatte er gemurmelt. Sie hatte gewollt, dass er blieb. Enttäuscht hatte sie sich umgedreht und war sofort wieder eingeschlafen.

Immerhin hatte sie ein paar Informationsleckerbissen von ihm bekommen, und als Liebhaber hatte er Leidenschaft und Ausdauer bewiesen. Fortsetzung unwahrscheinlich. Aus Erfahrung wusste sie, dass es mit dem Glücklichsein vorbei war, sobald das Licht anging.

Sie löste zwei Aspirin in einem Wasserglas auf, duschte heiß und kalt, zog ihre wetterfesten Wanderstiefel an, schwere Timberlands mit grober Profilsohle, packte die Reisetasche und schlüpfte in ihre Daunenjacke.

Vor ihr lag eine mehrstündige Autofahrt auf miserablen Pisten zum Langjökull. Ein kleines Team, im Gepäck die vierhunderttausend Euro teure 35-mm-Arriflex-Kamera, war schon vor zwei Tagen dorthin aufgebrochen, um die notwendigen Vorbereitungen für die Aufnahmen zu treffen.

Der dicke Nachtportier grüßte sie nachlässig, als sie an ihm vorbei ins Restaurant ging, um zu frühstücken. Sie setzte sich zu Gunhild Weberstetter an den Tisch, der anorektischen Kostümbildnerin, die meistens, so auch heute, verblichene Camouflagehosen trug und Schnürboots, die zwei Nummern zu groß waren.

«Dicke Luft», sagte sie und schluckte hastig einen Bissen Marmeladenbrötchen runter. «Die Mestrom ist verschwunden.»

«Wollte sie nicht noch mit Kristjánsson los?»

«Schon, sind sie auch. Aber er ist vor ein paar Minuten gekommen – dahinten sitzt er, mit den anderen Isländern – und sagt, er habe keinen Schimmer, wo sie steckt.»

«Und ihr Mann?»

«Sagt, sie sei die ganze Nacht nicht da gewesen. Meint, er hätte es gehört, wenn sie gekommen wäre, aber ihr Bett war leer.»

«Das dürfte einige Turbulenzen geben», sagte Eva Wahlberg. Sie biss in eine frische Quarktasche. Es schneite Puderzucker auf ihren roten Kaschmirpullover.

«In deinem Beruf entwickelt man bestimmt einen siebten Sinn für Tragödien, wenn sie sich anbahnen», meinte die Kostümbildnerin.

Eva Wahlberg überhörte den mitschwingenden Spott, denn in diesem Augenblick schlenderte Kurt Küster mit einem Teller voller Rührei an ihnen vorbei, schenkte ihr ein casanovahaftes Weißt-du-noch-Lächeln, blieb aber nicht stehen, sondern ging weiter und suchte sich einen Platz am Fenster, allein.

Aus der Lobby drangen erregte Stimmen in das Restaurant. Hilmar Barring machte den Regieassistenten zur Schnecke. Alle konnten es hören.

«Es ist mir egal, wo du schon überall nach ihr gesucht hast. Schaff sie ran, und zwar schnell. Nimm ein paar Leute mit. In einer halben Stunde fahren wir los!»

Der Nachtportier hatte Barring endlos vor seinem Tresen hin und her laufen sehen. Jetzt blieb Barring stehen. Bei Jan Kohrs, dem Regisseur, der gelangweilt in einem Sessel saß und Barring dabei zusah, wie er sich aufführte, der deutsche Großproduzent.

«Ich weiß, was du denkst», fuhr Barring ihn an. «Du denkst, sie liegt unter einem wildfremden Kerl und kriegt ihn nicht aus dem Bett.»

Er versuchte es witzig klingen zu lassen. Lachte aber nicht.

«Wohl eher umgekehrt», erwiderte Kohrs. Selbst in Island, bei der Kälte, lief er in seinen grünen Chucks herum, auch im Freien. Er nahm seine schwarze Woody-Allen-Brille von der Nase, hauchte die Gläser an, zupfte sein T-Shirt unter dem Troyer hervor und begann, die Gläser zu putzen.

Barring schaute auf seine Armbanduhr, schnaufte und schüttelte den Kopf.

«Immer mit der Ruhe», fuhr Kohrs fort. «Ihr wird schon nichts passiert sein.»

«Wieso passiert?»

«Wie du hier rumspringst, könnte man meinen, du machst dir ernsthaft Sorgen um sie. Fahren wir eben ein paar Stunden später los. Oder erst morgen. Mir soll's recht sein.»

«Was bin ich, die Wohlfahrt?»

Im Kopf überschlug Barring, wie viel ihn eine neuerliche Verschiebung des Drehplans kosten würde. Noch bewegte sich die Produktion im Rahmen, aber weitere Verzögerungen konnte er sich nicht leisten, vier Drehtage hatten sie bereits verloren. Grund waren schlechtes Wetter und die sentimentale Wikinger-Romantik zweier isländischer Schauspieler gewesen, die in einer eisigen Nacht besoffen zum Hafen getorkelt waren, wo sie sich am Mast eines Segelboots festbanden und sich dann vom Wind aufs Meer hinaustreiben ließen. Sterben wie echte Wikinger wollten sie, aufrecht und mutig. Ein auslaufender Fischtrawler nahm sie drei Seemeilen vor der Küste an Bord und brachte sie, stocknüchtern und beinahe erfroren, nach Reykjavík zurück, im Schlepptau das Boot.

Frühzeitig hatte ein mit Barring befreundeter Bavaria-Produzent ihn vor den überfallartigen Gemütswallungen der isländischen Männer gewarnt. Wenn Isländer leiden, sagte er, leiden sie exzessiv. Eigentlich seien sie lieb und gesellig, feine Burschen, aber irgendwann, vor allem wenn Alkohol im Spiel sei, würden sie von einer Sekunde zur anderen handgreiflich. Das Ende mag so nah sein wie es will, die Aktienkurse können abstürzen und die Sparkonten gleich mit in die Hölle nehmen, der Isländer hat selbst da noch seinen Spaß, wenn man ihm genug zu trinken gibt.

Dieses Wissen hatte Barring veranlasst, alle Verträge mit einem Zusatzparagraphen zu versehen, der Schnaps vierundzwanzig Stunden vor dem nächsten Dreh ausdrücklich verbot. Aber Verträge, er hätte es wissen müssen, waren dazu da, um gebrochen zu werden.

Kohrs sagte: «Also, erstens will mir kein Grund einfallen, wieso sie abhauen sollte, wo sie doch weiß, was auf dem Spiel steht. Zweitens taucht sie vielleicht gleich auf, und du hast dir umsonst Gedanken gemacht. Gehen wir was essen. Ich habe Hunger und brauche einen Kaffee.»

Mürrisch folgte ihm Barring zum Büfett, nickte kurz zu

den Tischen hinüber, an denen seine müden Leute saßen, nahm einen vorgewärmten Teller und begann, Kartoffelbrei, zwei gekochte Eier und weiße Bohnen in Tomatensoße darauf zu häufen. Am Tisch verschlang er alles mit großem Appetit.

Während Kohrs aufstand, um sich einen zweiten Teller mit warmen Pancakes und Ahornsirup zu holen, griff Barring zu dessen Drehbuch und blätterte durch die Seiten, bis er zu den Szenen kam, die sie heute auf dem Gletscher drehen wollten.

Der grüne Kartoneinband des Drehbuchs war von der täglichen Arbeit abgegriffen und an den Ecken eingeknickt. In winziger Handschrift, die nur er selbst entziffern konnte, hatte Kohrs mit Bleistift Anweisungen für die Schauspieler zwischen die Dialogzeilen geschrieben.

Sein Gespür hatte Barring wieder einmal recht gegeben. Er hielt einen goldenen Stoff in der Hand. Noch bevor die Dreharbeiten begonnen hatten, war in Deutschland spekuliert worden, worum es bei dem Projekt gehe. Politiker und Historiker ereiferten sich über das Thema, von dem bislang nur Gerüchte kursierten, die Barring an verlässlichen Stellen gestreut hatte. Es war eingetreten, was er sich gewünscht und was er vorausgesagt hatte: Praktisch vom ersten Tag an stand *Der Eiskrieger* im Rampenlicht der Öffentlichkeit.

In diesem Moment betrat der Nachtportier als letzte Dienstleistung seiner Schicht in Begleitung eines Mannes mit fast kahl rasiertem Schädel das Restaurant. Der Mann trug schwarze Jeans, einen schwarzen Rollkragenpullover und darüber eine schwarze, mit Lammfell gefütterte Lederjacke. Selbst seine zu Schlitzen verengten Augen schienen schwarz zu sein.

Der Portier zeigte auf Barring, deutete eine Verbeugung an und kehrte in den Schutz seines Tresens zurück.

Barring sah den Mann mit federnden Schritten auf sich zusteuern. Er stand auf, die Serviette in der Hand.

«Sind Sie Hilmar Barring?», fragte der Mann. «Der Produzent?»

Barring nickte. «Ja, und?»

Im Gesicht des Mannes zeigte sich keine Regung.

«Mein Name ist Olafur Hinriksson. Hauptkommissar Hinriksson, um genau zu sein. Ich arbeite bei der Kriminalpolizei von Reykjavík. Es handelt sich um eine sehr unerfreuliche Angelegenheit. Eine Ihrer Schauspielerinnen ...»

«Julia Mestrom? Sie haben sie aufgegriffen?»

«Gefunden.»

«Meinetwegen. Hauptsache sie ist wieder aufgetaucht. Gott sei Dank. Was hat sie getan? Betrunken einen Polizisten belästigt?»

«Sie hat gar nichts getan. Frau Mestrom ist tot.»

Barring sank schwer auf seinen Stuhl zurück. Hinriksson zog sich einen freien Stuhl heran.

«Ihre Leiche wurde am Stadtteich gefunden. Soweit wir die Umstände ihres Todes bisher beurteilen können, haben wir es mit einem okkulten Verbrechen zu tun.»

«Okkultes Verbrechen? Was meinen Sie damit?»

«Aus diesem Grund habe ich die Unterstützung einer deutschen Kollegin angefordert», fuhr Hinriksson fort. «Sie leitet in Berlin ein Dezernat, das auf diese Art von Tötungsdelikten spezialisiert ist. Da können wir nicht mithalten. Mit dem nächsten Flugzeug trifft sie hier ein.»

3

Der Pilot der Icelandair-Maschine meldete kurz vor der Landung eine niedrige Wolkendecke und leichten Schneefall.

Judith von Matt legte die amerikanische Originalausgabe des Theaterstücks *The Heidi Chronicles* von Wendy Wasserstein beiseite und rieb sich verschlafen die Augen, streckte die Beine aus und dehnte ihre Arme über dem Kopf. Sie wusste nicht genau, was sie nach ihrer Ankunft in Reykjavík erwartete, aber Olafur Hinriksson hatte einigermaßen angestrengt geklungen, als er ihr von seinem neuen Fall berichtete, der den Indizien zufolge alle Anzeichen eines Ritualmordes aufwies.

Sofort hatte sie angefangen, ihm Fragen zu stellen, noch ehe er mit seinem Bericht fertig gewesen war. Eine dumme Angewohnheit, doch seine staunenswerte Schilderung hatte ihre Neugier geweckt. Es war nur eine Formsache gewesen, ihren Chef, Dr. Schäferkordt, Staatssekretär des Inneren, davon zu überzeugen, der isländischen Polizei Amtshilfe zu leisten. Nach ein paar eilig geführten Telefongesprächen zwischen dem Innenministerium und der isländischen Botschaft in Berlin, der deutschen Botschaft Reykjavík und dem dortigen Polizeipräsidium, hatte Schäferkordt grünes Licht gegeben.

Den Ausschlag gab der Hinweis, dass es sich nach den ersten Ermittlungen bei der Toten um die international bekannte deutsche Schauspielerin Julia Mestrom handelte, aus deren Bewunderung Schäferkordt kein Hehl machte. Erleichtert wurde ihm seine Entscheidung auch durch die

Zusage der isländischen Behörden, für die Reisekosten und die Spesen seiner Leute aufzukommen.

Denn Judith von Matt reiste nicht allein. Zwei Leute ihres Teams begleiteten sie: Richard Gossmann, der Spezialist für afrikanische und karibische Religionskulte, und Frank Tannen. Er hatte jahrelang die militärische Eingreiftruppe GSG 9 geführt, bis er sich bei einer Routineübung leicht verletzte und den Job einem Jüngeren überlassen musste. Nur zu gern hatte Judith ihn in ihre Abteilung aufgenommen. Nachdem alle von ihr gewünschten Positionen mit den fähigsten Mitarbeitern besetzt worden waren, hatte ihr nur noch einer gefehlt: ein gewiefter Logistiker und erfahrener Kämpfer, der ihr den Rücken freihielt.

Jetzt sagte Tannen: «Wenn ich früher an Island gedacht habe, dachte ich immer an kratzige Wollpullover mit einem Elch vorne drauf.»

«Unsinn, da gibt es keine Elche», erwiderte Gossmann mürrisch.

«Ist mir doch egal.»

Seit drei Stunden hatte Gossmann keine Zigarette mehr geraucht, was für ihn eine schiere Ewigkeit bedeutete. Vor ein paar Minuten hatte er damit begonnen, sich geduldig einen Vorrat zu drehen. Seit vierzig Jahren, damals hatte er als Zwölfjähriger mit dem Rauchen angefangen, hielt er einer holländischen Marke die Treue. An gewöhnlichen Filterzigaretten fand er keinen Gefallen, da sie nach Staubsaugerbeuteln schmeckten und nur was für Mädchen seien. Einen ordentlichen Lungenzug müsse man bis tief in die Spitzen spüren, sonst sei es rausgeschmissenes Geld, das war seine Devise. Die Investition begann sich zu rächen, denn neuerdings wurde Gossmann von anhaltenden Hustenanfällen geplagt.

«Kann mir einer von euch erklären, warum die Mestrom wieder einen deutschen Film gemacht hat?», fragte er. «Mich interessiert dieser ganze Filmkram eigentlich nicht, aber an ihren dramatischen Abgang nach Italien erinnere ich mich noch gut, die Zeitungen waren ja voll davon. Irgendein Skandal mit einem minderjährigen Nebendarsteller vor sieben oder acht Jahren, richtig?»

«Die Anwälte haben die Geschichte außergerichtlich beigelegt. Niemand weiß genau, was damals tatsächlich vorgefallen ist», entgegnete Judith. «Außer den beiden Beteiligten. Die Presse fiel über sie her und wühlte in ihrem Privatleben herum. Eine Menge Staub wurde aufgewirbelt. Ehemalige Liebhaber packten aus, sagten, sie habe eindeutig nymphomanische Energie. Den Rest gab ihr die fünfteilige Serie einer großen Boulevard-Zeitung. Nach dieser Schmutzkampagne gewährte sie dem ‹Spiegel› ein letztes Interview und floh Hals über Kopf nach Rom, wo sie später bei einer Premierenfeier ihren heutigen Mann kennenlernte.»

«Du hast dich gut vorbereitet», staunte Tannen.

«Steht alles in den Unterlagen. Wenn du einen Blick hineingeworfen hättest, wüsstest du auch, dass sie damals gesagt hat, sie werde nie wieder einen Fuß auf deutschen Boden setzen.»

«Und was hat sie bewogen, ihre Meinung zu ändern?»

Die Antwort auf diese Frage kam von Gossmann: «Hat sie gar nicht. Der Film ist zwar eine deutsche Produktion, spielt aber in Island. Die Studioaufnahmen wurden in den Pinewood-Studios in England gedreht.»

«Brauchte sie Geld?»

«Ihr Mann», sagte Judith, «hat reich geerbt. Später ging er in die Politik. Zurzeit steckt er mit seiner Partei Forza

Italia in den letzten Zügen des Wahlkampfs. Wenn alles planmäßig läuft, darf er sich Hoffnung auf das Amt des Außenministers machen. Selbstverständlich hat auch Julia Mestrom mit ihren Filmen ein paar Millionen auf die Seite gelegt. Mit anderen Worten: Seit ihrem spektakulären Abgang lief bei ihr alles wie gehabt, bloß drei Nummern größer. Plus Mehrwertsteuer. Nachdem bekannt wurde, Julia Mestrom stehe demnächst für einen Film der deutschen Knossos Produktion vor der Kamera, fingen die Feuilletons das Spekulieren an, ihr Interesse an dem Projekt gelte offensichtlich der besonderen Thematik des Films.»

«Bei einem Klassentreffen», sagte Gossmann, «fragte ich mal einen Schulfreund, der heute als Cutter beim NDR arbeitet, wer die beste deutsche Schauspielerin sei.»

Er leckte das Zigarettenpapier einer neuen Kippe an und drehte es fest um den bröselnden Tabak.

«Früher, hat er geantwortet, sei das Julia Mestrom gewesen, heute Veronica Ferres. Daraufhin kaufte ich mir jede DVD mit der Ferres. Und was soll ich euch sagen? Der Mann hat recht.»

«Ich habe gewisse Schwierigkeiten, mir das vorzustellen», erwiderte Tannen. «Was für ein Jammer, Veronica Ferres! Was sagst du dazu, Judith? Immerhin bist du diejenige von uns, die am meisten Ahnung von der Schauspielerei hat.»

Das stimmte. Häufig verbrachte Judith von Matt ihre freie Zeit in einer Theatergruppe in Kreuzberg, in die sie der stellvertretende Leiter der Gerichtsmedizin der Charité, Dr. Christiansen, kurz nach ihrer Ankunft in Berlin eingeführt hatte. Er spielte dort selbst mit und machte aus seiner Bewunderung für Judith kein Hehl. Judith hatte immer ein Theaterstück bei sich, in dem sie bei jeder Gelegenheit las, im Café, in der U-Bahn. Besonders gelungene

Dialogzeilen lernte sie auf der Stelle auswendig. Für die Reise nach Island hatte sie neben Wendy Wasserstein ihre Lieblingsstücke der nordischen Dramatiker Henrik Ibsen und Björnstierne Björnsen eingepackt.

«Ich mag die Ferres auch», sagte sie. «Krieg ich deswegen jetzt Schwierigkeiten?»

Sie schaute Tannen mit einem herausfordernden Lächeln an.

«Manchmal erlebt man so seine Überraschungen», brummte dieser.

«Hört auf, euch zu zanken», sagte Gossmann mit seiner väterlichen Baritonstimme. «Ich weiß längst, was da bei euch im Gange ist.»

Tatsächlich hatte Frank Tannen bei Judith von Anfang an den Eindruck erweckt, als könnte er ein stabiler Teil ihres Lebens werden. Ihres neuen Lebens, das nach der Scheidung von ihrem Mann erst langsam wieder begann. Aber sie war noch nicht bereit, und selbst wenn, durfte sie es nicht so weit kommen lassen, obwohl Tannens charmante Annäherungsversuche ihrer verletzten Seele guttaten. Sie würden aufpassen müssen, beide, damit sich ihre ungeklärte Situation nicht in das Gegenteil dessen verkehrte, was es im Moment war.

In der menschenleeren Ankunftshalle des tristen Flughafens Kevlavik empfing sie ein fahlhäutiger isländischer Kripobeamter mit einem Dauerlächeln, als wäre es einbalsamiert. Nachdem er sich ihnen vorgestellt hatte, rasselte er mit einer rowdyhaften Schmirgelpapierstimme die ihm bekannten Fakten des Falles herunter wie ein Pizzabäcker das Mittagsmenü. Er lotste sie an einer französischen Reisegruppe mit schweren Rucksäcken vorbei zum Ausgang, wo sein Wagen parkte.

«Der Kopf!», sagte er. «Muss man sich mal vorstellen. Ein schöner Schreck war das, kann ich Ihnen sagen. Noch nie habe ich eine Leiche so gesehen, in diesem Zustand.»

Er stieg in den Wagen, einen viertürigen Japaner, braun, schon länger nicht mehr gewaschen, ließ den Motor an, schaltete die Heizung an und wartete, bis der Schnee auf der Windschutzscheibe geschmolzen war.

Unter schwarzen Wolken fuhren sie im aschfarbenen Nachmittagslicht durch eine einsame Gegend voller Felsen und an humorlosen grauen Häusern vorbei. In den Straßen von Reykjavík, dessen Vororte sie nach einer halben Stunde erreicht hatten, kämpften sich die Menschen gegen den Wind über die Bürgersteige. In der Luft kreisten Möwen und Tölpel schreiend in den letzten Strahlen der Wintersonne, die es manchmal durch die wenigen Lücken in der dicken Wolkendecke schafften.

Vor dem Polizeipräsidium gegenüber der S-Bahn-Station Hverfisgatan im Stadtzentrum stiegen sie aus. Das Gebäude war gedrungen und rechteckig und wirkte wenig einladend. Über ihnen war das Pfeifen eines Jets zu hören, er flog nicht sehr hoch, wahrscheinlich kam er vom Inlandsflughafen, der im Stadtgebiet von Reykjavík lag, und flog zu einer der nördlichen Provinzen, nach Vopnafjördur oder Grimsey. In der Ferne gingen Regenschauer nieder, und vom Meer wehte eine frische Brise und trug den Geruch von Öl aus dem Hafen heran.

Der Wind war so heftig und scharf, dass Judith glaubte, Risse in der Haut zu spüren.

«Hier piept kein Vogel», sagte Gossmann, hielt inne und lauschte. «Viel zu kalt zum Piepen.»

Der gesprächige Polizist, der sie gefahren hatte, lieferte sie im Zimmer von Kommissar Hinriksson ab. Dessen angespannte Gesichtszüge hellten sich auf, als er Judith sah.

«Sauwetter, was?», begrüßte er sie und ging mit ausgebreiteten Armen um den Schreibtisch herum auf sie zu. Dann drückte er sie an sich.

«Es wird noch kälter werden, der Frost kommt von Spitzbergen rein. Danke, dass du so schnell gekommen bist, Judith. Wenn ich mir auch nettere Umstände für unser Wiedersehen gewünscht hätte.»

«Ich habe zwei Kollegen mitgebracht», sagte sie und stellte ihm Gossmann und Tannen vor. «Ich muss dir nicht sagen, dass sie gut sind. Sie sind gut. Gemeinsam kommen wir hoffentlich schnell dahinter, wer diese irrsinnige Tat begangen hat und können einen Schlussstrich darunter ziehen.»

Sie klang zuversichtlicher, als sie sich fühlte.

«Noch eine Kleinigkeit», sagte Hinriksson, «bevor wir anfangen. In Island ist es üblich, dass wir uns duzen und beim Vornamen nennen. Geht das für euch in Ordnung?»

Judith, Tannen und Gossmann nickten.

«Na, dann los», begann Hinriksson. «Sämtliche Spurensicherungsarbeiten sind bereits erledigt, ebenso die Autopsie und die Zeugenbefragungen. Die Tat als solche war dreist und riskant. Die Tote wurde erdrosselt, bevor ihr der Täter den Kopf vom Rumpf abgetrennt hat. Wie es aussieht, geschah das mit einem Messer oder etwas Ähnlichem, das verdammt scharf gewesen sein muss. Auf der Haut am Hals, unterhalb der Schnittwunde, wurden Lederpartikel gefunden. Todeszeitpunkt: heute Morgen zwischen drei und vier Uhr. Fingerabdrücke zero.»

«Gibt es sonst noch etwas Beweiserhebliches?», wollte Gossmann wissen.

«Kein Hinweis auf sexuellen Missbrauch, falls du das meinst. Kein Sperma in der Vagina oder sonst wo. Brieftasche, Handy, Reisepass, Kreditkarten und jede Menge Bargeld – alles da. Alles befand sich in ihren Kleidern, die der Mörder einfach in den nächsten Abfalleimer beim Tatort gestopft hat. Demzufolge scheidet ein Raubüberfall ebenfalls aus.»

Judith speicherte sämtliche Aspekte des Mordes in ihrem Gedächtnis ab und versuchte, nach einer gewissen Logik im Vorgehen des Mörders zu suchen.

«Offenbar», sagte sie, «haben wir es mit einem Täter zu tun, der hingebungsvoll sein Handwerk ausübt. Die Runen sind ein Symbol. Wie er sie auswählt und platziert, ist ritualistisch, und wenn Rituale im Spiel sind, dann sind sie in der Regel das Entscheidende. Er schneidet seinem Opfer den Kopf ab und platziert die Arme und Beine mit Absicht auf ungewöhnliche Weise. Dies und die Runen bilden offenbar seine Signatur, von der er nicht wieder abweichen wird, wenn er sie erst einmal entwickelt hat.»

Hinriksson pflichtete ihr bei. «Wir dürfen ihm keine Gelegenheit geben, seine ‹Kunst› zu perfektionieren.»

«Dieser Sigurpáll Einarsson, von dem wir gehört haben, ist er tatsächlich ein ernstzunehmender Verdächtiger?», fragte Gossmann.

«Jedenfalls verdient er es, einer zu sein», erwiderte Hinriksson. «Aber das ist nicht unbedingt die Art von Geschichte, mit der wir an die Öffentlichkeit gehen können. Wir haben zu wenig gegen ihn in der Hand, um ihn festzunehmen. Natürlich machen sein merkwürdiger Auftritt im Restaurant und die Drohungen, die er dabei ausstieß, ihn für uns zum ersten Kandidaten. Es gibt jedoch eine Menge Zeugen, die behaupten, zur Tatzeit mit ihm zusammen gewesen zu sein. Der Armanen-Orden, den er anführt, tritt nach außen hin nicht offen rassistisch auf. Im Gegenteil, er dementiert sogar grundsätzlich jede rassische Tendenz. Die Mitglieder, jedenfalls die meisten, wohnen unter einem Dach, genauer gesagt auf einem alten Bauernhof am Stadtrand, wo sie Islandpferde züchten. Neun Männer und acht Frauen. Eine der Frauen stammt aus Schweden, eine ist Amerikanerin. Die anderen sind Isländer. Einarsson wohnt auch da. Jeder gibt für den anderen ein perfektes Alibi ab. Ähnlich schwierig gestalten sich die Ermittlungen bei euren Landsleuten, die für den Film arbeiten. Fast alle haben ein Einzelzimmer im Hotel Borg, jeder behauptet, er habe geschlafen, selbstverständlich allein. Was die Heiden im Überfluss haben, nämlich Zeugen, damit kann von denen keiner dienen. Ich schlage vor, ihr befragt sie morgen selbst noch einmal. Der Reihe nach. In der Muttersprache plaudert es sich bekanntlich leichter.»

Judith sah aus dem Fenster auf die wild bewegte See und die großen Lagertanks, in denen importiertes Öl und Benzin gebunkert wurden. Ein einsamer Jogger stemmte sich auf dem Fußweg neben der Küstenstraße gegen den Wind und schien kaum voranzukommen.

Gossmann entschuldigte sich. Er brauche eine Zigarette, Wind hin oder her.

«Bleibt noch der Kameramann, dieser Kristjánsson», sagte Judith und wandte sich wieder dem Gespräch zu. «Du sagtest, er ist mit Julia Mestrom schon früh von dem Filmfest im Restaurant weg und zu einer weiteren Feier gegangen. Welches Alibi hat er?»

«Wie es aussieht, hat er nicht gerade den Gentleman gespielt. Übereinstimmenden Aussagen zufolge wollte Julia Mestrom gegen zwei Uhr die andere Party verlassen und ins Hotel zurückkehren. Sie forderte ihn auf, sie zu begleiten, aber er wollte noch dableiben. Vielleicht hing das mit dem Krach zusammen, den die beiden zuvor hatten. Angeblich hat sie ihn rumkommandiert, hol mir einen Drink, ich will noch was von dem Heilbutt, die Musik ist zu laut und dies und das, man weiß ja, wie so etwas läuft. Irgendwann hatte er die Nase voll und ließ sie links liegen, stattdessen kümmerte er sich um ein hübsches Ding, das ungefähr dreißig Jahre jünger als die Mestrom war. Da ist sie erst recht wütend geworden und hat ihm eine Szene gemacht, vor versammelter Mannschaft, ihn als Schlappschwanz beschimpft und einen Versager und Kriecher genannt. Anschließend goss sie ihm eine halbe Flasche Bier über den Kopf, woraufhin Kristjánsson ihr eine scheuerte. Sie fing das Kreischen an, schnappte sich ihren Mantel und ist abgehauen.»

«Kein Taxi?», fragte Tannen.

«Sie hätte wohl besser eins genommen. Das Haus, in dem die Party lief, gehört einer Band, den Bloodhounds, in der spielt auch Kristjánsson mit, als Gitarrist. Sie machen auf Rockergang, sind aber ziemlich friedlich.»

«Und der Tatort?», fragte Tannen.

«Liegt vom Haus der Bloodhounds höchstens zehn Minuten und vom Hotel Borg fünf Minuten entfernt. Keine direkte Linie.»

«Also muss jemand sie abgefangen haben», sagte Judith. «Dieser Kristjánsson, was ist das für ein Typ?»

«Hat mal gesessen.»

«Was hat er gemacht?»

«Faule Schecks in Umlauf gebracht», antwortete Hinriksson. «Hat sechs Monate gekriegt. Dann war er noch einmal angeklagt, wegen Rauschgifthandels. Er hat auf dem Schiff Drogen von Schottland nach Island transportiert. Aber die Anklage wurde fallengelassen. Einer unserer Informanten hatte uns erzählt, dass Kristjánsson dabei war, einen Schmuggeldienst aufzuziehen. Ein paar Mal hat das anscheinend auch geklappt, doch ausgerechnet als wir ihn uns einmal bei seiner Ankunft schnappen wollten, hatte er bloß lächerliche zwei Gramm dabei, in seiner Hosentasche. Schwarzer Afghane, minderwertige Ware. Der Staatsanwalt hat nur gelacht und uns nach Haus geschickt. Außerdem gab's ein paar Schlägereien, an denen er beteiligt war, immer im Suff. Mit sechzehn Jahren wurde er für eine Nacht eingebuchtet, weil er nach einem Konzert gegen die Limousine von Phil Collins gepinkelt hat und anschließend zwei Scheiben der Karre zertrümmerte.»

«Dafür landet man bei euch im Gefängnis?», fragte Tannen.

Hinriksson ging nicht darauf ein. «Wenn er keine Filme dreht, arbeitet er als Aushilfskellner oder malt zur Entspannung in Öl. Als Kellner ist er besser. Wenn ihr einverstanden seid, schauen wir uns die Fotos vom Tatort später an, zusammen mit einem Experten, an dessen Meinung mir sehr gelegen ist. Er hält sich zu einem Seminar in Aberdeen auf und kehrt erst morgen früh mit der ersten Maschine von dort zurück.»

Gossmanns wenige und vom Regen nassen Haare waren ihm vom Wind quer über den Kopf geweht worden, als er wieder in das Büro des Kommissars trat, im Schlepptau eine Tabakfahne, die in seinem Mantel hing wie nach einem mehrstündigen Besuch in seiner Berliner Lieblingskneipe.

«Ich will nach Hause», sagte er. «Mein sonniges Gemüt ist hier fehl am Platz.»

Hinriksson konnte sich ein Schmunzeln nicht verkneifen.

«Der Mann, von dem ich spreche», sagte er, «ist der Obergode des Asutra-Ordens, David Baldarsson, so eine Art Anführer. Im weltlichen Leben bekleidet er eine Professur für nordische Mythologie an der Universität von Reykjavík. Er gilt als bester Runologe im ganzen Land, ich hab mich erkundigt. Die Asutra sind seit 1972 eine in Island anerkannte Religionsform, inzwischen haben sie auch Anhänger in Australien, Dänemark und Norwegen. Jeder, der in Island seinen festen Wohnsitz hat, kann der Islanska Asatruarfelaggio beitreten. Schon mehr als 700 Mitglieder haben das getan. Einzige Bedingung ist, man muss die Götter und die Heiligtümer der Alten achten. Man nennt dieses Neuheidentum auch Neopaganismus, klingt etwas schicker, ist aber dasselbe. Im Gegensatz zu den Armanen handelt es sich bei den Asutra-Heiden um ausgesprochen lässige und friedliebende Zeitgenossen.»

«Und so einer kann bei euch Professor an einer Hochschule werden?», fragte Gossmann.

«Bei uns ist die Religionsfreiheit ein hehres Gut», sagte Hinriksson. Er wusste noch nicht recht, was er von dem quengeligen Deutschen halten sollte, der ständig zum Rauchen rausging und sonst kaum etwas beisteuerte außer einer gehörigen Portion Schlaumeierei.

«Unsere Welt ist wie geschaffen für Schlechtigkeiten», sagte Gossmann und ließ es dabei bewenden.

«Normalerweise bleiben wir davon verschont», erwiderte Hinriksson. «In Island kommen wir höchstens auf zwei bis drei Morde im Jahr. Mit einer Ausnahme: Im 16. Jahrhundert gab es hier einen Serienkiller, der brachte neunzehn Menschen um. Er wurde gevierteilt und gerädert.»

Nun schaute er auf seine Uhr und sagte, er habe im Hotel Borg, wo auch das deutsche Filmteam untergebracht sei, drei Zimmer für sie reserviert. Sie könnten zu Fuß gehen, man sei ja, wie gesagt, in Reykjavík. Er werde sie begleiten.

Es war 21.32 Uhr.

Draußen nahm Hinriksson Judith die Reisetasche ab, ein schönes Stück von Louis Vuitton. Sie hakte sich gutgelaunt bei ihm unter.

«Das letzte Mal, als ich dich gesehen habe, hattest du eine schicke Uniform an», sagte sie. «Im Schnee.»

«Ich erinnere mich gut. Du sagtest, damit gehörte ich in eine Operette, aber nicht auf die Skipiste. Das hat mich getroffen.»

Das war vor einem Jahr in Davos gewesen, wo sie sich auf einem viertägigen Seminar für Kriminaltechnik zum ersten Mal begegnet waren.

«Ich bin sicher, du bist drüber weggekommen.»

Beide lachten laut, und Hinriksson drückte Judith fester an sich.

Hinter ihnen liefen Tannen und Gossmann, der schon wieder qualmte und hustete.

«Was hältst du von ihm?», fragte Gossmann in einem leutseligen Plauderton zwischen zwei Lungenzügen.

Tannen setzte ein ernstes Gesicht auf. Er spürte, dass sie in eine scherzfreie Zone kamen.

«Was Judith angeht», fuhr Gossmann fort, «da brauchst du dir keine Sorgen machen. Wann werdet ihr endlich erwachsen?»

«Ich will gar nicht wissen, was du über uns denkst.»

«Warum macht ihr so ein Theater darum, dass ihr euch gernhabt, und zieht es in die Länge?»

Gossmann schien an einer Antwort ehrlich interessiert zu sein.

«Weil es eine deprimierend vorhersehbare Angelegenheit ist», entgegnete Tannen, die Hände tief in seine Jacke vergraben.

«Wisst ihr denn wenigstens voneinander, wie es um euch steht? Ich meine, ernsthaft?»

«Ich denke schon», sagte Tannen. «Trotzdem kann das Gesamtergebnis vieler richtiger Dinge ein Desaster sein. Diese Erfahrung haben wir schon einmal gemacht.»

«Als ihr wegen der Muti-Morde in Nigeria wart?»

«Spielen wir jetzt *Wer wird Millionär*? Zehn Fragen bis zum Ziel? Okay, wenn das so ist, nehme ich den Publikumsjoker und verpiss mich in die Werbepause.»

Er beschleunigte seinen Schritt, um einer neuen Frage Gossmanns zuvorzukommen.

Im Foyer des Hotel Borg wurden sie von einer Matrone im Pelzmantel abgefangen. Eine rundliche Frau, robust. Unter ihrem Rock ragten stämmige Waden hervor. Die blickdichten Stützstrümpfe sollten offensichtlich schmerzhafte Krampfadern verbergen, was nur annähernd gelang, denn die wulstigen Konturen zeichneten sich deutlich unter den Strümpfen ab. Vor ihrer ausladenden Brust baumelte eine goldene Brille, die sie aufsetzte und durch die sie mit hochgezogenen Nasenflügeln die Neuankömmlinge musterte. Plötzlich hellte sich ihre Miene auf.

«Sie müssen unsere neuen Gäste aus Deutschland sein», rief sie. «Darf ich mich vorstellen, mein Name ist Carola Kleinschmidt, ich leite dieses Hotel. Wie Sie unschwer hören können, stamme ich aus Deutschland.»

Ein großer Hund von eigenartigem Schwarz versuchte, neben ihren Beinen das Gleichgewicht zu halten.

«Das ist Hector», sagte sie. «Ich will gerade mit ihm Gassi gehen. Hector ist schon ein bisschen alt und hat so seine Schwierigkeiten, man muss auf ihn achten. Bitte besuchen Sie doch unsere Bar auf einen Drink. Sobald ich meine Runde mit Hector gedreht habe, wäre es mir eine Freude, in Ihrer Gesellschaft meinen Nachtcocktail zu trinken.»

Sie bemerkte, wie Gossmann auf ihren Pelzmantel starrte, der nicht viel anders aussah als das Fell ihres Hundes. Nur in braungelb.

Ihre altersgrauen Haare, denen sie versucht hatte, mit einer violetten Tönung auf die Sprünge zu helfen, hielten dank einer ordentlichen Dosis Haarspray den Windböen stand, als sie mit Hector an der Leine davonspazierte.

Drinnen meldeten sie sich beim mürrischen Nachtportier an, brachten ihr Gepäck auf die Zimmer und trafen sich eine Viertelstunde später in der Bar. Die makellose Schlichtheit des Mobiliars gab der Bar einen Hauch internationaler Eleganz. Judith überredete Hinriksson zu bleiben, indem sie ihm einen Cocktail auf Spesen der deutschen Polizei versprach, was für ihn Anreiz genug war.

Sie setzten sich an einen Tisch, auf dem eine Schale mit Erdnüssen stand, und sahen eine Weile den Leuten zu, von denen die meisten Vertreter und Touristen waren und allein oder zu zweit dasaßen und Leuten zusahen, die anderen Leuten zusahen. Judith und Hinriksson unterhielten sich über die gemeinsame Zeit in Davos, die unfähigen Referenten, die fröhlichen Abende in einer Weinstube und die mitternächtliche Schlittenabfahrt im Fackellicht.

«Mein kleiner Angsthase», sagte Hinriksson und kniff Judith spielerisch in den Oberarm. «Zuerst wolltest du gar nicht. Und dann wolltest du gleich nochmal.»

«Die ganze Zeit hast du mich so genannt», beschwerte sich Judith. «Aber ich hatte keine Angst.»

«Und als ich dich ein bisschen zu fest vom Hügel geschubst habe und du den Abhang hinuntergerollt bist, immer schneller, bis eine Schneewehe dir in die Quere gekommen ist?»

«Das verzeihe ich dir nie!»

Und so weiter und so weiter, dachte Tannen, der fand, dass eine nervöse Spannung in der Luft lag, die zwar greifbar, aber für ihn unerklärlich war.

Sein Blick schlich sich davon, wanderte von Tisch zu Tisch und hinüber zur Bar, bis er an einem slawischen Gesicht hängen blieb, über das kurz ein ausgesprochen selbstgefälliger Ausdruck huschte. Dann sah er die Augen. Sie hatten die Farbe von kaltem Meerwasser. Im selben Moment wurde Tannen sich bewusst, dass er den Atem anhielt.

Die Frau stand bei einem langen, kräftigen Burschen, der mit zusammengekniffenen Augen über die dunkle Oberfläche seines Rotweinglases starrte.

Auf den ersten Blick hatte Tannen das Gesicht der Frau wiedererkannt, es war dasselbe, das auf den letzten Seiten der Sonntagszeitung über Filmbälle, Galas, Charity-Veranstaltungen, Fashion-Shows und Boutiquen-Eröffnungen berichtete.

Er nahm sein Glas mit Bourbon, in dem zwei Eiswürfel klackerten, und stand auf. Gossmann beobachtete ihn und ergriff seinen Arm.

«Sei nicht so blödsinnig», sagte er leise genug, dass Judith es nicht hören konnte. «Manchmal hab ich den Verdacht, dein Gehirn stellt allmählich den Betrieb ein.»

Mit einem Seufzer fiel Tannen wieder zurück und grub sich noch tiefer in den knarrenden Sessel.

Zu Judith und Hinriksson gewandt sagte Tannen: «Ich weiß, wer die Frau an der Bar ist.»

«Eva Wahlberg, eine deutsche Journalistin», kam Hinriksson ihm zuvor. «Ich habe sie vernommen. Sie berichtet über die Dreharbeiten und war vorgestern Abend ebenfalls mit von der Partie. Der Mann bei ihr ist übrigens Argná Kristjánsson, der Kameramann. Wie ich schon sagte, war er der Letzte, der mit der Toten zusammen gewesen ist.»

«Ich sag mal guten Abend», erwiderte Tannen.

Während er sich auf den Weg machte, legte Kristjánsson zwei Geldscheine auf den Tresen, wünschte Eva Wahlberg eine gute Nacht und verließ die Bar mit schleppendem Schritt.

«Wo haben Sie denn den Rest der Truppe gelassen?», fragte Tannen, als er bei ihr war. «Den Produzenten, den Regisseur und all die anderen, die man normalerweise braucht, um einen Film zu machen? Darf ich Ihnen noch so einen spendieren?» Er deutete auf den Mai Tai-Cocktail in ihrer Hand. Der obligatorische Spieß mit der Süßkirsche und einem Stück Ananas steckte im leeren Glas.

«Kommt drauf an, wer das ist, der mir den Drink ausgeben will.»

Er nahm auf dem freien Hocker neben ihr Platz. «Ich bin aus Berlin», sagte Tannen. «Sehe mich hier und da ein bisschen um, und wo es mir gefällt, da bleibe ich.»

«Einige von den Filmleuten sind zum Gletscher raufgefahren, wo ab heute gedreht werden sollte. Aber daraus wird vorerst nichts. Es hat einen Mord gegeben, sicher hast du davon gehört. Sie müssen morgen wieder in Reykjavík sein, zur weiteren Vernehmung. Der eine oder andere steht offenbar unter Tatverdacht.»

«Hast du die Gerüchteküche schon mit einer saftigen Online-Story angeheizt?»

Sie sah ihn erstaunt an. «Du weißt, wer ich bin?»

«Gesichtermerken ist meine große Stärke.»

«Selbstverständlich habe ich über den Mord geschrieben, das ist mein Job. Futter für den Boulevard. Spätestens morgen wird es hier von Reportern nur so wimmeln.»

«Das hab ich befürchtet», sagte Tannen.

«Warum hast du mich die ganze Zeit so angestarrt? Findest du das nett? In Begleitung einer Dame?»

Sie kam offenbar gleich zur Sache.

«Die Frau ist mein Chef. Judith von Matt, Dezernat für okkulte Verbrechen. Außerdem neige ich dazu, jemanden anzustarren, seine Physiognomie abzutasten. Beruflich bedingt, geschieht ganz automatisch. Ich habe mich gefragt, was die Kolumnistin einer deutschen Zeitung mit einem Tatverdächtigen zu besprechen hat.»

«Dann bist du also ein Cop?»

«Mmhh.»

«Hast du schon mal einen erschossen?»

«In letzter Zeit nicht.»

«Na los doch: Wie viele?»

«Ein paar.»

«Immer in Notwehr.»

«Meistens.»

Er sah sie an, ihre schlanke Figur, die Calvin-Jeans, der schwarze Sweater. Dann nahm sie ihr Glas vom Tisch.

«Sieh es mal», sagte sie, «von meinem Standpunkt aus. Kristjánsson war da, und ich brauchte Stoff für meine Geschichte. Vielleicht kann ich später mal einen Roman daraus machen.»

«Dann nimm am besten die Beschreibungen von James

Lee Burke und Cormac McCarthy, die Dialoge von Hemingway und Elmore Leonard und die Fakten von Tom Wolfe und Michael Crichton, und du hast das perfekte Buch.»

Mit einem Blick, den er für respektvolles Staunen hielt, entgegnete sie: «Schreibst du etwa auch?» Sie mischte einen Hauch Bewunderung in die Frage.

«Nur Protokolle. Der Tipp stammt von einer Literaturagentin, mit der ich befreundet bin. Sie möchte, dass ich für sie ein Buch über meine spektakulärsten Fälle schreibe, die will sie einem Drehbuchautor geben, der daraus eine Fernsehserie entwickeln soll.»

«Und, tust du es?»

Er wollte gar nichts sagen, aber es rutschte ihm heraus. «Hättest du Lust, mit mir ein Gespann zu bilden? Ich erzähle dir alles, und du schreibst es auf?»

«Lass mich da nochmal drüber nachdenken.»

Tannen tippte an sein leeres Glas und sagte zum Barkeeper: «Schenken Sie mir noch einen nach?»

In diesem Moment kamen Hinriksson und Gossmann vorbei und wünschten noch einen schönen Abend, man sehe sich morgen, sagte Hinriksson, im Präsidium, um 9 Uhr. Im Weggehen formte Gossmann mit den Lippen Worte, die Tannen vollkommen richtig mit ‹Bau ja keinen Mist› zusammensetzte.

Judith blieb am Tisch sitzen. Sie zog das Theaterstück von Wendy Wasserstein aus ihrer Handtasche und begann zu lesen. Ihre langen blonden Haare fielen nach vorn, einige berührten die Buchseiten, doch das schien ihr nichts auszumachen.

Eva Wahlberg sagte: «Julia Mestrom, wer hätte das gedacht. Ein merkwürdiger Abgang für eine Frau, die immer schon einen speziellen Totenkult getrieben hat, findest du nicht?»

«Zu einem laufenden Verfahren darf ich keine Auskunft geben, aber sonst kannst du mich alles fragen, was du willst. Wenn ich etwas weiß, werde ich es dir erzählen, und wenn nicht, selbstverständlich auch.»

Er beugte seinen Oberkörper zu ihr hinüber.

«Du könntest auch beim Film sein, mit all deinen verschiedenen Blicken, die du auf Lager hast, und diesen großen blauen Augen.»

Sie ging nicht darauf ein. «Stimmt es, dass man Runen am Tatort gefunden hat?»

«Da sagst du was», sagte Tannen.

«In Island haben Heiden seit ein paar Jahren Hochkonjunktur, wusstest du das? Das Wort Heiden kommt übrigens vom germanischen Wort *haithio*, was so viel wie unbebautes Land bedeutet, eine Waldgegend, Wildheit, Ungezähmtheit.

«Du hast deine Hausaufgaben gemacht.»

«Was willst du wissen?»

«Ein paar Geheimnisse über Julia Mestrom, die der Öffentlichkeit, also mir, nicht bekannt sind, zum Beispiel.»

Er machte es, wie es sich bewährt hatte. Trinken und flirten, ein paar Komplimente, zuhören und von Zeit zu Zeit die richtige Frage.

«Nun ja, ich denke da an ein paar Vorfälle, die mir zu Ohren gekommen sind, über die ich aber nie schreiben durfte, weil mein Chefredakteur Angst vor einer Klage hatte. In ihrer Villa in Rom soll es ein spezielles Zimmer geben, in dem Julia Mestrom regelmäßig Reliquien angebetet hat, heißt es, angeblich durfte nicht einmal ihr Mann dieses Zimmer betreten. Was das für Reliquien sind, habe ich nie in Erfahrung gebracht, nur eins kann ich mit Gewissheit sagen: Sie müssen in einem Zusammenhang mit den Germanen stehen.»

Tannen ließ sich seine Überraschung nicht anmerken. Die Information war mehr als ein verblüffendes Detail.

«Und?», fragte Eva Wahlberg. «Wie sieht's mit einer Gegenleistung für diese Neuigkeit aus?»

«An was dachtest du denn?»

Sie gab einen langen schweren Atemstoß von sich und sah ihn dabei von unten herauf an. «So ganz bin ich mir darüber noch nicht im Klaren.»

Tannen ruckelte sich erwartungsvoll auf seinem Hocker zurecht, seine Schuhe schleiften über den Boden. Mit der Sohle stieß er gegen etwas Weiches. Er bückte sich, um nachzusehen, was es war, und tauchte mit einem langen Lederhalsband in der Hand wieder auf. An dem Band hing ein kleiner Knochen, in den drei miteinander verbundene Linien eingeritzt waren.

Noch während er seinen Fund begutachtete, sagte Eva Wahlberg: «Das gehört Argná. Ist ihm wohl aus der Tasche gefallen. Er behauptete, der Knochen sei von einem Troll, aber das habe ich ihm natürlich nicht geglaubt. Er hat gelacht und gesagt, nur ein Walfisch habe solche Knochen.»

Tannen musterte die tiefen Einkerbungen.

«Ich fragte ihn, ob er es mir schenken will», sagte sie und griff nach dem Armband, aber Tannen zog seine Hand zurück.

«Er antwortete, ich sehe aus wie jemand, der etwas damit anfangen kann, aber hergeben wollte er es nicht.»

«Kannst du? Was damit anfangen?»

«Er fing an, mir die eingeritzten Linien zu erklären, dann kamst du, und er meinte, er müsse gehen.»

Tannen lächelte.

«Das war eine gute Entscheidung von ihm», sagte er.

Was er sah, wenn er Eva Wahlberg ansah, gefiel ihm, und woran er dachte, gefiel ihm noch mehr.

Dann kam ein Lied, das ihrem kleinen Flirt ein plötzliches Ende bereitete. Der Barkeeper drehte die Musik noch ein bisschen lauter. Für Tannen war der Song wie ein Weckruf. Es wird Zeit, dachte er, gewissen Gefühlen die richtige Perspektive zu geben, als er hörte, wie Robbie *Come on hold my hand I wanna contact the living* sang.

Er sah zu Judith hinüber, die ihren Kopf hob und nach etwas zu suchen schien, bis ihre Blicke sich trafen.

«Tja», sagte Tannen, «ich fürchte, für mich wird es auch Zeit. Der Jetlag.»

«Von Berlin nach Reykjavík sind es drei Flugstunden», erwiderte Eva Wahlberg und krauste die Stirn. «Ohne eine einzige Zeitzone.»

«Das macht einen fertig, nicht?», sagte Tannen.

... Not sure I understand this role I've been giving ...

«Nicht böse sein», sagte er, «aber diesen Tanz habe ich einer anderen Lady versprochen.»

... I just wanna feel real love feel the home that I live in because I got too much life running through my veins going to waste ...

«Sie sitzt da drüben», sagte die Klatschkolumnistin, «ich weiß. Auf der Gegenleistung bestehe ich trotzdem. Lass dir etwas einfallen. Morgen?»

«Klingt gut.»

Sie umklammerte ihren Drink. Stupste Tannen mit dem Finger gegen die Schulter.

«Den nehme ich mit auf mein Zimmer, wenigstens etwas. Gute Nacht. Ich weiß, wann ich verloren habe.»

«Nur den Krieg», erwiderte Tannen und zwinkerte ihr aufmunternd zu. «Die eine oder andere Schlacht vielleicht noch nicht.»

Dafür schenkte sie ihm ein ehrliches Lächeln und einen Blitz in ihren wasserblauen Augen.

Tannen erledigte die Angelegenheit an der Bar mit einem Fünfhundertkronenschein. Während er zusah, wie Eva Wahlberg mit ihrem Mai Tai davonging, überlegte er, was er zu Judith sagen konnte, ohne dass sie in ihm einen gefühlsduseligen Trottel sah, der sich von ein paar Noten aus dem Takt bringen ließ. Als er eine Entscheidung getroffen hatte und sich umwandte, stand sie hinter ihm.

«Frauen erinnern sich immer an die Musik», sagte sie.

In einem Berliner Szene-Lokal am Hackeschen Markt hatten sie beide zu Robbie getanzt, sehr eng und sehr langsam, ganz zu Anfang, als beide mit dem Ensemble, wie Judith die Mitarbeiter ihres Dezernats nannte, nach einer Aufführung ihrer Theatergruppe eine Sommernacht lang durch die Stadt gezogen waren, von Club zu Club, bis es hell wurde.

Tannen sagte: «Ich kann deinen Duft wie damals riechen, und es war kein Parfüm. Jetzt rieche ich ihn wieder.»

«Werde nicht sentimental, Frank. Wir sind uns doch einig, dass es keine Zukunft hätte.»

«Davon weiß ich nichts, bisher haben wir nie darüber gesprochen.»

Robbie hörte zu singen auf. Stattdessen war jetzt Dinah Washington mit *Mad about the boy* zu hören.

«So was schon mal gesehen?», wechselte Tannen das Thema, als er bemerkte, wie Judith das Lederband mit dem Knochen in seiner Hand betrachtete.

Sie nahm ihm das Armband aus der Hand, überlegte. Das Zeichen auf dem Knochen sah aus wie ein großes H, bis auf den Mittelstrich, der zwar da war, aber von links oben nach rechts unten in einer schiefen Ebene abfiel.

«Ich glaube», sagte Judith, «das ist Hagalaz.»

«Wer?»

«Nicht wer, sondern was. Ein Buchstabe aus der altgermanischen Schrift. Eine Rune.»

«Du kannst Runisch?» Dann änderte sich sein spöttischer Tonfall, er wurde weich.

«Weißt du, dass du hinreißend aussiehst, wenn du dich konzentrierst? Diese kleine niedliche Falte über deiner Nase, und manchmal wackelst du sogar mit den Ohren, aber das bilde ich mir vielleicht ein. Hörst du mir überhaupt zu?»

«Bei der Leiche von Julia Mestrom wurden Runen gefunden», fuhr Judith fort, ohne seine Frage zu beachten. «Der Besitzer dieses Armbands scheint sich damit auszukennen. Gehört es deiner Freundin?»

«Nein, dem Typen, mit dem sie hier eben noch gestanden hat, dem Kameramann. Sie sagt, es wäre seins.»

«Für jede Rune gibt es eine Menge Interpretationen. Soweit ich mich erinnere, und das ist tatsächlich vage, steht Hagalaz für Zerstörung und Desaster, für plötzlichen Verlust. Eine Nähe zum Totenreich wird ihm ebenfalls nachgesagt», sagte sie, auf ihre Kenntnisse aus früheren Jahren vertrauend.

In ihrer Erinnerung kramte sie nach den positiven Aspekten der Hagalaz-Rune, denn alle Buchstaben vereinigten in sich mehrere Eigenschaften, gute wie böse. Was ihr dazu einfiel, war, dass es sich bei Hagalaz auch um eine Segensformel handelte, die zum Schutz und zum Gruß verwendet wurde. Und für Hochzeiten. Jedenfalls von all denen, die an die Macht der Runen und ihre Bedeutung glaubten.

«Auf dem Gymnasium, mit vierzehn oder fünfzehn, waren Runen unsere Geheimsprache. Meine Freundinnen und ich schrieben einander Briefe, die niemand außer uns entziffern konnte.»

«In den Briefen ging es natürlich um Jungs», sagte Tannen.

«Um die nächste Mathearbeit jedenfalls nicht», lächelte sie verlegen.

«Und heute? Hast du das Interesse an den Jungs verloren? Von Robbie wissen wir's ja, aber ich wüsste gern, was du fühlst, Judith.»

Mal sehen, ob seine Direktheit sie beeindruckte. Aber sie war ein Fehler, merkte er gleich. Zu überstürzt. Ausgelöst durch ihre Nähe, durch den Geruch.

Sie wich ein Stück zurück, gerade so viel, dass er es bemerkte. Er hatte sich wieder mal zu weit vorgewagt, sie in die Enge getrieben.

«Machst du in Konversation?», fragte sie. Sie war kurz davor, den Faden zu verlieren, und ihre Stimme klang harscher als beabsichtigt.

«Ehrlich, es interessiert mich. Warum weichst du mir ständig aus?», fragte Tannen.

«Du weißt, wie ich darüber denke. Über uns.»

Die plötzlich wiedererstandenen Freuden und Geister der Vergangenheit schienen über ihnen zu schweben. Judith blinzelte durch halb geschlossene Lider ins Leere. Seit jenem Abend in Berlin, als sie tanzend die Nacht verbracht hatten, konnte sie die Muttermale an seinem Hals wie Sternbilder im Planetarium ihrer Phantasie projizieren, wann immer sie das wollte. Was er fühlte, war ihr klar.

Was er wollte, auch. Was sie nicht wusste, war, wie ernst er es meinte.

Und sie? Seit ihrer Scheidung war Tannen der erste Mann, bei dem sie Eifersucht verspürte, wenn sie ihn mit anderen Frauen sah. Aber das konnte sie ihm unmöglich sagen. Sie war ein Profi. Gefühle im Job durfte man nicht zu dicht an sich heranlassen. Und schon gar nicht, wenn man der Chef war. Sie versuchte, ihre Befangenheit abzuschütteln. «Im Lauf der Zeit finden wir unsere Geschichte irgendwann komisch, glaubst du nicht?»

Tannen schwieg. Er bestellte sich ein Becks und ließ sich Zeit beim Einschenken.

Es war Carola Kleinschmidt, die Direktorin des Hotels Borg, die sie ungewollt aus der lähmenden Situation befreite. Sie zog einen Kälteschleier hinter sich her, als sie mit ihrem schneebestäubten Pelz die Bar betrat. Im Schnellgang redete sie Isländisch mit einer Kellnerin, die ihr mit einem Tablett voller Cocktails über den Weg lief, und gestattete sich zum Schluss ein mädchenhaftes Lächeln, das die Kellnerin gutgelaunt erwiderte. Carola Kleinschmidt gehörte in die Kategorie der Frauen, die einmal schön gewesen waren, bevor sie unmerklich in die späten Jahre kommen und hinübergleiten, und deren Schönheit dann plötzlich verschwunden ist.

Jetzt war sie erst mal da. Bei Judith und Tannen.

«Nun, wie finden sie unser Borg?», fragte sie und gab beim Barkeeper einen Manhattan in Auftrag, groß, gegen die Kälte. «Damit meine gefrorenen Adern wieder auftauen. Ist schlimm draußen heute Nacht, selbst der Hund wollte schon an der ersten Ecke wieder umdrehen.»

«Bestimmt haben sie viele Stammgäste», sagte Judith. «Es ist wunderschön.»

«Sie hätten es sehen sollen, als mein Mann und ich hier ankamen.» In null Komma nichts wechselte sie das Thema. «Haben Sie schon was?»

«Wenn Sie auf die Tote anspielen», antworte Judith, «lautet die Antwort nein.»

«Wie dumm von mir. Sie sind ja eben erst angekommen. Sie war so eine lebenslustige Person, diese Frau Mestrom, meinetwegen ein bisschen speziell, aber ich habe mich gut mit ihr verstanden. Hier an der Bar sprachen wir über die alten Zeiten, als wir beide jung waren. Ich hatte ihr ja nur ein paar Jährchen voraus. Wir wuchsen beide in Berlin auf, müssen sie wissen, winkten beide vom gleichen Hügel in Tempelhof den Rosinenbombern zu, die während der großen Blockade in den Sechzigern pausenlos starteten und landeten. Doch begegnet sind wir uns damals nie. Überhaupt, alles nette Leute, die für den Film arbeiten. Nichts dran auszusetzen. Sauber und ordentlich. Bis auf diese alte Nervensäge, Louise Barring, die glaubt, sie sei was Besseres. Der arme Herr Barring, er tut mir leid.»

«Seine Schwester?», fragte Judith.

«Seine Mutter. Eine verdrießliche alte Schachtel. Schikaniert das Personal, wo sie nur kann. Auch ihrem Sohn setzt sie bei jeder Gelegenheit zu, ich muss sagen, ich bewundere die Geduld, die er für sie aufbringt. Wäre meine Mutter mit mir so umgesprungen, hätte ich sie in einem Handwaschbecken ertränkt.»

«So schlimm?», fragte Tannen.

«Sie hätten sie erleben sollen. Jetzt ist sie krank und liegt im Bett, oben auf 211. Glauben Sie nicht, dass wir deshalb Ruhe vor ihr haben. Im Gegenteil, seit sie Temperatur hat, ist sie noch ungenießbarer. Sagen Sie, hätten Sie und Ihre Kollegen vielleicht Lust, morgen Abend mit mir zu essen?

Selbstverständlich auf Kosten des Hauses. Ein kleines exquisites Vorweihnachtsmenü. Ich würde mich freuen.»

Die Hoteldirektorin legte ihre ganze Berufsehre in ein strahlendes Lächeln. Judith versprach zu kommen, wenn die Ermittlungen ihnen Zeit dazu ließen. Ja, die Ermittlungen, sagte Carola Kleinschmidt, die hätten natürlich Vorrang.

Judith wollte gehen. Sie brauchte einen Ort, an dem sie wieder einen klaren Kopf bekommen konnte, und suchte einen Vorwand, sich zu verabschieden.

Tannen kam ihr zuvor. «Also dann bis morgen», sagte er, nahm Judith beim Arm und schob sie vor sich her.

«Du hättest wenigstens versuchen können, mich zu fragen, ob ich schon gehen will», sagte sie. «Vielleicht hätte ich noch bleiben wollen?»

«Ich glaube nicht, dass du das vorhattest. Aber wenn dir so viel daran liegt, bitte. Sie steht an der Bar und wartet.»

Verärgert wischte sich Judith eine Haarsträhne zur Seite, die ihr unversehens vors Auge gefallen war.

Tannen lieferte sie vor dem Fahrstuhl ab.

«Gute Nacht, Judith. Schließ die Tür hinter dir zu, sonst stattet dir einer dieser Trolle, an die sie hier glauben, vielleicht noch einen Besuch ab, wenn du schläfst.»

«Blödmann.»

Die Fahrstuhltür öffnete sich. Tannen blieb stehen. Er sah ihr nach, wie sie einstieg.

«Was ist mit dir?», fragte Judith. «Kommst du nicht?»

«Ich möchte noch jemandem guten Abend sagen.»

Durch das Fenster in der Eingangshalle hatte Tannen den Kameramann gesehen und gleich wiedererkannt, trotz der

Kapuze und seiner unwürdigen Körperhaltung: gesenkter Kopf, hängende Schultern. Gegenüber vom Hotel stand er mit einem Inder vor dem Eingang des Café Paris. Beide hatten die fellbesetzten Kapuzen ihrer Parkas gegen den Wind tief ins Gesicht gezogen. Sie rauchten und traten von einem Bein aufs andere.

Kristjánssons Hand tauchte in die Tasche seines Parkas und kam mit einem Bündel Kronen wieder zum Vorschein. Er gab sie dem Inder, der ihm dafür einen prall gefüllten Briefumschlag aushändigte. Ihre Umgebung ließen die beiden vollkommen außer Acht. Im Dunkeln fühlten sie sich offenbar unbeobachtet.

«Nochmal zum Mitschreiben», hörte Tannen den Inder sagen, als er in ihre Nähe kam. «Das nächste Mal bringst du die ganze Kohle mit, kapiert? Alles, was du uns schuldest, bis auf die letzte verdammte Krone. Mein Boss verliert langsam die Nerven, und das kann sehr wehtun.»

Der Inder drehte sich um und verschwand im Café. Kristjánsson zog ein letztes Mal an seiner Kippe und warf sie in den Schnee, wo sie mit einem Aufglühen verzischte. Den Umschlag steckte er in die Innentasche seines Parkas.

«Kalt, was?», sagte Tannen und zog schlotternd die Schultern hoch.

«Tja, das fragt man sich. Wenn du mich fragst: Ich würde mich jetzt gern verflüchtigen.»

«Kann ich dich zu einem Kaffee einladen? Ich hab etwas, das dich interessieren wird.»

«Mann, hau ab. Ich hab, was ich wollte. Du kommst ein paar Minuten zu spät.»

«Findet man nicht alle Tage.»

«Hat das nicht bis morgen Zeit?», fragte Kristjánsson und starrte wütend den Mann an, der ohne Jacke, nur in einem dicken Holzfällerhemd, rot-weiß kariert, vor ihm stand, die Hände gegen die Kälte vor der Brust verschränkt.

«Jetzt gleich würde mir besser passen», antwortete Tannen. Er hielt ihm das Armband hin. «Das gehört dir, glaube ich.»

Kristjánsson starrte auf das Armband. «Willst du Spielchen spielen?»

«Darin bin ich ziemlich gut.» Tannen zog seinen deutschen Dienstausweis hervor.

Kristjánsson sagte, er könne nicht lesen, was da stehe. Tannen erklärte es ihm.

«Hat nichts mit dem Zeug in deiner Tasche zu tun», beruhigte er Kristjánsson. «Von mir aus kannst du dir so viel Gras reinziehen, bis du am Jupiter vorbeifliegst. Ich bin wegen des Mordes an Julia Mestrom hier. Der Rest ist mir egal.»

Nach ein paar drittklassigen theatralischen Gesten sagte Kristjánsson, er habe der isländischen Polizei bereits alles erzählt. Natürlich sei die sofort bei ihm aufgekreuzt, drei Bullen auf einmal, was er ziemlich übertrieben fand. Andererseits könne er es verstehen, es sei ja kein Geheimnis gewesen, dass er die Party in dem Lokal gemeinsam mit Julia Mestrom verlassen habe. Was danach genau passiert sei, begreife er selbst noch nicht. Klar, sagte er, er sei einer der Letzten gewesen, der sie gesehen hat, aber es gebe genug Leute, die sein Alibi bestätigen könnten.

«Nach mir muss sie noch jemand anderen getroffen haben», sagte er.

«Vielleicht ja, vielleicht nein», entgegnete Tannen. «Mir frieren hier langsam die Füße fest. Entweder wir gehen jetzt zusammen in dieses Café, wo es warm ist, und reden in Ruhe weiter, oder ich gehe zurück ins Hotel. Dann sehen wir uns morgen um zehn Uhr auf dem Präsidium. Klar? Ich kann mir dich mühelos in Häftlingskleidung vorstellen.»

Tannen sah einen Moment lang in Kristjánssons weit aufgerissene Augen. Sie verrieten seine Unruhe, dass hier etwas verkehrt lief.

«Ach Scheiße, Mann!», erwiderte Kristjánsson. «Wenn es unbedingt sein muss, weiß ich was Besseres als diesen Spießerladen. Wo sie gute Musik spielen, und hübsche Frauen gibt es da auch. Liegt gleich um die Ecke, bis dahin schaffst du es ohne Jacke.»

Tannen gefiel sein Lächeln, sein irgendwie finsterer, verwilderter Ausdruck. Dem, dachte er, werden nicht viele Frauen von der Bettkante springen.

Draußen vor der Diskothek, auf die es Kristjánsson abgesehen hatte, wartete eine lange Schlange darauf, eingelassen zu werden. Er ging schnurstracks an den Wartenden vorbei zum Eingang, nickte den beiden Türstehern zu, der eine ein komischer kleiner Wicht mit langen Koteletten, der andere ein Hüne ohne Haare, stieß die Tür auf, und sie tauchten ein in das Gewitter aus lauter Musik und grellen Scheinwerfern. Die Tanzfläche war voll, dafür sorgte *Material Girl* von Madonna.

Tannen dachte, egal, wie laut Kristjánsson redete, er würde kein Wort verstehen. Er klebte an seinen Fersen und folgte ihm an der langen Bar vorbei bis zu einer Stahltür. Kristjánsson klopfte, Sesam öffne dich, ein paarmal dagegen, und sie ging auf. Als die Tür sich hinter ihnen geschlossen hatte, war es totenstill. Kristjánsson stieg eine ausgewaschene Betontreppe hinauf, die in einen luxuriös ausgestatteten Raum über der Bar mündete. Durch eine Spiegelwand konnte man auf die Tanzfläche sehen.

In tiefen weißen Ledersesseln, die großzügig über die ganze Fläche des edlen Séparées verteilt waren, räkelten sich privilegierte Nachtschwärmer mit goldenen Kreditkarten, eingetaucht in süße Wolken von Marihuana, und ließen sich mit indischem Pop von einer Buddha-Bar-CD berieseln. Eine Geräusch gewordene Kaschmirdecke.

Die Frauen, eher Mädchen, tranken Champagner, die Männer hielten sich an Whisky, pur oder mit einem Spritzer Zitronensaft. Nirgendwo sah man Cocktailschirmchen.

Kristjánsson presste seine Nase gegen die Scheibe und sah hinunter, wo sich die Tanzenden dicht an dicht die Glieder verrenkten. Sie setzten sich an einen Tisch, dessen Platte mit einem Motiv von Elfen und Trollen im Gebirge bemalt war.

«Glaubst du auch an Elfen und Trolle?», wollte Tannen wissen. «So wie einige deiner Landsleute?»

«Meine Großmutter», sagte Kristjánsson, «hat mir erzählt, dass sie mit ihnen spricht, mit dem ganzen Gesocks. Wer bin ich denn, zu sagen, meine Oma wäre verrückt?»

Die Kellnerin, Lily, in einem sehr kurzen roten Rock, brachte ihnen die Drinks, Red Bull mit Wodka. Sie stellte die beiden Gläser ab, wandte sich an Kristjánsson, setzte sich auf seine Knie, hauchte ihm ein Küsschen in Gesicht und sagte: «Für meinen Liebling.»

Tannen sah sich Lily genauer an.

Wahrhaftiger Gott, eine richtige Transe, o Scheiße. Er nahm sein Glas und prostete Kristjánsson zu: «Wenn du davon genug trinken würdest, bräuchtest du dein Pot nicht, um hochzukommen.»

«Wahrscheinlich würde ich es trotzdem brauchen. Es mag mich zu sehr. Ein bisschen Kiffen, ein bisschen Musik machen, hin und wieder eine Muschi und einen Film –

man muss das so sehen: Wie könnte mein Leben besser sein?»

Als die Kellnerin von Kristjánsson abließ und sich wieder den anderen Gästen zuwandte, sagte er zu Tannen: «Du solltest mit meiner Großmutter sprechen. Mal ehrlich. Sie gilt als *skyggn.*»

«Ist das ansteckend?»

«Nee, Mann, sie ist hellsichtig. Nur damit du es weißt, die Menschen in Island leben zwar nicht mehr in Grassodenhäusern, trotzdem haben sich manche von ihnen, vor allem die Älteren, die Fähigkeiten und Lehren bewahrt, die von ihren Eltern und Großeltern an sie übergegangen sind. Es gibt Menschen, die damit etwas anfangen können, weil sie daran glauben, andere nicht.»

«Und du?

«Ich liebe meine Großmutter.»

Tannen zog das Runenamulett aus seiner Tasche und ließ es über seinem Zeigefinger vor Kristjánssons Nase baumeln.

Das Amulett habe er von seiner Oma bekommen, zum fünften Geburtstag. Was die Zeichen bedeuteten, habe sie ihm auch erzählt.

«Früher hat mich das nicht interessiert, erst mit Anfang zwanzig wurde das Futhark für mich interessant. Ich suchte die Dinge hinter den Dingen und schloss mich den Heiden an. Um neue Erfahrungen zu machen und etwas Besonderes zu sein», sagte er.

Die ganze Zeit, während er redete, hatte er sich eine Tüte so groß wie den Berliner Fernsehturm gedreht, jetzt steckte er sie in Brand, nahm einen tiefen Zug, behielt den Rauch lange in der Lunge und atmete ihn langsam wieder aus. Dann reichte er den Joint an Tannen weiter.

«Guter Stoff», sagte er. «Solltest ihn probieren.»

Tannen nahm den Joint und zerbröselte ihn zum Entsetzen von Kristjánsson im Aschenbecher. Nicht mal ein Flammenwerfer hätte die Überbleibsel wieder in Gang setzen können.

«Was machst du denn, du dämlicher Bulle? Da sind gerade viertausend Kronen verdampft!»

«Mit dem Wechselkurs hab ich Probleme. Nochmal zurück zu diesem Futhark.»

«Du willst wissen, was das ist? Lauter schicke Buchstaben aus kurzen Strichen, rauf und runter, von links nach rechts, von oben nach unten, Striche in alle Himmelsrichtungen. Ich kann dir jeden einzelnen Buchstaben vorbeten. Alle zusammen bilden das Runenalphabet der alten Germanen, und das nennt man Futhark.»

Tannen sagte ihm, was er gerade über den Buchstaben Hagalaz gelernt hatte. Kristjánsson quittierte sein Wissen mit einem überraschten Grinsen.

«Meine Eltern», sagte er, «kamen bei einem Schiffsunglück ums Leben, als ich zwei Jahre alt war. Der Kahn ist einfach abgesoffen. Sie fuhren an einem Sonntag mit ein paar Freuden zum Hochseeangeln raus und sind nicht wiedergekommen. Deshalb schien es für meine Großmutter eine gute Idee zu sein, mir Hagalaz als Glücksbringer und Schutzsymbol um den Hals zu hängen. Sie bestand darauf, dass ich es ständig trug. Irgendwann nahm ich es ab und wickelte es um mein Handgelenk, das fand ich cooler.»

«Schutzbringer also, verstehe. Soweit ich weiß, hat dieser Buchstabe aber noch andere Bedeutungen.»

Kristjánsson bestätigte das, klar, alle Buchstaben hätten mehrere Eigenschaften, positive und negative. Ohne die Hölle gebe es keinen Himmel, ohne Unglück kein Glück, das sei nun mal so. Im Übrigen hätte er sein Armband jetzt gern zurück.

Dafür, sagte Tannen, sei es noch ein bisschen zu früh. Morgen werde er den Runenknochen als Beweismaterial bei der isländischen Polizei abliefern.

Wieso denn, wollte Kristjánsson wissen. Wieso Beweismaterial?

«Du weißt verdammt gut Bescheid», sagte Tannen. «Auch, wie man die Runen ein bisschen nett um eine Leiche herum dekoriert, dass es nach was aussieht?»

«So ein Quatsch!»

Tannen erzählte ihm von der Leiche, dem Kopf, der zwischen die Äste des Baumes geklemmt war, und den dreizehn Runen, die der Mörder um die tote Julia Mestrom in den Schnee gelegt hatte.

«Davon höre ich zum ersten Mal», sagte der Kameramann. «Die Polizei hat mir nichts davon erzählt. Verdammt, jetzt brauche ich wirklich einen Joint.»

Er stand auf und schlenderte zu Lily hinüber, die sich zu einer russischen Herrenrunde in Anzügen über den Tisch beugte und Gläser und zwei Flaschen Absolute vor sie hinstellte. Die beiden verschwanden auf der Toilette.

Wieder zurück, sagte er zu Tannen: «Noch so eine dämliche Aktion wie eben, und wir gehen vor die Tür.»

«Was ist in der vergangenen Nacht genau passiert», wollte Tannen wissen. «In der Zeit vom Verlassen des Lokals bis zu dem Moment, wo du Julia Mestrom zuletzt gesehen hast. Du willst doch nicht, dass du in etwas hineingerätst, das dir am Ende über den Kopf wächst.»

«Mensch, du hast Nerven. So wie ich das sehe, bist du ziemlich weit weg von deinem Zuständigkeitsbereich. Ich glaube, ich habe deine Frage nicht richtig verstanden.»

«Lässt du etwas aus», sagte Tannen, «und ich komm dahinter, hast du ein Problem.»

«Ich fand die Mestrom aufregend, na und? Vor ungefähr drei Wochen hab ich sie angebaggert, zum Spaß, eine Wette mit den Kollegen. Sie ist sofort drauf angesprungen. Gleich in der ersten Nacht ging die Post ab, und am Morgen gleich nochmal und nochmal. Ruhm scheint ein bemerkenswertes Aphrodisiakum zu sein. Sie konnte den Hals nicht vollkriegen. Mir wurde schnell klar, dass sie eine Nymphomanin im besten Sinne des Wortes war.»

In der letzten Nacht habe er sie mit zu seinen Kumpels genommen, den Bloodhounds, seiner Band. Wenn er nicht drehe, mache er Musik, Heavy Metall und Gothic, was sonst. Er warf seine Mähne nach hinten und spielte ein paar Riffs auf einer Luftgitarre. Man kenne sich seit der Schulzeit. Manchmal schneie Björk bei ihnen rein, in dem alten Lagerhaus am Fischereihafen, wo sie alle wohnten, alle bis auf ihn. Vorgestern seien auch ein paar Designerinnen und drei Stewardessen von Icelandair da gewesen.

«Die stehen auf Rockmusiker.» Er zwinkerte Tannen zu. «Wenn du Lust hast, ein Wort genügt, und bei der nächsten Party bist du dabei.»

«Wer ist mit ihr weg?», fragte Tannen.

Kristjánsson verzog die Miene, zwinkerte.

«Karl, unser Drummer.»

«Und dir hat das nichts ausgemacht?»

«Er spielt verdammt gut Schlagzeug. Wahrscheinlich dachte sie, er wäre auch sonst besonders fingerfertig.»

«Kein Neid? Keine Eifersucht? Sei ehrlich, so was geht einem Kerl wie dir doch nicht am Arsch vorbei.»

«Ich wusste von Anfang an, woran ich mit ihr bin.»

Er sagte, irgendwann in der Nacht habe der Brennivin

ihn müde gemacht, und die Joints, die er geraucht habe, hätten ihn außer Gefecht gesetzt. Blackout auf der ganzen Linie. Heute Morgen um fünf sei er mit einem Mordskater aufgewacht, bei sich zu Hause, habe sich Hals über Kopf geduscht und angezogen und sei zum Hotel Borg rüber, weil für den Tag Dreharbeiten auf dem Gletscher geplant gewesen seien. Doch die Fahrt wäre abgeblasen worden, angeblich, weil man Julia Mestrom nirgendwo auftreiben konnte, er sei wieder nach Hause und habe sich noch einmal hingelegt. Gegen Mittag habe die Polizei geklingelt, Kommissar Hinriksson mit zwei von seinen Leuten.

Nachdenklich ließ Tannen das Armband, das eigentlich eine Kette war, durch seine Finger gleiten, bis er in jeder Hand zwei lose Enden zwischen Daumen und Zeigefinger hielt. An diesen Stellen war das Leder gerissen. Die Enden waren weiß und dünn, sie sahen aus, als hätte jemand zuvor mit aller Kraft daran gezogen.

Tannen sagte: «Kannst du ihnen auch erklären, was mit deinem Armband passiert ist, wenn sie dich danach fragen?»

4

Am nächsten Morgen hockten Judith von Matt und Frank Tannen an einem wackligen Holztisch in einem Coffeeshop beim Frühstück. Am Tresen ließ ein Berufskaffeeteetrinker vier Würfelzucker in seine dritte Tasse fallen, nahm einen langsamen Schluck und trank die Tasse leer.

Tannen hatte Judith von seiner intensiven Begegnung mit dem Kameramann erzählt. Sie kamen überein, ihm und den Bloodhounds einen Besuch abzustatten und sie ein bisschen unter Druck zu setzen. Bislang war Kristjánsson neben den Heiden ihre einzige vernünftige Spur.

Vor dem Fenster eilten gestresste Weihnachtseinkäufer durch die festlich geschmückte Straße, in der sich ein Geschäft an das andere reihte. Allmählich bekam Judith ein Gefühl für Reykjavík. Sie starrte hinaus, der wolkenverhangene Himmel schien alles niederzudrücken, aber es machte ihr nichts aus, nicht so wie gestern.

Sie war angekommen.

Richard Gossmann, der ein großes amerikanisches Frühstück mit Rühreiern, Speck und Kartoffeln verdrückt hatte, stand draußen vor dem Coffeeshop und putzte die zweite Selbstgedrehte weg.

Judith schob ihre Kaffeetasse beiseite und holte ihren Taschenspiegel heraus. Der Zucker in ihrer Tasse hatte sich als zäher Sirup am Boden abgesetzt.

«Hab ich Lippenstift an den Zähnen?», fragte sie.

«Ich nehme an, das ist eine rein rhetorische Frage», erwiderte Tannen. Es wurde Zeit, dass er wieder auf den Kern zu sprechen kam, auf Kristjánsson und dessen Hang zu Drogen. Und was das für ihre Arbeit bedeutete.

«Die Leute rauchen das Gras hier büschelweise», begann er. «Wenn man sich ordentlich zugedröhnt hat, kommt man schon mal auf sehr dumme Gedanken, und am nächsten Morgen hat man keine Ahnung mehr, was passiert ist. Gras ist noch das geringste Problem. Kristjánsson meint, nichts gehe über Kokain aus Lettland, guter Stoff, sagt er, jeder hier wolle das Zeug haben.»

«Er selbst auch?», fragte Judith.

«Der erst recht.»

Eine Viertelstunde später betraten sie das Polizeipräsidium. Kommissar Olafur Hinriksson stand mit einem großen alten Mann, graue Cordhose, Barbor-Jacke, vor einer breiten Stellwand und pinnte eine Galerie großformatiger Bilder auf die Wand, lauter Fotos vom Tatort. Ein kleines Antennenradio auf der Fensterbank und die Heizung liefen auf vollen Touren. Die beiden Männer hielten weiße Kaffeebecher mit braunen Pferden in der Hand, an denen sie gelegentlich nippten. In den Aknefurchen des Gesichts des Mannes lagen die kältesten Augen, die Judith jemals gesehen hatte, braun mit einem grauen Schatten um die Iris. Im gleichen Moment fiel ihr seine linke Hand auf, die den Kaffeebecher umklammerte, ein gutes Stück des Handtellers fehlte, der Rest sah aus wie eine einzige wulstige Narbe. Um den Becher halten zu können, reichte es.

Er drehte sich um, als habe er ihren Blick bemerkt. Über sein Gesicht huschte ein entschuldigendes Lächeln.

«Ist mir beim Fischfang passiert», sagte er und wechselte den Becher in die andere Hand, «wie so vieles, das bei den Isländern Narben hinterlässt, im Fleisch und in der Seele. Ich kann mich kaum daran erinnern, aber es tut immer noch weh.»

Hinriksson absolvierte die übliche Vorstellungsrunde: «Dr. Baldarsson ist Professor für Philosophie und Mythologie und eine Institution in unserem Land, was an seinem Beruf liegt, aber auch an seiner zweiten Mission, stimmt's, Professor? Am Wochenende gehen die Jugendlichen häufig aufeinander los, wenn sie zu viel getrunken haben. Er ist da und versucht zu schlichten, was ihm meistens auch gelingt, aber nicht immer. Die Kids vertrauen ihm, weil er die Tradition unseres Landes hochhält. Es heißt, nördlich des sechzigsten Breitengrades gäbe es niemanden, der die Runologie besser beherrscht als er. Seine beiden Bücher über die isländische Geschichte sind über zwanzig Jahre alt, trotzdem gelten sie immer noch als unüberwindbare Standardwerke.»

«Ist ja gut, ist ja gut», sagte Baldarsson und hob abwehrend die Hände. «Das sollte reichen. Zu viel der Ehre.»

«Aufgrund seiner außerordentlichen Kenntnisse habe ich ihn gebeten, uns bei den Ermittlungen zu unterstützen», fuhr Hinriksson fort, «und wie es aussieht, scheint das eine gute Entscheidung gewesen zu sein.»

Hinriksson reichte Baldarsson ein Vergrößerungsglas.

«Ihre Show, Professor.»

Mit der Lupe dicht vor den Augen wanderte Baldarsson über ein Foto nach dem anderen, hielt inne, rückte näher und forschte weiter. Das brauchte seine Zeit.

«Sucht er nach Bakterien?», fragte Gossmann leise. «Die Bilder sind so groß, darauf sieht man mit bloßem Auge einen Floh.»

«Was glauben Sie, würde Ihnen der Floh erzählen?», fragte Baldarsson und drehte sich zu Gossmann um. Jeder versuchte, dem Blick des anderen standzuhalten.

«Runen reden», sagte Baldarsson. «Genauer gesagt, sie raunen, sie flüstern, sie murmeln. Daher haben sie ihren Namen. Sie erzählen Geschichten. Und sie verbergen Geheimnisse. Sie sind Freund und Gefährte, magischer Zauber und Beschwörung, dies alles und noch viel mehr. Ihre Bedeutung kann je nach Land und Mundart voneinander abweichen, das macht sie so interessant. Sie sind Teil des Futhark, des Runenalphabets, das nach den ersten sieben Buchstaben so genannt wird. Diese Bezeichnung ist allerdings erst seit dem siebzehnten Jahrhundert üblich, man weiß nicht, wie die Germanen selbst diese Schriftzeichen nannten. Der früheste Nachweis von Runen befindet sich auf dem Helm von Negau, der in Österreich gefunden wurde. Auf der ganzen Welt existieren nur sechstausendfünfhundert erhaltene Runeninschriften. Mit gerade mal hundert Funden ist Island kein wirkliches Runenparadies, und doch ist das Germanentum hier tief verwurzelt.»

Interessiert hörten sie ihm zu, warteten darauf, dass er ans Ziel seiner langen Wortreise kam, die, wie sich herausstellte, jedoch noch einen zweiten Akt benötigte.

«Jede der vierundzwanzig Runen des Alphabets hat einen Namen und einen Lautwert. Der Lautwert wurde in späteren Vergleichen mit dem lateinischen Alphabet ermittelt. Verzeihen Sie, wenn ich zu sehr ins Detail gehe, das tue ich nur, um Ihnen einen möglichst tiefen Einblick in die Faszination der Runologie zu geben, die in diesem Mordfall ja eine ganz besondere Rolle zu spielen scheint.»

«Sie orientieren sich am älteren Futhark», unterbrach Judith ihn, «wenn Sie von vierundzwanzig Buchstaben sprechen. Haben die sechzehn Buchstaben des jüngeren Futhark keine Bedeutung in diesem Fall?»

«Sehr schön, Sie hören mir zu und kennen sich offenbar schon etwas aus. Das jüngere Futhark ist weniger bedeutsam als das ältere, das mehr über die Vergangenheit weiß. Zu allen Zeiten gab es nur einen kleinen Kreis von Runenmeistern, die in der Lage waren, die Zeichen zu schreiben und zu lesen. Bis heute ist unklar, woher die Zeichen kommen. Es gibt verschiedene Theorien darüber. Fest steht, sie waren nie eine Gebrauchsschrift für die Gebildeten, wie zum Beispiel Latein, deshalb existieren auch keine Runen auf Pergament oder Papyrus, obwohl Papyrus den Germanen durchaus zur Verfügung gestanden hätte. Aus diesem Grund enthalten die überlieferten Texte auch keine Informationen aus der Politik, der Gesellschaft, der Kultur oder der Wirtschaft ihrer Zeit. Einigen Lautwerten nach zu urteilen gehen wir davon aus, dass sie in der Generation um Christi Geburt entstanden sein könnten. Wann genau, darüber rätseln die Forscher bis heute und finden keine befriedigende Antwort. Die Runenträger des Altertums waren Holz, Stein und Metall. Und Knochen.»

«Ich wäre Ihnen dankbar», sagte Judith, «wenn Sie mit Ihren Ausführungen langsam wieder zu unserem Fall zurückkehren könnten, Herr Professor.»

«Ich neige zu Abschweifungen, wenn es um mein Fachgebiet geht, verzeihen Sie.»

Erneut nahm er die Lupe und trat einen Schritt näher an das zweite und größte Bild vom Tatort.

«Was haben wir denn hier? Dreizehn Runen, sorgfältig ausgelegt. In dieser Deutlichkeit hat man so etwas noch nie gesehen, nicht in den vergangenen zweihundert Jahren.»

«Können Sie die einzelnen Runen und ihre besondere Konstellation als Ganzes lesen?», wollte Judith wissen.

«Ja, ziemlich genau sogar», erwiderte Baldarsson. «Als Erstes ist da Gebo, dann folgen Ehwaz und Laguz und so weiter.»

Er tippte mit dem Zeigefinger auf jede einzelne Rune, wollte damit fortfahren, doch Gossmann unterbrach ihn.

«Wie wäre es, wenn wir den Kleinkram überspringen und sofort ihre Bedeutung für die heutige Zeit besprechen?»

Baldarsson, als würde man seine Kompetenz nicht zu würdigen wissen, verstummte. Ein fragender Blick in Richtung Hinriksson, der ihm aufmunternd zunickte, brachte ihn zurück auf die Spur.

«Sie haben es eilig, natürlich, ich verstehe. Sie brauchen Ergebnisse. Ich wollte nur helfen und Ihnen die Zusammenhänge erklären, aber da Sie daran nicht interessiert zu sein scheinen, komme ich also gleich auf das Wesentliche zu sprechen. Wir haben hier», erläuterte er, «dreizehn Runen, die im Halbkreis um die Tote gesetzt wurden. Dreizehn, das klingt nach einer Unglückszahl, nicht wahr? Aber das ist falsch, denn die Dreizehn war keine Unglückszahl, dazu wurde sie erst später gemacht. In den frühen Naturreligionen kam sie ausgesprochen häufig vor, da sie eng mit dem Mondkalender verbunden ist. In jedem zweiten Jahr gibt es dreizehn Vollmonde, also auch dreizehn Menstruationszyklen bei der Frau, das lässt die Vermutung zu, dass diese Zeitläufe von einem Matriarchat organisiert worden sind. Erst mit dem Beginn des Patriarchats, der von Männern dominierten Religionen, wurde die Menstruation der Frau als schmutzig und unsauber gebrandmarkt, und damit auch die Zahl dreizehn. Jeder halbwegs begabte Okkultist weiß um die Geheimnisse der Numerologie, die Magie der Dreizehn, und jeder kluge Okkultist stellt sie ebenso in Frage. Wo die Wahrheit liegt, müssen wir der Spekulation überlassen.»

«Ich wäre», sagte Gossmann, «Ihnen sehr verbunden, wenn Sie den okkulten Aspekt um ein paar praktische Fakten anreichern, die uns nach vorn bringen. Geht das?»

Mit jeder Minute lud sich die Atmosphäre im Raum weiter auf. Gossmann, der Polizist aus Deutschland, und Baldarsson, der Kenner Islands und seiner Traditionen, das waren zwei Pole, die sich wohl kaum jemals anziehen würden.

Judith ermahnte Gossmann mit einem scharfen Blick zu mehr Zurückhaltung.

«Gelobt sei Odin», sagte der Professor.

«Ja, von mir aus», sagte Gossmann.

Baldarsson überging seine Bemerkung.

Steif wiederholte er: «*Gelobt sei Odin* – das sind die Worte, die der Mörder in Gestalt der Runen auf den Steinen hinterlassen hat.»

«Warum tut er das?», fragte Judith. «Hinterlässt eine Spur, in voller Absicht.»

«Ein Opfermord?», schlug Kommissar Hinriksson vor.

«Zweifellos ist das Opfern eine der wichtigsten religiösen Handlungen im Germanentum, allerdings wurden den Göttern nur äußerst selten Menschenopfer dargebracht, das beweisen Knochenfunde in ganz Nordeuropa. Die Knochen stammen meistens von Pferden, Schafen und Rindern, aber sehr selten gab es auch Menschenopfer, das will ich gar nicht bestreiten.»

Er wandte sich an Judith.

«In Ihrem Heimatland gibt es einen Ort in Thüringen, der von den Germanen mehr als tausend Jahre lang als Opferplatz genutzt wurde. Jeder, der sich mit der faszinierenden Geschichte dieses Volkes beschäftigt, kennt Oberdorla. Hier fanden Forscher die Gebeine von vierzig Menschen. Da denkt man, oh, so viele? Fängt man aber zu rechnen an, sind das lediglich zwei Opfer pro Generation, und das hört sich schon ganz anders an, nicht wahr? Die Menschen mussten in Zeiten von Kriegen und Missernten sterben, um die Gunst der Götter für eine Wende des Schicksals zu erbitten. Die meisten Opfer waren Sklaven und Verbrecher, manchmal Kriegsgefangene oder freie Männer. Aus Schweden weiß man, dass auch Könige getötet wurden, um dem Himmel zu zeigen, dass man seine Hilfe braucht.»

Judith bewunderte seine bestechende Gelehrsamkeit mit dem fotografischen Gedächtnis, doch unter seinem kontrollierten Äußeren steckte etwas, das Judith Angst machte. Doch sie hätte nicht erklären können, wie sie darauf kam.

Gossmann fragte, ob den Opfern jedes Mal der Kopf vom Körper geschlagen worden war, und wenn ja, warum.

Ja und nein, antwortete der Professor, notwendig sei das nicht gewesen. Mit einer Handbewegung forderte er Gossmann, der ihm am nächsten stand, auf, sich den Baum anzusehen, in dessen Zweige der Kopf der toten Julia Mestrom geklemmt worden war.

«Ich bin kein Botaniker», sagte Gossmann, «aber ist das nicht eine Esche?»

«Yggdrasil. Die Weltenesche. Der Lebensbaum der Germanen. Von ihr stammt alles, an ihr hängt alles, sie ist alles.»

«Deine Vorfahren hatten es drauf», sagte Tannen und stieß Gossmann grinsend in die Seite.

«Zurück zu unserer Toten», sagte Baldarsson. «Sie fragen sich, warum der Täter die Arme und Beine der Toten in dieser Art und Weise inszeniert hat.»

Alle starrten auf das Foto: Julia Mestrom, breitbeinig, die Hände im Schoß, die Fingerspitzen gegeneinandergelegt.

«Das ist das vierzehnte Zeichen», sagte Baldarsson und faltete in einer Art Priesterfeierlichkeit die Hände vor sich. «Die Ehwaz-Rune, nachgestellt durch den menschlichen Körper. Esoteriker haben vor vielen Jahren damit begonnen, jede Rune Körperstellungen zuzuordnen, die Yogaübungen ähnlich sehen. Sie sind davon überzeugt, dass der Mensch in diesen Positionen die Kraft der Runen aufnimmt. Diese, nennen wir sie Runengymnastik, wurde in den zwanziger Jahren von Mystikern und Vertretern rassischer Lehren ins Leben gerufen. Die ernsthafte Forschung betrachtet dies mit einigem Missfallen, denn die Interpretation ist durch nichts gerechtfertigt. Ich denke, man kann nicht ausschließen, dass der Mörder zu diesen irregeleiteten Fanatikern gehört. Die Bedeutung der Ehwaz-Rune ist das Pferd, dessen Hufabdruck angeblich der Mondsichel gleicht, aber, ehrlich gesagt, habe ich keine Idee, was der Täter damit bezweckt, zumal ...»

Ein Auftritt Eva Wahlbergs, die ohne anzuklopfen hereinwirbelte und gleich loslegte, unterbrach Baldarssons Erklärungen.

«Warum gibt es noch immer keine offizielle Verlautbarung? Ein Star wurde ermordet. Ich rede mit der Pressesprecherin, ich rede mit dem Krankenhaus, ich rede mit den Filmfritzen, und niemand erzählt mir etwas. Stattdessen Gerüchte, Klatsch von Leuten, die sich wichtig machen. Ich bin kaum jemals wütend, aber Mann, das schafft einen!»

Als sie Tannen bemerkte, unterbrach sie ihren Redefluss und lächelte ihn verlegen an.

«Das war wohl etwas stürmisch, was?», fragte sie.

«Schon. Aber ich hab's gern stürmisch», erwiderte er.

«Dieses Büro ist wohl kaum der richtige Platz dafür», kommentierte Judith und funkelte Tannen an.

«Mal ehrlich, Frank, ist es wahr, dass die Mestrom geköpft wurde?», fragte Eva Wahlberg.

«Man hört so manches, aber das muss nichts heißen. Es ist besser, du gehst wieder», sagte er und nahm ihren Arm. Er brachte sie zur Tür.

«Du hast meine Frage noch nicht beantwortet», erwiderte sie und sah Tannen gekränkt an.

«Wir können uns heute Abend», sagte er, «auf einen Drink an der Bar treffen. Um acht? Dann kannst du mir von dem Film erzählen.»

«Darüber gibt es nicht viel zu erzählen. Jeder, der an dem Film beteiligt ist, musste ein Papier unterschreiben, in dem steht, dass er keinerlei Informationen über den Inhalt an Dritte weitergeben darf, sonst wird eine saftige Konventionalstrafe fällig, zwanzigtausend Euro, glaube ich. Nur so viel hab ich inzwischen rausgekriegt, dass der Film von der Geschichte einer Nazi-Expedition nach Island gegen Ende der dreißiger Jahre unter der Leitung des Bergsteigers und Biologen Lothar Ramsauer handelt. Heinrich Himmler, der Chef der SS und ein glühender Anhänger verschrobener okkultistischer Vorstellungen, soll ihn höchstpersönlich auf diese Reise geschickt haben, warum, das weiß ich noch nicht, aber ich kriege es heraus.»

«Bis um acht», sagte Tannen.

Mit diesen Worten schob er sie auf den Flur.

Als er auf dem Rückweg an Gossmann vorbeikam, flüsterte der ihm zu: «Findest du sie nicht ein bisschen jung? Zu Hause habe ich einen Bordeaux, der ist älter als sie.»

Baldarsson fuhr mit seiner Analyse der Bilder fort.

«Sehen Sie die beiden Klemmen, mit denen der Mörder ihre Augen geöffnet hält? Ein Trick aus alten Zeiten. Früher wurde in der Woche vor Weihnachten tagsüber viel Wolle gesponnen und nachts gestrickt. Fäustlinge, Socken, Pullover. Damit bezahlten die Leute ihre Schulden, um das neue Jahr schuldenfrei zu beginnen. Damit sie bei der eintönigen Arbeit nicht einschliefen, fertigten die Frauen aus dem Mittelschädelknochen des Kabeljaus kleine Klemmen an. Wurden sie müde, kniffen sie die Augenlider zu einer Hautfalte zusammen und befestigten die Klemmen daran, um die Augen offen zu halten. Eine überaus qualvolle, aber effektive Methode, um wach zu bleiben.»

Kommissar Hinriksson bedankte sich für die Informationen, sagte, sie wären von unschätzbarem Wert und würden ihre Ermittlungen zweifellos beschleunigen. Ein Wagen der Bereitschaftspolizei werde ihn nach Hause bringen.

«Informationen allein», entgegnete Baldarsson im Oberlehrerton, «sind eine leere Hülle. Nur wer diese Informationen sinnvoll miteinander zu verknüpfen weiß, gelangt auf den Weg der Erkenntnis, und wenn nicht das, so doch zu mehr Wissen.»

«Damit quälen wir uns jeden Tag herum», sagte Hinriksson.

«Ihnen allen ein frohes Weihnachtsfest», sagte der Professor und winkte zum Abschied.

Sie setzten sich an den großen Konferenztisch und kauten die amorphe Masse von Anhaltspunkten und Zeugenaussagen noch einmal durch.

Jetzt erst zog Tannen das Lederarmband hervor, das dem Kameramann gehörte, und sagte, jemand solle es zur kriminaltechnischen Untersuchung ins Labor bringen. Hinriksson telefonierte, und wenig später erschien ein Beamter der Abteilung und holte das Armband ab.

«Kann ein Täter allein das getan haben?», fragte Judith.

Gossmann schüttelte den Kopf.

«Ich sehe nicht, wie er das fertiggebracht haben soll. Der Platz, den er sich ausgesucht hat, liegt in unmittelbarer Nähe von Spazierwegen. Es musste schnell gehen, wenn er unbemerkt bleiben wollte. Klettert jemand unten diesen Umständen auf einen Baum, um den Kopf seines Opfers präsentabel auszustellen, und packt dann in Seelenruhe die Kieselsteine aus und garniert damit den Tatort?»

Was sie an hieb- und stichfesten Hinweisen hatten, war:

Dass Julia Mestrom vermutlich zwischen drei oder vier Uhr morgens getötet worden war.

Dass sie den Abend zuvor mit ihren Kollegen auf einer Julnacht-Party gefeiert hatte, auf der viel getrunken worden war, die sie aber später mit dem isländischen Kameramann Argná Kristjánsson verlassen hatte, um mit dessen Freunden weiterzufeiern.

Dass der Täter ein mörderisches Interesse an Runologie besaß.

Dass es einen tatverdächtigen Spinner gab, das Oberhaupt der Armanen, Sigurpáll Einarsson.

Dass jede Menge Fußspuren am Tatort existierten, aber keine DNA-Spuren des Täters.

Dass der Bericht des Gerichtsmediziners keine Erkenntnisse enthielt, mit denen sie auf der Stelle hätten etwas anfangen können. Allerdings gab es die Lederpartikel am Hals der Toten.

Dass ein deutsches Filmteam in Island zugange war und einen historischen Schinken drehte.

Und dass es langsam Zeit wurde, sich an die Arbeit zu machen, um die vielen Lücken, die sich auftaten, zu schließen.

Judith zog alle Blicke auf sich, als sie fragte: «Warum machen die Leute um diesen Film ein solches Gewese? Von wegen Verschwiegenheitserklärung.»

«Glaubst du, das könnte etwas mit dem Mord zu tun haben?», fragte Hinriksson.

«Reines Hobbyinteresse», erklärte Tannen. «Sie ist selber Schauspielerin.»

«Haben wir freie Hand, Olafur?», fragte Judith. «Ich möchte die Filmleute näher kennenlernen.»

«Fühl dich wie zu Hause, deshalb habe ich dich ja angerufen. Damit du deine Ideen einbringst.»

Gossmann war froh, dass ihm der Besuch in der Gerichtsmedizin erspart blieb. Er hasste Obduktionssäle, in denen die Körper ihre verborgensten Geheimnisse preisgaben, wo die Leichen dalagen wie auf Altären, als wären sie noch gar nicht ganz tot und hätten einen grausamen Ritus der Opferung vor sich.

Sie kamen überein, Hinriksson und Gossmann sollten den Heiden Einarsson besuchen, der die Veranstaltung in dem Delikatessenlokal gesprengt hatte und unter dringendem Tatverdacht stand. Frank Tannen würde sich noch einmal den Kameramann vornehmen, Argná Kristjánsson, und bei der Gelegenheit mit seinen Bandmitgliedern reden. Judith fiel Hilmar Barring zu, der Produzent, von dem sie aus den Medien wusste, dass er ein Feingeist mit Gespür für den Massengeschmack war, ein Blockbuster-Fetischist, zuständig für flaches, gefühliges Kino und millionenteure Eventfilme im Fernsehen. Danach würde sie den Ehemann der Toten, Paolo Costa, aufsuchen.

Es war ein nebliger, müder Tag, mit einem Himmel trüb wie schlammiges Wasser. Sie standen vor dem Polizeipräsidium. Dieselqualm speiende Linienbusse krochen über die matschigen Straßen zum Busbahnhof und verpesteten die Luft. Touristen, von oben bis unten in Jack Wolfskin und North Face verpackt, strömten von einem Kreuzfahrtdampfer im Hafen an ihnen vorbei, auf einer Blitztour zu den an einer Hand abzählbaren Sehenswürdigkeiten Reykjavíks.

Gossmann zündete sich eine Selbstgedrehte an. Judith stellte sich zu ihm.

«Seit ein paar Tagen benimmst du dich wie ein Muffelkopf, niemand kann es dir recht machen. So kenne ich dich gar nicht, Richard. Was ist los mit dir?»

«Ich fühle mich irgendwie benommen, als würde ich eine Erkältung bekommen. Und sieh dich um, das ist doch kein Land, in dem Glück und Freude in Flaschen abgefüllt werden. Und diese Sprache. Isländisch scheint die komplizierteste Sprache der Welt zu sein. Kein einziges Wort klingt auch nur annähernd nach Deutsch.»

«In Berlin warst du auch schon so seltsam. Wo ist der alte Richard abgeblieben?»

Für Judith war unvergessen, wie Gossmann ihren Chef, Staatssekretär Schäferkordt, bei einem Streit in ihrem Büro einen Künstler der Mimikry genannt und so weit getrieben hatte, dass er fluchtartig das Büro verließ. Keiner außer Gossmann wagte, so mit ihm umzuspringen. Ebenso unvergessen alle Situationen, die er mit seinem hanseatischen Humor erheitert und entspannt hatte.

«Wenn du jemand zum Reden brauchst», sagte Judith, «ich bin da, in Ordnung?»

«Das hat sie auch gesagt.»

«Wer?»

«Meine Frau.»

«Du bist geschieden, schon vergessen?»

«Ich weiß, dass ich als Ehemann nicht preisverdächtig war. Nie zu Hause, immer am Ball, und in Sachen Haushaltspflichten hatte ich auch eher eine minimalistische Haltung.»

«Sei froh, dass ihr trotzdem einen so guten Kontakt habt.»

«Darum geht es ja. Sabine will wieder heiraten und mit ihrem neuen Mann nach München ziehen. Wo bekomme ich dann meine Frikadellen und meine dicke Bohnensuppe her, wenn mir danach ist? Bisher konnte ich zu ihr gehen, ein Anruf genügte. Sie ist wirklich toll.»

«Geht es dir ums Essen oder ums Glücklichsein?»

«Das Talent zum Glücklichsein ist wie das für Musik oder Tanzen. Es ist dir einfach gegeben, ein bisschen kann man dazulernen, aber man wird es nie zu wahrer Meisterschaft bringen.»

«Ums Essen also», schmunzelte Judith, während Gossmann wieder in seine grüblerische Schwermut versank.

Hinrikssons Handy klingelte. Er nahm das Gespräch an und machte einen Schritt zur Seite, um ungestört telefonieren zu können. Während er redete, gestikulierte er mit den Händen, dann klappte er sein Handy zu und blieb einen Moment lang nachdenklich stehen.

«Das war die Forensik», sagte er. «Sie haben das Ergebnis der isotopischen Untersuchung. Das Lederarmband von Kristjánsson ist mindestens eintausenddreihundert Jahre alt, ergab die C-14-Analyse. Schafleder, es stammt also aus der Blütezeit der Germanen.»

«Ich hätte gedacht, Leder verrottet über einen so langen Zeitraum», sagte Judith.

«Das habe ich auch gefragt», erwiderte Hinriksson. «Die Antwort lautet: Wenn Leder sich an einem dunklen und trockenen Ort befindet, also unter der Erde oder in einer Höhle, kann es sogar bis zu sechstausend Jahre überstehen. Es gibt Funde, die das bestätigen. Sie vergleichen jetzt das Leder mit den Partikeln am Hals der Toten.»

«Die älteste Tatwaffe, mit der ich es je zu tun hatte», mischte sich Gossmann ein, «stammte aus den Zwanzigerjahren des vergangenen Jahrhunderts. Weimarer Republik, falls euch Jungspunden das noch was sagt.»

«Eine Knarre?», fragte Tannen.

«Ein Klistier.»

«Ist nicht wahr.»

«Wenn ich es sage.»

«Was ist passiert?»

«Ein Ehedrama. Die Frau hat ihrem Mann im Schlaf eine Ladung verpasst, die sie mit ordentlich Ameisensäure angereichert hatte. Das Zeug zerfraß ihm die Eingeweide. Der Kerl war selbst schuld, er hat sie jahrelang misshandelt.»

«Da siehst du», sagte Judith und schaute mit herausforderndem Blick zu Tannen, «was mit ungezogenen Männern passiert.»

«Die Frau bekam lebenslänglich», schob Gossmann nach.

«Da siehst du», sagte Tannen zu Judith, «was mit bösen Mädchen passiert.»

5

«Schlimm diese Kälte, nicht?»

Carola Kleinschmidt, die Direktorin des Hotels Borg, beugte sich über den Empfangstresen zu Judith hinüber, ergriff ihre Hand und rieb sie zwischen ihren Händen. Auf ihren Wangen saßen gespenstisch wirkende Rougeflecken.

«Sie sehen blass aus, meine Liebe.»

«Mehr fehlt nichts», sagte Judith.

«Gehen Sie raus ans Meer. Die Luft ist Balsam für Ihren Teint, Sie werden sehen.»

Dankbar überrascht von dem Interesse und der Fürsorge der alten Dame erwiderte Judith, das würde sie gern tun, aber leider habe sie im Augenblick keine Zeit dazu. Sie sei, sagte sie, auf der Suche nach Hilmar Barring, dem Produzenten. Ob er auf seinem Zimmer sei?

«So ein netter Mann», begann die Direktorin zu schwärmen. «Tut alles für seine Mutter. Ich wünschte, ich hätte so einen Sohn. Eben hat er ihr das Mittagessen aus dem Restaurant geholt, dafür gibt es zwar unseren Zimmerservice, aber Herr Barring kümmert sich selbst darum, wenn er im Hotel ist. Seine Mutter liegt im Bett und kann noch nicht so. Ein Virus, meint der Arzt. Bis sie wieder auf dem Damm ist, wird es wohl noch ein paar Tage dauern.»

Judith ließ sich die Zimmernummer geben.

«Und denken Sie an die frische Luft, meine Liebe», rief Carola Kleinschmidt ihr hinterher.

Überall an den Wänden brannten Lüster, und das war auch nötig, denn die Sonne hatte ihre Tagesbahn bereits durchlaufen. Nacht fiel über Reykjavík. Dabei war es erst Mittag, vierzehn Uhr.

Judith klopfte an die Tür der Suite im dritten Stock, zuerst zaghaft, dann, als niemand reagierte, fester. Sie hörte, wie die Sicherheitskette gelöst und der Schlüssel herumgedreht wurde. In dem schmalen Spalt der geöffneten Tür erschien ein Mann in einem altmodischen blau-weiß gestreiften Hemd mit weißem Kragen, die Ärmel über die stark behaarten Arme bis zu den Ellenbogen hochgekrempelt. Er nahm die Dunhill-Pfeife, die einen angenehm würzigen Duft verbreitete, aus dem Mund.

«Ja, bitte?»

«Judith von Matt», sagte Judith. «Ich bin von der deutschen Polizei.»

«Ja, und?»

«Es geht um Julia Mestrom.»

«Ich habe der Polizei bereits alles erzählt. Mein Alibi ist bekannt. Ich war auf meinem Zimmer, die ganze Nacht, allein. Keine Zeugen. Das wollten Sie doch wissen, oder?»

«Haben Sie trotzdem ein paar Minuten Zeit für mich?»

Widerwillig zog er die Tür auf und bat Judith herein.

Das Zimmer roch süßlich nach Haarspray und ausgedrückten Zigaretten.

«Schlimme Sache», sagte Barring und schüttelte den Kopf. «Es nimmt uns alle sehr mit, nicht wahr, Mutter?»

Er schaute hinüber zum Bett, wo Louise Barring, von dicken Kisten gestützt, vor einem Tablett saß, auf dem Schüsseln mit Kochfisch, Petersilienkartoffeln, Mischgemüse und eine Sauciere mit Butterschwitze dampften. Daneben stand ein Glas Rotwein. Für die Tageszeit und den Ort hatte sich die alte Dame ungewöhnlich herausgeputzt. Drei Ringe an den Fingern, alle mit großen Diamanten besetzt, zwei schwere Armreifen, Ohrringe mit schwarzen Tahitiperlen und eine kurze Kette, an der ein goldener Anhänger über ihren in Pyjama und Strickjacke verpackten Brüsten baumelte. Auf dem Nachttisch lag ein weiteres Schmuckstück, ein funkelndes Amulett, neben einer zerzausten Packung Kleenex.

Sie tupfte sich die Lippen mit einer geblümten Stoffserviette ab und hob das Tablett hoch.

«Nimm das weg», sagte sie unwirsch, «es ist ungenießbar.»

Barring legte eine übertriebene Rücksichtnahme an den Tag, als er seiner Mutter das Tablett abnahm und auf einem Tischchen neben dem Bett abstellte. Trotz aller Vorsicht streifte er mit seinem Ärmel das Weinglas, es fiel um, und der Wein sickerte in den Teppichboden.

«Was er auch anfasst, immer geht es schief. Kannst du denn nicht aufpassen, Herrgott nochmal?»

«Entschuldige, Mutter.»

Barring ging ins Badezimmer und kam mit einem weißen Handtuch zurück, kniete sich auf den Boden und drückte das Handtuch auf die nasse Stelle, bis es sich vollgesogen hatte, schrubbte noch ein paarmal kräftig über den Fleck und brachte das Handtuch zurück ins Bad.

Als er wiederkam, sagte er zu Judith: «Kommen Sie, gehen wir was essen. Ich habe seit dem Frühstück nichts mehr gehabt. Mein Telefon steht nicht mehr still, von überall rufen Journalisten an, bald werden sie hier wie eine biblische Plage einfallen, darauf wette ich meinen Arsch.»

«Wo um alles in der Welt hast du so reden gelernt? Du bleibst gefälligst hier! Was die Kommissarin zu sagen hat, geht auch mich an», sagte seine Mutter, als würde sie genießen, was sie da mit ihrem Sohn aufführte.

Judith schaute Barring abwartend an. Sie merkte, wie er zögerte, schließlich den Kopf schüttelte und sagte: «Bitte, nehmen Sie Platz. Meine Mutter und ich haben keine Geheimnisse voreinander.»

«Was weißt du von meinen Geheimnissen?», fragte Louise Barring.

Was für eine griesgrämige Frau, dachte Judith. Wie alt mochte sie sein? Siebzig, oder noch älter? Bevor das bizarre Schauspiel von Mutter und Sohn in die nächste Runde ging, sagte Judith: «Ich kenne einige Ihrer Filme, Herr Barring. Besonders gut hat mir *Die Frau von Amalfi* gefallen. Das muss bald zwanzig Jahre her sein.»

«Zweiundzwanzig», sagte Barring geschmeichelt.

«Und *Der einsame Hund*. Ich frage mich, wie Sie es fertiggebracht haben, James Garner für die Nebenrolle zu verpflichten. Man bekommt nicht häufig einen amerikanischen Serienstar in einem deutschen Kinofilm zu sehen.»

«Den kann sich auch keiner leisten, es sei denn, er hat einflussreiche Freunde.»

«Und die haben Sie?»

«Am Anfang meiner Karriere habe ich zwei Jahre als Assistent für Fassbinder gearbeitet, da lernt man den einen oder anderen kennen.»

«Ich bin ein großer Fan von ihm.»

Barring deutete auf eine dünne Narbe unter seinem Ohr. «Die ist von ihm, Rainer Werner. Im Koksrausch. Bei *Berlin Alexanderplatz* war das, jeden Tag dasselbe Theater. Er brüllte und tobte wie ein Berserker auf dem Set. Fuchtelte andauernd mit einem spitzen Bleistift in der Luft herum, stieß ihn wie ein Florett gegen einen imaginären Feind, immer wieder, und schrie, wir wären alle blödsinnige Wichser. Plötzlich dreht er sich um, und zack, erwischt es mich.»

«Ich spiele selbst ein bisschen», sagte Judith. «Ich wollte Schauspielerin werden, musste aber einsehen, dass mein Talent dafür nicht reicht.»

Jetzt schaute Barring sie sich genauer an. Sein Gesichtsausdruck war auf einmal durch und durch geschäftsmäßig.

«Zeigen Sie mir mal Ihr Profil», sagte er, fasste Judith vorsichtig an der Schulter und drehte sie in die richtige Position.

«Ja, das könnte gehen», sagte er nachdenklich. «Wie schnell können Sie einen Text auswendig lernen?»

«Warum wollen Sie das wissen?»

«Eine isländische Statistin ist krank geworden. Sie spielt eine Verkäuferin in einem Wollgeschäft. Haben Sie Lust, für sie einzuspringen? Es dauert höchstens ein paar Stunden, ein kleines Honorar springt auch dabei heraus, ich glaube, die Rolle ist mit zweihundertfünfzig Euro dotiert.»

«Sie wollen weiterdrehen?», fragte Judith verblüfft. «Ohne Ihren Star?»

«Wir sind fast fertig. Julia hätte nur noch vier kleine Szenen gehabt, ihre Einstellungen werden gerade umgeschrieben. Jan Kohrs, unser Regisseur, sitzt auf seinem Zimmer und kümmert sich darum. Sie glauben gar nicht, wie hilfreich Computeranimationen in so einem Fall sind. Den Rest erledigen wir beim Schneiden, dann werden wir sehen, ob die Geschichte funktioniert.»

«Über den Film wollte ich mit Ihnen reden, deswegen bin ich hier. Ich hörte, es gab Schwierigkeiten?»

Barring sagte, wenn sie den Auftritt der dämlichen Heiden in der Mordnacht meine, das dürfe man nicht überbewerten. Wenn man sich entschließe, einen solchen Stoff zu verfilmen, gebe es immer jemanden, dem das nicht passt.

«Widerstände hier und da und überall, aber damit werde ich schon fertig. Mit so was bin ich immer fertig geworden. Ich setze große Hoffnung in das Projekt.»

«Warum machen Sie so ein großes Geheimnis daraus?»

«Die Menschen sollen neugierig werden und sich die Nase platt drücken. Außerdem handelt es sich um einen heiklen Stoff, mit dem wir bei gewissen Leuten anecken werden.»

«Verraten Sie mir, was Himmler mit dem Film zu tun hat?», fragte Judith.

Die unnahbare Miene von Louise Barring bekam einen haarfeinen Riss.

«Woher haben Sie das?», fragte ihr Sohn.

«Ein bisschen sickert immer durch, das müssten Sie doch wissen, vor allem, wenn man Filmförderung bei mehreren Institutionen beantragt hat. Warum haben die Isländer auf der Party Rabatz gemacht? Weil ihnen etwas über die Story des Films zu Ohren gekommen ist.»

«Verzeihen Sie, aber das ist absurd», erwiderte Barring. «Wir haben mit allen Mitarbeitern besondere Verträge abgeschlossen, um genau das zu vermeiden.»

«Von diesen Verträgen habe ich gehört.»

«Die Kommissarin denkt, du hast vielleicht selbst das eine oder andere Gerücht gestreut, um den Film ins Gespräch zu bringen.»

Als wäre Judiths Kopf aus Glas und die Alte hätte ihre Gedanken lesen können.

«Ich wäre dir dankbar, Mutter, wenn du mir das Reden überlässt.»

Verärgert wandte sie ihren Kopf zur Seite, aber nicht lange, dann ging sie wieder zum Angriff über.

«Er weiß überhaupt nicht mehr», sagte sie an Judith gewandt, «was ich alles für ihn getan habe. Was ich bei seiner Geburt alles durchgemacht habe, fast wäre ich an einem Blutsturz gestorben.»

«Mein Gott, Mutter!»

«Er erinnert sich auch nicht mehr an die Zeit, als ich nachts neben seinem Krankenbett gewacht habe.» Sie sprach jetzt mit einer schmollenden Liselotte-Pulver-Stimme.

«Erinnert sich nicht einmal mehr an die vielen Mahlzeiten, die ich für ihn gekocht habe.»

«Ich erinnere mich daran, wie Vater sonntags zum Jägerkrug ins Dorf gegangen ist, um einen Sauerbraten zu essen, nachdem er dein französisches Muschelsortiment in Weißweinsauce probiert hat.»

«Es macht dir Spaß, mich zu verletzen, nicht wahr?»

Barring streifte seine Hemdsärmel herunter und zog unter den kritischen Blicken seiner Mutter einen dunkelblauen Pullover mit V-Ausschnitt an. Dann nahm er einen Packen Papier vom Schreibtisch, stauchte die Seiten zusammen, indem er sie mehrfach auf die Tischplatte stieß, und klemmte sie sich unter den Arm.

«Du bist zwar ein Faulpelz, aber deine Sachen hast du immer in Ordnung gehalten», sagte sie. «Komm nicht so spät. Du hast mir versprochen, dass wir uns heute noch die neuen Filmmuster ansehen, die aus London kommen.»

Warum stand er da, warum steckte er das alles ein?

«Ja, Mutter», sagte er. «Wir sehen uns die Muster später an.»

Im Restaurant Laekjarbrekka, bei Lobster in Buttersoße und einem Glas Bier, erzählte Barring Judith von der Toten Julia Mestrom, wie er sie gekannt und erlebt hatte, jenseits des Klatsches von Boulevardblättern und Promi-Illustrierten. Dabei erfuhr sie, dass Julia Mestrom eine Zwillingsschwester gehabt hatte, Evelyn, die mit zwei Jahren an einer Hirnhautentzündung gestorben war. Aufgewachsen als Tochter eines Stahlarbeiters bei Krupp in Duisburg-Rheinhausen, Besuch der Münchner Schauspielschule und erstes Engagement an den Kammerspielen. Nach zwei Jahren spielte sie nebenbei in einer wöchentlichen Hotelserie mit, wo sie einem deutschen Jungregisseur auffiel, der mit dem Geld aus dem Verkauf der väterlichen Fabrik seinen ersten Science-Fiction-Film drehte. Es wurde ein internationaler Erfolg. Der italienische Filmproduzent Carlo Ponti wurde auf sie aufmerksam und verschaffte ihr eine bedeutende Rolle neben der alternden Anna Magnani in seinem nächsten Schwarz-Weiß-Film. Es folgten Dreharbeiten in den Pinewood-Studios in England für eine britische Komödie, anschließend stand sie in den Münchner Bavaria-Studios für einen Zweiteiler vor der Kamera, der zu einem Straßenfeger mit hohen Einschaltquoten wurde. Dabei hatte Barring sie kennengelernt, vor mehr als zehn Jahren, denn er war der Produzent des Films gewesen: *Über den Rand*.

Einiges von dem, was Barring ihr erzählte, wusste Judith längst aus den Unterlagen, die sie über Julia Mestrom gelesen hatte, doch aus seinem Mund klangen die Einzelheiten lebendiger.

«Sie war damals schon ein überdrehtes Ding», fuhr er fort. «In ihrer Garderobe musste früher immer eine Flasche Champagner stehen, an guten Tagen schaffte sie zwei davon, und man merkte es ihr nicht an. Im Überschwang heiratete sie ihren ersten Mann, Jean-Pierre Pinot, so ein verdammter Nichtsnutz und Möchtegern-Philosoph, der nur darauf aus war, ihr Geld durchzubringen, und davon hatte sie mittlerweile eine ganze Menge. Nach drei Monaten schmiss sie ihn raus. Was folgte, war ein unaufhörlicher Reigen junger Männer, weshalb die Bild-Zeitung sie von da an als ‹Barfüßige Gräfin› verspottete, Sie wissen schon, nach dem Film mit Ava Gardner und Humphrey Bogart. Ihre Partnerwahl geschah in Wirklichkeit aus einem Minderwertigkeitskomplex heraus, sie musste sich ständig aufs Neue beweisen, dass sie jeden Mann um den Finger wickeln konnte, wenn sie nur wollte, auch jüngere Männer, vor allem jüngere Männer. Es war ein Spiel, eine unbändige Gier auf Leben. Nachdem sie bei einem Segelunfall auf der Nordsee beinahe ertrunken war und, wie sie sagte, das weiße Licht gesehen hatte, hatte sie keine Angst mehr vor dem Tod. Sie wusste, das Leben ist endlich, aber was danach kommen würde, machte ihr keine Angst mehr. Eines Tages beging sie jedoch einen großen Fehler und ließ sich mit einem bedeutend jüngeren Schauspieler ein. Ich nehme an, Sie kennen die Geschichte. Jeder kennt die Geschichte. Die Affäre hat sie eine Stange Geld gekostet, um sie aus der Welt zu schaffen. Anschließend ging sie nach Italien und schnappte sich den aufstrebenden Politiker Paolo Costa. Eine Stadtwohnung hoch über den Dächern von Rom mit Blick auf den Petersdom, eine Villa in Portofino unweit des berühmten Hafens mit seinen Millionen-Jachten, das war von nun an ihr Leben.»

«Bis Sie kamen», sagte Judith, «und Julia Mestrom überredet haben, sich noch einmal vor die Kamera zu stellen. Warum hat sie das getan? Wegen der Gage?»

Barring lachte auf.

«Wo denken Sie hin! Ihr Mann stammt aus einem alten italienischen Geschlecht, das sein Vermögen mit dem Anbau von Wein gemehrt hat. Wie reich kann man werden mit Wein, was glauben Sie? Drei Millionen? Fünf Millionen? Ich werde es Ihnen sagen: Mehr als zwanzig Millionen. Paolo Costa ist der einzige Spross des Clans, es gehört alles ihm, doch seine wahre Leidenschaft ist die Politik. Für seine Weingüter in Kalabrien, Umbrien und dem Friaul hat er schon vor Jahren Geschäftsführer eingestellt, die sich viel besser auskennen als er. Bitte, nehmen Sie noch von den grünen Bohnen, wir lassen uns noch ein Schälchen kommen. Sind sie nicht köstlich?»

«Verraten Sie mir, was Frau Mestrom überzeugt hat, wenn es nicht Geld war?», fragte Judith.

«Da Ihre Frage für die Ermittlungen nicht von Belang sein dürfte, möchte ich darauf lieber nicht antworten.»

«Hängt es mit dem Film zusammen, über den bis zur Premiere niemand etwas wissen soll?»

Barring nickte. «So ist es.»

«Warum fragen Sie mich dann, ob ich mir vorstellen könnte, die Rolle der erkrankten Isländerin zu übernehmen, wenn ich nicht einmal wissen darf, worum es in dem Film geht?»

«Sie denken also ernsthaft darüber nach, mein Angebot anzunehmen? Schön, schön.»

«Wahrscheinlich bekomme ich so eine Gelegenheit nie wieder.»

«Ich habe gehofft, dass Sie so darüber denken», sagte Barring und langte nach den Papieren, die er auf den Stuhl neben sich gelegt hatte, zog ein geheftetes Bündel Seiten daraus hervor und überreichte es Judith.

«Das Drehbuch», sagte er stolz. «Sie sind Kristín Berg, das Mädchen aus dem Wollgeschäft. Ihr Text steht auf Seite dreiundsiebzig. Wir drehen morgen früh. Werden Sie das schaffen?»

Er genoss Judiths Erstaunen und kostete den Moment aus, bevor er sie noch einmal fragte.

«Werden Sie das schaffen?»

«Ich denke schon, ja. Allerdings verstehe ich nicht, warum Sie mir zuerst nichts über den Film erzählen wollen, und jetzt drücken Sie mir das komplette Skript in die Hand.»

«Heute Abend bekommen Sie von mir einen Vertrag, so einen, wie ihn alle haben, mit der Klausel, dass Sie nicht darüber reden dürfen. Wie klingt das?»

«Sie versuchen, mich über den Tisch zu ziehen», sagte Judith, «und ich weiß nicht, was ich davon halten soll.»

«Was haben Sie zu verlieren? Probieren Sie es aus, dann gewinnen wir beide. Ich habe meinen Ersatz, Sie haben die Rolle und erfahren außerdem, was Sie wissen wollen.» Er lächelte. «Im Ernst, mir ist natürlich klar, dass Sie das ganze Drehbuch lesen werden, Vertrag hin oder her. Ich bitte Sie lediglich, über den Inhalt Stillschweigen zu bewahren. In Ordnung?»

«Unter einer Bedingung: Sie sagen mir, wie Sie Frau Mestrom herumgekriegt haben.»

Er zögerte.

«Sagen wir es so: Sie hat, vorsichtig ausgedrückt, einen kleinen Spleen. Interessiert sich für die nordische Mythologie und die Rituale der alten Germanen. Nach Einzelheiten müssen Sie ihren Mann fragen, das geht mich nichts an. Ich hörte von ihrer Leidenschaft für die Magie und die Götterwelt der Alten und habe einen großen Stein in einen kleinen Teich geworfen und ihr das Buch geschickt, weil es darin, zumindest im weitesten Sinne, auch um die Germanen geht. Drei Tage später rief sie mich an, wollte es ganz genau wissen. Wir trafen uns in Rom und sprachen einen ganzen Vormittag über den Film und ihre Rolle, dann hatte ich sie so weit.»

Judith blätterte in den Seiten des Drehbuchs. Barring sagte, das solle sie sich für später aufheben, und fragte, ob sie Lust auf etwas Süßes zum Nachtisch habe. Er jedenfalls wolle jetzt sündigen. Sie bestellten Zitronensorbet mit Sahne, dazu Espresso.

Als der Kellner den Nachtisch brachte, sagte Judith gerade: «Mit Ihrer Mutter haben Sie es wohl nicht leicht.»

Es sollte ungezwungen klingen, neugierig, mitfühlend,

doch von einer Sekunde zur anderen verfinsterte sich Barrings Miene.

«In Familien bekommen die Schwierigen immer am meisten ab.»

6

Nachdem das Taxi zehn Minuten durch die Stadt gefahren war, hielt der Fahrer vor der leprösen Fassade einer Kneipe, die nur Die Kneipe hieß.

«Gehen Sie den Trampelpfad neben dem Haus hoch», sagte der Fahrer zu Tannen, «das Lagerhaus, in dem die Bloodhounds üben, liegt dahinter. Sie können es nicht verfehlen.»

Tannen bat den Fahrer, auf ihn zu warten, in spätestens einer Viertelstunde werde er zurück sein, drückte ihm ein Bündel Geldscheine in die Hand, um seinen guten Willen zu bekunden, und stieg aus. Sein Schuh landete in einer knöchelhohen Matschpfütze.

Unterwegs hatte sich der Fahrer als eingefleischter Fan der Bloodhounds geoutet, der keinen Gig im Land ausließ und ihnen einmal sogar bis nach Kopenhagen nachgereist war, wo die Band vor 2500 Menschen im Tivoli spielte. Alle Isländer zwischen vierzehn und dreißig, sagte er, liebten den Gothic-Rock der Bloodhounds. Es sei, meinte er, nur eine Frage der Zeit, bis die Bloodhounds in einem Atemzug mit Metallica und AC/DC genannt würden. Tannen erwiderte, selbst er wüsste, dass Metallica und AC/DC mit

Gothic-Rock so viel gemeinsam hätten wie die Sex Pistols mit Mireille Mathieu.

Von der habe er noch nie gehört. Mireille wer? Ob das auch so eine schräge Tante wie Amy Winehouse sei, wollte der Fahrer wissen.

Schlimmer, hatte Tannen geantwortet.

Tannen stapfte den Geröllweg hoch, vorbei an einem leeren Hühnerhof, bis er an die Laderampe eines Gebäudes kam, das seine besten Tage hinter sich hatte. Tiefe Risse durchzogen die kargen Betonwände, mehrere Fenster waren mit Brettern vernagelt, zwei gesprungen, nur drei waren auf den ersten Blick vollkommen intakt. Die Stahlstreben der Rampe hatten Rost angesetzt, und nichts deutete darauf hin, dass in den letzten Jahren ein Lkw das Lagerhaus angesteuert hatte.

Die Straße, die von der anderen Seite an das Lagerhaus heranführte, war übersät mit Müll. Ein eisernes weißes Bettgestell blockierte die Zufahrt, dahinter lagen ein zerschlissener grüner Ledersessel, ein umgedrehter Tisch, dem ein Bein fehlte, ein braunes Regal ohne Bretter, ein umgekippter Aktenschrank und massenweise zerschlagenes Porzellan. Hinter dem Gebäude war ein schlammiger Fußballplatz, auf dem niemand spielte.

Genau so beschissen habe ich es mir vorgestellt, dachte Tannen.

Auf dem Hof standen ein Dutzend blank polierter Motorräder in einer Reihe. Eine Harley Davidson, eine aufgemotzte Triumph Speedmaster, eine italienische Ducati Streetfighter, drei ältere, aber picobello polierte Japaner und am Ende eine Panhead mit Chopperlenker aus den frühen Siebzigern. Ihre Besitzer wussten, worauf es bei einem Motorrad ankam.

An der Fassade hing ein blaues verblichenes Holzschild, auf das in weißer Farbe mit Schreibschrift *North American Fish Trading Company* gepinselt worden war. Von drinnen hörte Tannen Musik, unverkennbar *L. A. Woman* von den Doors.

Nirgendwo eine Klingel. Er drückte die Klinke der Eisentür herunter; sie war nicht verschlossen. Augenblicklich wurde die Musik lauter. *Never saw a woman, so alone, so alone, so alone, so alone* – Jim Morrison war in Hochform.

Sekundenlang blieb er stehen und lauschte den legendären Klängen. Ende der Sechziger, das war seine Zeit gewesen. Woodstock, Creedence Clearwater Revival, Bob Dylan, Janis Joplin, Jefferson Airplane, Scott McKenzie, Grateful Dead.

«Sehe ich bei dir ein paar nette Erinnerungen wach werden?», fragte eine schlanke Dreißigerin, der Tannen beinahe in die Arme gelaufen wäre. Über ihren langen blonden Haaren trug sie ein hellblaues Kopftuch mit Amöbenmuster.

«Zu schade», fuhr sie fort, «dass ich nur noch die späten Ausläufer der Hippie-Ära mitbekommen habe, ich glaube, diese Zeit hätte mich inspiriert. Ein bisschen Country Joe McDonald, Shocking Blue und Golden Earring, das wäre nach meinem Geschmack gewesen.»

Tannen zeigte ihr seinen Polizeiausweis und sagte, er hätte mehr auf Santana, Grand Funk Railroad und die Rolling Stones gestanden, *Gimme Shelter, Street Fighting Man* und *Bird of Prey* und so Sachen.

«Telma Eithorsdottir. Ich bin die Managerin der Bloodhounds», sagte sie und gab ihm die Hand. «*Bird of Prey* ist von Uriah Heep, der Opener ihrer ersten LP, *Salisbury,* 1971 war das. Die Jungs lieben Uriah Heep.»

Wenn sie genauso viel von Marketing und Betriebswirtschaft wie von Musik verstand, dachte Tannen, konnten sich die Bloodhounds auf eine goldene Zukunft freuen.

«Und warum Fish Company?», fragte Tannen. «Da draußen am Tor?»

«Was vorn an einer Tür steht, ist immer mit Vorsicht zu genießen.»

«Wäre doch ein passender Name für eine isländische Band.»

«Ich denk drüber nach», sagte sie.

Telma warf einen scharfen Blick auf den Neuankömmling. Er sah gut aus, groß und sauber, kein Pfund zu viel am Körper, obwohl deutlich älter als sie selbst.

«Argná hat mir von dir erzählt», sagte sie und führte Tannen durch einen handtuchschmalen Flur in einen großen Raum, der zu einem Behelfsstudio ausgebaut war. Mit aufgeklebten Eierpappen an den Wänden, dicken Teppichen für die Akustik und einem separaten Bereich für das Schlagzeug, das hohe Stellwände aus Sperrholz und Stoff von den übrigen Instrumenten trennten. Soweit Tannen das beurteilen konnte, sah das alles sehr professionell aus.

Er bemerkte das Riesenposter von Gene Simmons, dem KISS-Sänger, der von einer Wand herab lauerte, schwarzweiß geschminkt, die legendäre Monsterzunge bis zum Anschlag ausgefahren. Die Buchstaben SS von KISS waren in den Runenzeichen Eihwaz geschrieben, die auch Hitlers Waffen-SS geziert hatten. Er wollte etwas sagen, aber dazu kam er nicht mehr.

«Hat sein Alibi dich nicht zufriedengestellt?», fragte Telma. Sie trug eine eng sitzende schwarze Röhrenjeans mit einem silbernen Kettengürtel und derbe, offene Wanderschuhe. Ihre Nase war mit einem Edelstein gepierct. Auf Tannen wirkte sie irgendwie hart, wie eine, die sich zu helfen wusste, wenn es brenzlig wurde.

«Eigentlich bin ich nicht nur seinetwegen hier.»

«Dann ist ja gut. Argná schwebt nämlich im siebten Himmel und wartet auf seine Landeerlaubnis.»

Sie zeigte nach oben. «Im ersten Stock sind ein paar Zimmer. Da hängen auch die anderen ab. Willst du auch ein bisschen auf die Reise gehen? Ich habe astreinen Stoff, unverschnitten, direkt aus dem goldenen Dreieck, sagt mein Dealer. Schlägt ein wie eine Lastwagenladung LSD, garantiert.»

Tannen fragte, was sie ihm über die Nacht erzählen konnte, als die tote Schauspielerin hier gewesen sei.

Sie zündete sich eine Marlboro an und ließ den Rauch durch ihre Nasenlöcher entweichen, bevor sie antwortete.

«Ich hab gehört, dass sie hier war. Ich selbst bin bei meinen Eltern gewesen, in Borganes, dort habe ich auch die Nacht verbracht. In unserer Familie ist es Tradition, die Julnacht gemeinsam zu feiern. Mit ein paar Bieren intus ist es von da zu weit, um nach Haus zu fahren. Zwischen Argná und unserem Drummer Karl hat es an dem Abend offenbar Stress gegeben. Willst du einen Kaffee? Ich hab gerade frischen aufgebrüht.»

Die Küche befand sich im ersten Stock. Eine schimmelige Wanzenbude war das, mit einem mickrigen Fenster. Die elektrischen Geräte waren uralt und stammten wahrscheinlich von einem Schrotthändler. Ein leichter Geruch von Moder lag in der Luft.

Tannen sagte: «Gemütlich habt ihr es hier.»

«Müsste mal gestrichen werden», sagte Telma.

Sie nahm zwei Becher vom Regal und füllte sie randvoll mit Kaffee. Ihre Bewegungen wirkten ein bisschen grobianisch.

Sie setzten sich an den Tisch, über dem eine verstaubte Tiffanylampe hing, bei der mehrere Farbmosaike fehlten.

«Argná ist in Ordnung», sagte sie, führte den Becher vorsichtig an die Lippen und nahm einen kleinen Schluck.

«Seit einer Weile übertreibt er es aber ein bisschen. Er war ziemlich schnell abhängig von dem Zeug, aber jeder, der auf dieser Schiene ist, hält das nicht lange durch. Es vergeht kaum ein Tag, an dem er vierundzwanzig Stunden sauber bleibt. Wenn die Jungs üben, zieht er sich eine Linie nach der anderen rein. Bei den Dreharbeiten, für die er als Kameramann verpflichtet wurde, hat es deswegen Ärger gegeben. Karl hat Argná mehrfach gedroht, ihn aus der Band zu schmeißen, wenn das so weitergeht. Die Bloodhounds basteln nämlich seit Monaten an ihrer zweiten CD, aber wegen Argná hinken sie hinterher. Dann kamen auch noch diese Dreharbeiten dazwischen, sodass er praktisch weitere fünf Wochen ausfiel. Er brauchte Geld. Fünf Jahre Koks und Bier haben sein Bankkonto ziemlich leergefegt. Um es mal so zu sagen: Die Stimmung in der Band ist scheiße, weil Argná in letzter Zeit nicht so viel zuwege gebracht hat.»

Am Ende des Flurs wurde eine Tür zugeschlagen, schwere Schritte kamen näher, Augenblicke später füllte ein Mann, ungefähr vierzig, mit einem Seehundschnauzer, den Türrahmen komplett aus. Obgleich es im ganzen Gebäude kalt war, trug er nur eine Lederweste mit geflochtenen Nähten über dem sonst nackten Oberkörper. Eine lockige Prachtmähne wallte über seine Schultern, und die Ray-Ban-Sonnenbrille und die Bikerboots gaben ihm so sehr den Anschein eines Berufsrockers, dass man meinte, gleich würden Peter Fonda und Jack Nicholson, die Easy Rider, hinter ihm hereinkommen.

«Wer ist das denn?», fragte der Mann Telma. «Macht er dir Schwierigkeiten?»

«Ich kann ganz gut auf mich selbst aufpassen, Karl. Wegen dir ist er hier. Und wegen Argná.»

«Argná liegt auf der Matratze und spielt transzendentales Volleyball. Er schnupft in letzter Zeit ganz schön was weg. Gib mir 'n Kaffee, Babybell.»

Telma stand auf und schenkte ihm einen Becher voll.

«Wenn du meine Meinung hören willst, dann brauchen wir keine Scheiß-Bullen hier», sagte der Drummer. «Diese Burschen sind eine Plage. Zwei Stunden hab ich gestern mit denen geredet, und jetzt taucht hier schon wieder so 'ne Nase auf. Muss ich dem eigentlich antworten, wenn der aus Deutschland kommt?»

Er verkrampfte die Hände ineinander, die Nägel gruben sich in die Haut. Seine Pupillen waren stecknadelgroß.

«Ist die Harley da draußen deine?», fragte Tannen.

«Die Fatboy? Jo, Mann, das ist meine. Sonst noch was?»

«Nun mach mal halb lang», sagte Telma. «Je eher wir diese Sache hinter uns bringen, desto besser. Oder hat dein alter Dickschädel immer noch nicht kapiert, dass man dich und Argná zu den Hauptverdächtigen zählt?»

«Was soll ich tun? Mir den Tag freinehmen und Tränen vergießen? Die Alte war doch verrückt, ihr Verstand nicht mehr ganz da. Jo Mann, ich hab sie genagelt, sie hat es darauf angelegt. Wenn ich es nicht getan hätte, hätte es ein anderer getan, ihr war das völlig egal.»

«Und wo hat die gegenseitige Belustigung stattgefunden», fragte Tannen. «Hier?»

«Wo sonst? In einer saukalten Nacht legt sich keiner vor die Tür, wenn er nicht muss.»

«Und danach ist sie einfach so weggegangen?»

«Keine Ahnung. Ich hab sie anscheinend ein bisschen zu hart angefasst, jedenfalls sprang sie plötzlich auf und rannte aus dem Zimmer. Das Letzte, was ich von ihr hörte, war, wie sie in den Armen von Argná liegt und heult. Sonst hab ich nur verschwommene und zusammenhanglose Erinnerungen an diese Nacht. Reicht das?»

Tannen war sich noch nicht klar darüber, ob das vollkommene Fehlen von Angst bei seinem Gegenüber ihn beunruhigen sollte.

Die Managerin spürte, dass die beiden Alphamännchen es aufeinander abgesehen hatten, und sie versuchte, das Schlimmste abzuwenden.

«Karl stellt sich gern mal dumm an, wenn es ihm in den Kram passt», sagte sie zu Tannen.

«Das kann er gut», antwortete Tannen. «Für ein Alibi reicht das allerdings nicht.»

Er spürte, wie ein kühler Schatten durch den Raum zog.

«Willst du etwa mir den Mord anhängen?»

Das war eine interessante Frage.

Mit sprungbereiter Feindseligkeit baute er sich vor Tannen auf und hielt ihm seine Oberarmtätowierung, eine Bombe mit brennender Zündschnur, unter die Nase.

«Schöne Malerei», sagte Tannen. «Und was den Mord angeht: Du bist nicht aus dem Schneider, egal, was du uns erzählst. Auf der Polizeischule hat man uns eingetrichtert, Lügner erkennt man an ihren kleinen Pupillen, und deine sind verdammt klein.»

Tannen stellte seinen Kaffeebecher auf den Tisch und

stand auf. Kerl, dachte er, der Bursche ist wirklich ein Riese.

Was bisher halb Spiel gewesen war, plötzlich wurde es ernst.

Telma sprang auf und rief: «Hört auf mit dem Blödsinn. Ihr seid zu alt für diese Kleine-Jungen-Spiele.»

«Du magst es hart, hm?», sagte Karl. «Dann sieh mal zu, ob das hier hart genug für dich ist. Niemand nennt mich ungestraft einen Lügner.»

Seine Faust kam ansatzlos aus der Hüfte und hätte Tannen auf dem Solarplexus erwischt, wenn der sich nicht gegen den Schlag gedreht hätte, so prallte der Hieb an seinen emporgerissenen Unterarmen ab. Doch sein Gegner setzte sofort nach und verpasste ihm einen schmerzhaften Leberhaken, in dem seine ganze Kraft zu liegen schien. Tannen begriff, dass dieser Mann ein Kämpfer mit dem Instinkt eines Tiers war, der die Schwächen anderer spürte.

«Ihr habt wirklich komische Ansichten darüber, wie man ein Problem aus der Welt schafft», keuchte Tannen. Er fühlte den Schweiß unter seinem Hemd ausbrechen.

Dann sah er die Lücke in der Deckung und stieß hindurch, seine Fingerknöchel krachten gegen den Kiefer des Drummers und schleuderten dessen Kopf so weit nach hinten, dass er für einen Moment das Gleichgewicht verlor. Diese Viertelsekunde genügte Tannen, um ihm seinen Handballen gegen die Nasenwurzel zu rammen. Es gab ein knackendes Geräusch. Normalerweise genügte ein gebrochenes Nasenbein, um jemanden außer Gefecht zu setzen, aber Karl schien das nicht zu beeindrucken. Er wischte sich den blutenden Schnodder von der Oberlippe und ging sofort zum Gegenangriff über, die Augen voller Schmerztränen.

«Jetzt sperr mal die Ohren auf», sagte Tannen. «Wenn du weiter so …»

«Ich brech dich mitten durch», stöhnte Karl, dessen Sinne auf Autopilot geschaltet hatten.

Zweimal ließ Tannen ihn ins Leere laufen, dann verpasste er ihm einen wuchtigen Hieb auf die Halsschlagader, der hatte noch immer seine Pflicht getan. So auch diesmal: Der Drummer stierte ihn an, kippte Speichel spuckend nach vorn und bumste mit seinem irischen Pfannkuchengesicht auf den nackten Betonboden. Es machte ein dumpfes, leicht knackendes Geräusch, als seine Nase zum zweiten Mal brach.

Tannen kam sich gemein vor, wenn er das machte, aber irgendwie wusste er sich gegen diese aufgedrehte Masse Mensch und Muskeln nicht anders zu helfen, als auf das bewährte Repertoire aus der Schatzkammer der Schlagtechnik zurückzugreifen.

«Du hast ihn umgebracht», schrie die Managerin und deckte ihn mit den schlimmsten Schimpfnamen ein. «Du dämlicher deutscher Bulle hast Karl umgebracht.»

«Der schläft nur», sagte Tannen und hielt sich seine verstauchte Hand. «Gib ihm zwei Minuten, dann ist er wieder bei uns.»

Sie schrie weiter. Ihr Geschrei sorgte dafür, dass plötzlich Betrieb auf dem Flur herrschte. Getrampel, Flüche, Verwünschungen.

Schon komisch, wie ein kleiner Erfolg einem die Laune von Grund auf verbessern kann, dachte Tannen und zog seine Waffe. Man konnte nie wissen.

Die Besucher preschten in die enge Küche rein wie die Kavallerie. Binnen Sekunden füllte sich der winzige Raum bis auf den letzten Stehplatz. Das untröstliche Weinen der

Frau, die über Karl kniete und seinen Kopf in ihrem Schoß barg, war für einen Augenblick das einzige Geräusch. Von hinten drängelte sich Kristjánsson zu Tannen durch. Seine Augen standen auf leer.

«Warum liegt der auf dem Boden?», fragte einer.

Tannen sagte: «Keine Sorge, es ist nichts Ansteckendes.»

«Das muss man gesehen haben», meinte Kristjánsson. «Haut einfach unseren Tarzan um, als ob das gar nichts wäre. Lasst ihn in Frieden, ich kenne den Mann», sagte er und schob seine Kumpels mit ausgebreiteten Armen auf den Flur hinaus. «Alles in Ordnung. Bloß ein Missverständnis.»

Tannen steckte die Waffe, die er hinter seinem Rücken gehalten hatte, in den Hosenbund.

«Gutes Timing», sagte er. «Wieder klar im Kopf?»

Kristjánsson erwiderte: «Mann, du hast uns vielleicht einen Schrecken eingejagt.»

Er griff nach dem Kaffeebecher des Drummers und nahm einen kräftigen Schluck, rülpste und fragte: «Was willst du hier?»

«Er», Tannen zeigte auf Karl, der langsam wieder zu sich kam, «sagt, du warst der Letzte, der Julia Mestrom gesehen hat. Aus deinem Mund klang das gestern noch ganz anders, darüber sollten wir reden.»

«In letzter Zeit will jeder mit mir reden», sagte Kristjánsson und sackte müde auf einen Stuhl.

Telma stellte ihm einen Kaffee hin. «Trink das. In einer halben Stunde üben wir weiter.»

Tannen half ihr dabei, Karl wieder auf die Beine zu stellen. Zugleich bereitete er sich darauf vor, dass der Kampf in die zweite Runde gehen würde.

«Und, wie geht's?», fragte er den Drummer.

«Gut, nehme ich an», sagte Karl und schüttelte den Kopf, um da oben wieder alles an die richtige Stelle zu rücken.

Dann sah er Tannen an, spuckte einen Schwall Blut ins Abwaschbecken und fing an zu grinsen.

«Du bist der erste Wichser, der mich k.o. geschlagen hat», sagte er, eine freundlich-versöhnliche Mattheit im Blick, und hielt Tannen seine Pranke hin. «Tut mir leid, Mann, aber wenn es um meine Ehre geht, bin ich empfindlich. Komm morgen Abend auf ein Bier vorbei. Wir feiern eine Party. Es gibt Büfett und jede Menge zu saufen.»

«Ich werd's mir überlegen», erwiderte Tannen und packte zu, zögernd zunächst, dann in der Gewissheit, dass die Angelegenheit zwischen ihnen bereinigt war.

«Du kannst mich Ginger nennen, ja, richtig, Ginger, nach dem Schlagzeuger. Ginger Baker. Erinnerst du dich an Cream, die Band, in der Eric Clapton gespielt hat? Da hat er getrommelt. Klar, das ist Jahre her, aber Ginger kennt jeder. Ich trommle auch, aber es ist eigentlich wegen der roten Haare. Ginger hatte rote. Ich habe rote.»

«Du musst ins Krankenhaus», sagte Tannen. «Draußen wartet ein Taxi. Ich nehme dich mit in die Stadt.»

Kristjánsson hob den Kopf und sah Tannen an.

Jetzt mit ihm zu reden, dachte Tannen, machte keinen Sinn. Der Kameramann hätte Mühe gehabt, seinen eigenen Namen zu buchstabieren. Er stank nach Alkohol, und was sonst noch alles in seinem Blutkreislauf unterwegs war, wollte er gar nicht wissen.

«Du hast mich angelogen, und was das angeht, verstehe ich keinen Spaß. Morgen kommst du aufs Präsidium. Punkt zehn Uhr. Stocknüchtern und clean.»

«Morgen drehen wir von sieben Uhr früh bis mittags. Ist 14 Uhr auch okay?»

«Wenn du nicht da bist, komme ich dich holen.»

Als Tannen und der Ginger unter dem Foto von KISS vorbeikamen, sah Tannen hoch.

«Ihr habt es wohl mit euren Altvorderen», sagte er zu dem Ginger, der neben ihm ging und sich mit einer Hand die schmerzende Nase hielt.

«Jo Mann, das ist unsere Linie. Wir nehmen Texte aus der Edda und vertonen sie, das hat vor uns noch keiner gemacht. Die Edda ist unsere Bibel, verstehst du? Unsere alte Haut. Wir beleben unsere Vergangenheit neu. Die Idee hatte Argná, deshalb ist er immer noch dabei, sonst hätten wir ihn längst rausgeworfen. Er hat nordische Philologie studiert, das ist zwar lange her, aber er ist ein Ass auf dem Gebiet.»

«Langsam hab ich das Gefühl, die ganze Insel besteht nur aus Zopfköpfen», sagte Tannen.

«Schaff dir mal ein paar neue Vokabeln an», grunzte der Ginger.

«Wohin man kommt, überall ist der Kult um die Germanen schon da, wie Hase und Igel.»

«Das ist unsere Geschichte, und unser Geschäftsmodell.»

«Adolf hat eure Geschichte mächtig missbraucht.»

«Hitler ist uns völlig egal. Wir haben unsere eigene Vergangenheit, und die wurzelt in den alten Schriften und mündlichen Überlieferungen. Die Edda ist uns heilig. Wir glauben an die Werte und Götter unserer Ahnen.»

«Das hat Hitler auch getan.»

«Na, wenn schon.»

«Und was ist mit KISS?»

«Das sind unsere Helden. Die hatten ein Statement. Zwei Runen in vier Buchstaben. Die könnten aus Island kommen.»

«Eher nicht», sagte Tannen, «Gene Simmons heißt nämlich Eugene Klein, genauer gesagt: Chaim Witz, geboren in Israel.»

Der Ginger blieb stehen und starrte Tannen ungläubig an.

«Du verarschst mich doch.»

«Wie Bob Dylan und die Ramone-Brüder. Auch Juden. Alle drei.»

«Hör auf. Für uns ist das bloß ein Imageding, wir haben nichts gegen Juden, ehrlich.»

«Das beruhigt mich», sagte Tannen. «Ich bin nämlich auch einer.»

«Ist nicht wahr!»

«Wenn ich es sage.»

«Du steckst voller Überraschungen. Bin gespannt, was du mir unterwegs noch alles erzählen wirst.»

«*Du* bist mit Reden dran. Von dir will ich alles hören, was in der vorletzten Nacht passiert ist, und zwar bis zu der Sekunde, als du Julia Mestrom aus den Augen verloren hast. Und wenn ich nicht zufrieden bin, fangen wir noch einmal von vorne an, hab ich mich klar ausgedrückt?»

Kurz Schritte. Halblaut knirschende Steinchen.

«Ein komischer Vogel bist du», sagte der Ginger und stieg in das Taxi.

7

Richard Gossmann zündete sich eine Zigarette an, wobei er die Flamme mit der hohlen Hand schützte. Als er den Kopf hob, blieb sein Blick kurz an einem Verkehrsschild mit Richtungsangaben hängen.

«Hier hättest du, glaube ich, abbiegen müssen», sagte er zu Kommissar Hinriksson.

Gossmann hatte das Fenster heruntergekurbelt. Der graue Nachmittag wehte in den Wagen, und der Fahrtwind summte in seinen Ohren.

«Ich muss noch woanders hin», sagte Hinriksson.

In Hafnarfjordur, einem Vorort von Reykjavík, verließ er die Hauptstraße und fuhr durch eine Ansiedlung gleichförmiger Häuser. Er ließ den Wagen neben einem Jägerzaun ausrollen, gegen den zwei Kinderfahrräder gelehnt waren.

«Bin gleich wieder da», sagte Hinriksson, stieg aus und sog die kalte, scharfe Luft ein. Aus dem Kofferraum holte er zwei große Einkaufstüten, die randvoll mit Lebensmitteln gefüllt waren, und schleppte sie zum Eingang. Eine kleine, sehr alte Frau mit blauer Kittelschürze öffnete ihm, noch ehe er die Tür erreichte. Er küsste sie auf die Wange und verschwand im Haus. Fünf Minuten später kehrte er mit zwei riesigen Kuchenstücken in den Händen zurück. Eins gab er Gossmann, dem beim Anblick der Zuckerglasur der Mund wässrig wurde.

«Mit bestem Gruß von meiner Mutter. Sie ist berühmt für ihren Marmorkuchen.»

Gossmann biss ein großes Stück ab. «Vom Backen versteht sie was.»

Hinriksson legte mit der freien Hand den Gang ein und ließ die Kupplung kommen.

Gossmann sagte: «Lass dir mal von deinem Chef einen neuen Auspufftopf spendieren.»

Im Wagen herrschte einen Augenblick lang Schweigen, während sie mit achtzig Stundenkilometern ein Wohnmobil überholten.

«Sie wohnt allein hier draußen. Wenn es meine Zeit erlaubt, bringe ich ihr ein paar Sachen aus der Stadt vorbei. Jeden Tag spricht sie mir eine neue Bestellung auf den Anrufbeantworter. Was soll ich tun? Bald wird sie siebzig. Kannst du dir vorstellen, dass sie in ihrer Jugend eine der besten Eisbärenjägerinnen von ganz Süd-Grönland war? Sie hatte diesen unglaublichen Instinkt und konnte gut mit dem Kanu umgehen. Sie wusste immer zuerst, wo sich ein Tier aufhält, lange, bevor einer der Männer darauf kam. In einem einzigen Winter brachte sie es auf sieben Eisbären und vierunddreißig Robben, da war sie noch keine zwanzig.»

Sie habe ihm erzählt, fuhr Hinriksson fort, dass die Armanen um Sigurpáll Einarsson, zu denen sie unterwegs waren, seit einiger Zeit merkwürdige Rituale abhielten. Niemand außer den eigenen Leuten dürfe dabei sein. Früher hätten sie jeden, der Interesse hatte, aufgefordert, daran teilzunehmen, um die alte Götterwelt kennenzulernen. Aber das sei vorbei.

Hinriksson sagte, seine Mutter habe eine Zeit lang auch dazugehört. Ihr habe die Nähe zur Natur, die sie in ihrem früheren Leben in Eis und Schnee so geliebt und verehrt hatte, gefallen, die überlieferten Zeremonien, um Wohlstand und Wohlgefallen zu erbitten von Odin, Thor und Tyr, bis vor ein paar Monaten ein Deutscher aufgetaucht sei. Ein Anwalt, der Merkwürdiges erzählt habe von einer reinen Rasse, die in naher Zukunft den wichtigsten Platz in der Welt einnehmen werde. Einarsson habe an seinen Lippen gehangen, ihn als Heilsbringer gepriesen.

«Deshalb wollte ich kurz mit meiner Mutter sprechen», sagte Hinriksson. «Das Ereignis hat sie sehr beeindruckt, aber es war auch der Grund, warum sie diesen Leuten den Rücken kehrte. Sie konnte mit dem Unfug, den sie von da an verzapften, nichts mehr anfangen. Bisher habe ich sie nie nach dem Namen dieses Mannes gefragt, aber sie konnte sich sofort an ihn erinnern. Sein Name ist von Schlippe. Er hat sich als Gesandter der Thule-Gesellschaft in München vorgestellt.»

«Red weiter.»

«Einarsson, sagt meine Mutter, ist ein exzentrischer kleiner Miesling, der zu rasenden Wutanfällen neigt. Wir sollen auf der Hut sein vor ihm. Wenn man ihn sieht, meint sie, hält man ihn für harmlos. Ein Typ, wie man ihn sich hinter der Theke bei McDonald's vorstellen kann. Aber er ist gefährlich, glaubt sie.»

Von der Asphaltstraße, die sich in eine scharfe Kurve legte, ehe sie dann Gott weiß wohin führte, bogen sie auf einen Geröllweg ab. Sie folgten dem Weg, der sich den Hügel hinauf und auf der anderen Seite wieder ins Tal hinab wand. Sie sahen nur das Scheinwerferlicht und das von ihnen beleuchtete Stück des Wegs. Die Einsamkeit stülpte sich über sie, hüllte sie in ein nahtloses Vakuum.

«Nur so aus Interesse», sagte Gossmann, «hat euer Staatsbankrott dich auch mit reingerissen?»

«Wir Isländer kommen damit klar. Wir sind glücklich. Wir sind keine Perfektionisten. Wir hören nicht zu, wenn man uns klarmachen will, dass wir hinterherlaufen. Wir machen einfach immer weiter. Egal, was kommt. Auch andere Länder haben unter der Finanzkrise gelitten. Weshalb wir jetzt eben da einkaufen, wo es billiger ist. Statt Schweizer Schokolade importieren wir billige polnische Riegel. Die Zeitungen, stell dir vor, empfehlen Wikingerrezepte für Haartönungen aus Wurzeln und Moosen. Das spart Geld. Und lustig ist es auch. Unsere Frauen machen sich einen Spaß daraus. Um auf deine Frage zurückzukommen: Was verdient ein Polizist in Deutschland? Na also. Was hätte ich verlieren können, wo ich doch nichts sparen kann?»

Ein verirrtes Schaf tauchte vor ihnen auf. Hinriksson warf den Wagen scharf herum. Er brach aus und schlingerte in der ausgefahrenen Spur. Kurz darauf versperrte ihnen ein Holzgatter die Weiterfahrt. Hinriksson stieg aus, löste das Tau, das um einen Pfosten und das Tor geschlungen war, und stieß das Gatter auf.

Wieder im Wagen sagte er zu Gossmann: «So 'n klasse Fanatiker wie Einarsson hast du garantiert im ganzen Leben noch nicht gesehen. Mutter sagt, er ist kraft seines Amtes auch der Opfermeister und findet nichts dabei, Ziegen und Schafen und Pferden die Kehle durchzuschneiden. Aber das ist es nicht, was sie meint. Auf die jungen Mädchen will sie hinaus, mit denen er sein Lager teilt. Sie himmeln ihn an, weil er alles zu wissen scheint, was sie selbst wissen wollen, und dafür steigen sie mit dem alten Knacker in die Kiste.»

«Wie kam sie zu ihm, deine Mutter, meine ich?», fragte Gossmann.

«Das fragst du sie am besten selbst. Ich weiß nur, dass die beiden sich seit Jahren kennen. Wenn wir da sind, sagt sie, sollen wir auf Freya achtgeben, seine Stellvertreterin. Offenbar legt sie es darauf an, ihn aus dem Verkehr zu ziehen, um an seine Stelle zu treten.»

«Ist sie eine von den Jüngeren?», fragte Gossmann.

«Wenn du fünfundsechzig für jung hältst.»

Zu beiden Seiten des Wegs, auf eingezäunten Weiden, grasten Island-Ponys, schöne Tiere; keines hob den Kopf, als Gossmann und Hinriksson an ihnen vorüberfuhren. In der Ferne tauchte ein Haus auf, die Fenster beleuchtet, auch die im angrenzenden Schuppen, hinten denen Schatten hin und her huschten. Ein zerbrochener Schornstein stieß weiße Rauchwolken aus. Als sie aus dem Wagen stiegen, hörten sie das kreischende Grunzen von Schweinen, die gefüttert wurden. Dieses Geräusch trug der Wind aus der einen Richtung heran, aus der anderen, lauter, kam das Tom-Tom von Trommeln, dazu Flöten, federleicht. Hörte sich nach einer Menge Spaß an.

Bevor sie sich entscheiden konnten, in welche Richtung sie sich wenden sollten, wurde die Haustür geöffnet. Ein Schäferhund sprang ins Freie und rannte auf sie zu, bellend, kurz vor ihnen blieb er stehen, hörte zu bellen auf und sah sie knurrend mit schiefgelegtem Kopf an.

«Nerthus!»

Eine harsche Frauenstimme. Der Hund fuhr herum, seine Ohren klappten nach unten, aber sein Schwanz stand immer noch wie eine Eins. Er war auf der Hut.

«Ab ins Haus! Mach schon, du dämlicher Köter. Rein mit dir, sofort. Wie oft habe ich dir gesagt, du sollst unsere Gäste in Ruhe lassen.»

Tatsächlich trottete der Hund davon. Ohne sich noch einmal umzudrehen, schlich er in einem großen Bogen an der Frau vorbei ins Haus zurück.

«Vor dem müssen Sie keine Angst haben. Er ist fast so alt wie ich, und wie Sie sehen, bin ich ziemlich alt.»

Das fand Gossmann auch.

«Ich habe keine Angst vor Hunden», sagte er, «es sei denn, sie beißen. Aber ich hüte mich vor den Besitzern.»

Er hatte zu lächeln angefangen, weil sie es tat, aber jetzt verschwand das Lächeln aus ihren Augen.

Sie hatte lange weiße Haare, in der Mitte gescheitelt und von einem Stirnband aus schlichtem Leder gehalten. Sie steckte in derben, weitgeschnittenen braunen Baumwollhosen, über denen ein schmuckloser Strickpullover beinahe bis zu den Knien herabhing. An den Füßen trug sie grobe Wollstrümpfe und robuste, halbhohe braune Stiefel, die Gossmann für zugspitztauglich hielt. Die Falten in ihrem Gesicht waren so zahlreich wie Jahresringe bei einer hundertjährigen Eiche. Alles in allem wirkte sie so alternativ wie eine verschrumpelte Ökokartoffel, wären da nicht die jungen, wachen Augen gewesen und diese Stimme, die keinen Widerstand zu dulden schien, egal, ob von einem Hund oder von einem Menschen.

«Ihr kommt wegen Sigurpáll?», fragte sie. Der Tonfall war schnappend.

Der Wind zerzauste ihr das strähnige Haar. Sie schloss die Augen und wandte das Gesicht zum Himmel.

«Er sagte, ihr würdet kommen.»

«Dann sag ihm, wir sind da», sagte Hinriksson.

«Sobald er die Abendzeremonie beendet hat», erwiderte sie. «Ihn jetzt zu stören, würde er mir nicht verzeihen. Außerdem hat er euch nichts zu sagen.»

«Woher willst du das wissen?»

«Ich bin die Einzige, mit der er sich bespricht.»

«Freya?», fragte Hinriksson.

Sie nickte.

«Das ist mein germanischer Name. Wir haben alle hier germanische Namen.»

«Sigurpáll nicht», entgegnete Hinriksson.

«Nein.»

Mit energischen Schritten ging Gossmann auf das Gebäude zu, aus dem die Trommeln kamen, jetzt auch ein dumpf dröhnender monotoner Gesang, der an Lautstärke zunahm. Wer immer da drinnen zugange war, sie schienen in absoluter Hochform zu sein.

Freya versuchte, ihn am Ärmel festzuhalten.

Begleitet von einer verächtlichen Handbewegung sagte sie: «Da kannst du jetzt nicht ...»

Er streifte ihre Hand ab und stieß die Tür auf. Ein Schwall heißer Luft strömte ihm entgegen. In einem Halbkreis hockten Männer und Frauen mit schweren Wollumhängen, die von kupfernen Gewandspangen gehalten wurden, auf dem Boden um einen Baumstumpf, über dem eine Runenlanze lag. Nur einer stand.

Dieser Kerl, dieser Sigurpáll, war schon ein sonderbarer Heiliger. Er stand da, die Augen geschlossen, die Arme emporgestreckt, als ruhe die ganze Last der Welt auf seinen Schultern. Er hatte ein weißes Hemd an, wie Geistliche es tragen, bis zum Hals zugeknöpft, ohne Kragen. Mit lauter Stimme murmelte er unverständliche Verse, monotone Laute, die in Gossmanns Ohren fremdartig und gleich klangen.

Einarsson war so intensiv beschäftigt, dass er die Besucher nicht bemerkte. Oder er machte einfach weiter, wer wusste das schon.

«So viele Spinner habe ich noch nie auf einem Haufen gesehen», sagte Gossmann.

Hinriksson, der ihm gefolgt war, sagte: «Der da drüben ist keiner, jedenfalls sieht er nicht wie einer aus.»

«Auch wieder wahr.»

Ein Dutzend Altarkerzen, die überall auf dem Boden standen und die einzige Lichtquelle waren, und das sanfte Plätschern eines mehrstufigen Zimmerbrunnens, in dem das Wasser über flache Kaskaden fiel und verschwand, um den Kreislauf von neuem zu beginnen, sorgten für die richtige Stimmung.

«Als wäre das ganze Jahr über Weihnachten», sagte Gossmann.

Hinten, an die Wand gelehnt, beobachtete der Mann, der anders aussah, in einem dunkelblauen Anzug das Geschehen. Er sagte nichts, rührte sich nicht, stand nur da wie eine Friedhofsstatue. Seine Schuhe, handgenähte Budapester, waren blank poliert. Zwischen seinen Fingern glimmte ein Zigarillo. Die Art, sich zu kleiden, war von dandyhafter Eitelkeit. Jetzt schaute er zu ihnen herüber, zog ein letztes Mal an seinem Zigarillo, ließ es fallen, trat es mit einer drehenden Bewegung seines Absatzes aus und setzte sich in Bewegung.

«Mein Name ist Harald von Schlippe», stellte er sich vor. «Finden Sie nicht? Eine schöne Zeremonie. Sie weihen die Lanze dem Gott Thor, dadurch soll sie heilige Kräfte aufnehmen und seinen Besitzer beschützen und ihm stets heroische Dienste leisten. Sie soll Feinde verdammen und das eigene Ansehen mehren. Möchten Sie, dass ich Ihnen übersetze, was sie sagen? Sie sprechen einen sehr alten Dialekt.»

Gossmann sagte: «So?», und wartete.

«Mächtiger Thor, der Thursten Töter,
Midgards Schirmer, Beschützer der Welt!
Der du schlägst die Jöten, Jörmungand troztest,
Die Asen und Alben vor Argen bewahrst!»

Hör sich einer diese Germanen an, dachte Gossmann.

Gossmann sah ihnen zu, wie sie aufstanden, einen Kreis bildeten, sich bei den Händen fassten und, auf Hacken und Zehen hin und her wippend, einen Choral anstimmten. Es fehlten nur noch die Pferde und ein jodelnder Pudel, und das Ganze würde eine zirkusreife Nummer abgeben.

«Wenn Sie mich für einen Moment entschuldigen», sagte von Schlippe. «Ich werde gebraucht.»

Einarsson trat vor und hob die Lanze mit beiden Händen in die Höhe. Wandte sich um, suchte den Deutschen, sah, wie er auf ihn zukam. Dann dankte er von Schlippe dafür, dass er ihnen dieses wunderbare Geschenk gemacht habe. Er werde es in Ehren halten und für alle Zeit verwahren, bis der Tag komme, um die Lanze wieder zu den Ahnen zu legen. Danach brachten alle das rituelle Trankopfer dar, indem sie reihum Honigwein, vermischt mit Wasser, aus einem silbernen Kelch tranken, der mit roten, grünen und blauen Steinen verziert war.

Die Versammlung löste sich auf. Man hatte die beiden Besucher bemerkt, doch niemand sprach sie an.

Einarsson und von Schlippe redeten leise miteinander, während die anderen hinausgingen. Der Armanenführer stellte die Lanze mit der Spitze nach oben an die Wand, nickte.

Kommissar Hinriksson sagte zu Gossmann: «Wenn Einarsson etwas will, dann marschiert er los. Er stellt sich nicht hinten an. Vorgestern war nicht das erste Mal, dass er mit seinen Anhängern irgendwo rein ist. Scheint seinen Spaß daran zu haben, die Leute zu erschrecken. Von einigen dieser Vorfälle haben wir offiziell Kenntnis, aber bloß einer hat sie angezeigt: der Pastor der Hallgrímskirkja. Weil sie ein Orgelkonzert gestört haben. Im Sommer besuchen manchmal tausend Menschen diese Konzerte; die Akustik in der Kirche ist überwältigend, das solltest du dir anhören. An jenem Abend spielte ein farbiger Pianist aus New Orleans, ich glaube, er hieß Lionel Farber oder Ferber, Passagen aus Wagners Nibelungen. Wie ich hörte, soll er sehr gut gewesen sein. Aber gegen Schwarze, vor allem, wenn sie sich an Wagner vergehen, haben die Armanen was, übrigens ein Kunstwort, das sich aus Ariern und Germanen zusammensetzt. Gegen Schwarze und gegen Inder und gegen Chinesen und gegen Brasilianer, nimm, wen du willst. Von denen wollen sie nichts wissen. In meinen Augen sind das kranke Typen. Völkisch, rassistisch, antisemitisch.»

Gossmann seufzte: «Mal sehen, ob ich spirituell für die Unterhaltung mit diesen unterbelichteten Schwachköpfen gerüstet bin.»

«Ich sehe die eher als hauptberufliche Landplage.»

Als wäre das sein Stichwort gewesen, rief Einarsson ihnen zu: «Kommen Sie schon her. Ein deutscher Kommissar? Ich verstehe, meinetwegen, die Tote kommt aus Deutschland. Herrn von Schlippe kennen Sie ja schon. Er ist ein treuer Freund und vertritt meine Interessen. Harald, was denkst du, muss ich mit diesen Herren reden? Was ich zu sagen habe, steht bereits im Protokoll von dem da», er zeigte auf Hinriksson. «Ein unerfreuliches Gespräch.»

Harald von Schlippe sagte, er lebe seit fünfzehn Jahren in Island, eigentlich sei er Anwalt für Internationales Seerecht. Große Reedereien und die Regierung in Reykjavík vertrauten seinem Geschick. Gestern, nach seiner Vernehmung, habe Sigurpáll Einarsson ihn angerufen und ihm alles erzählt. Jetzt nehme er seine Interessen wahr.

«Ich will nicht», sagte Einarsson, «dass Sie sich von den ganzen Geschichten über mich, die Ihnen zu Ohren gekommen sind, ein falsches Bild machen. Ich sagte Harald, ich habe nichts zu verbergen. Sie können kommen und gehen, wann Sie wollen, und wenn Sie möchten, führe ich Sie gern herum. Nicht, dass es bei uns viel zu sehen gäbe. Sie sind in Reykjavík untergekommen?»

«Im Borg», sagte Gossmann.

«Sehr nettes Hotel, groß.»

«Man hat mir gesagt, dass sich deine, wie sagt man ... Jünger, Anhänger, Gemeinde? ... seit der Ankunft des deutschen Filmteams in der Nähe des Hotels herumtreiben. Sie sitzen sogar in der Lobby und bestellen Tee.»

«Ist das verboten?»

«Vielleicht sollte man darüber nachdenken, es zu verbieten», sagte Hinriksson.

«Das wäre nicht besonders professionell», entgegnete Einarsson.

Die Frau, die sich Freya nannte, kam herein.

«Es ist Zeit, Sigurpáll. Denk daran, was heute Nacht zu tun ist.»

«Lass uns allein!»

Sie zuckte zusammen, als wäre sie geschlagen worden.

Ihr Blick verfinsterte sich, wurde hart. Einarsson hielt dem Blick stand. Seine Augenlider blieben bewegungslos, nicht das geringste Zucken.

«Geh, sage ich!»

Und sie ging.

Gossmann fragte, ob er sich eine Zigarette anzünden dürfe. Als Einarsson nickte, bot er auch dem Anwalt eine an, doch der blieb bei seinen Zigarillos.

«Was genau werfen Sie meinem Mandanten vor?», wollte von Schlippe wissen.

«Er hat die Leute ganz schön gegen sich aufgebracht. Es ist *das* Gesprächsthema. Abgesehen von dem Mord.»

«Obszöner Klatsch findet jedes Mal einen Spalt in der Mauer.»

Von Schlippe hatte Rauch in die Augen bekommen, die Augen tränten, und er wischte mit dem Ballen der freien Hand über die zusammengepressten Lider.

«Bloß weil er anders ist als die meisten anderen, verdächtigen Sie ihn?», wollte er wissen.

«Schalten Sie mal einen Gang runter», sagte Gossmann. «Er hat doch jede Menge Zeugen aufgefahren. Warum sollten wir ihn noch immer verdächtigen? Das hier ist doch eine ehrenwerte Gesellschaft. Hab ich recht, oder liege ich falsch?»

Gossmanns defensive Haltung brachte den Anwalt aus dem Konzept.

«Warum sind Sie dann hier?»

«Wir glauben, dass Ihr Mandant – oder einer seiner Anhänger – in der Mordnacht etwas gesehen haben könnte, von dem er uns vielleicht erzählen möchte. Von der ersten Minute an kleben sie an dem Filmteam dran, warum, weiß der Teufel, sie haben, wenn ich das richtig sehe, die Deutschen nicht aus den Augen gelassen. Aber ausgerechnet in dem Moment, wo ein Verrückter sich den Star des Films vorknöpft, will keiner in der Nähe gewesen sein?»

Einarsson lächelte. Gar nicht mal unsympathisch, dachte Gossmann.

«Wir ahnen, was wir wissen könnten, aber wir wissen es nicht, das ist das Dilemma der Menschheit.» Einarsson klang wie ein schrulliger Gelehrter.

«Wäre vielleicht ganz interessant zu hören», entgegnete Gossmann. «Was halten Sie davon, wenn wir beide uns ein paar Minuten allein unterhalten. Draußen?»

Von Schlippe ging dazwischen.

«Frag ihn, was passiert, wenn du nicht darauf eingehst, Sigurpáll.»

«Meinst du wirklich?»

In dem Moment, wo Einarsson die Frage stellte, begriff er, dass er sich eine Blöße gegeben hatte, überflüssigerweise. Noch nie in seinem Leben, nie, hatte er eine wichtige Entscheidung anderen überlassen. Auch diesmal würde er der Herr seines Willens bleiben.

«Gehen wir nach nebenan», sagte er entschlossen. «In die Walhalla.»

Sein Anwalt rief ihm nach: «Erzähl ihm nichts, was dir später leid tut. Denk an unsere Abmachung.»

Walhalla. Das war ein großes Wort für das, was Gossmann zu sehen bekam. Eine Kammer des Haupthauses, in der alle Götter der Germanen aufgereiht waren. Er versuchte, die Gipsköpfe zu zählen, die ein minderbegabter Steinmetz angefertigt hatte. Auf einem steinernen Altar drängten sie sich aneinander.

Gossmann, warum auch immer, erinnerte sich an seinen alten Klassenlehrer, ein harter Knochen, ehrlich, der ihm eingebläut hatte: Hör auf deine Instinkte. Sie zeigen dir den Weg des Lebens. Damals hatte er das ein bisschen großspurig gefunden.

Zwar musste Gossmann lernen, dass neben den Instinkten das Herz eine wichtige Rolle spielte, wenn nicht die wichtigste, doch er begriff schnell, worauf es seinem alten Lehrer ankam. Und er verstand.

«Du könntest mir sagen, was dich antreibt», sagte er zu Einarsson. «Alle suchen nach einem Weg, einem Sinn. Wie es scheint, hast du ihn gefunden, jedenfalls für dich.»

Einarsson stand, die Knie leicht gebeugt, vor einem

Bildnis des Donnergottes Thor. Gossmann kannte keinen Menschen, der so helle und bohrende Augen wie Einarsson hatte.

Der wartete kurz und sagte dann: «Ich bin nicht krank», aber der Satz war mit einer Spur Verärgerung unterlegt. Ein gefährliches Lächeln zog sein Gesicht abscheulich schief. «Es gibt eine Akte von mir über einen Aufenthalt in der Psychiatrischen Klinik von Reykjavík. Sechs Wochen, nach einem Burn-out. Damals gab es dieses Wort noch nicht, so lange ist das her. Ich habe Tag und Nacht geschuftet, bis ich zusammengebrochen bin. Der Bauer, bei dem ich seit ich siebzehn bin gearbeitet habe, war mein Onkel. Das hinderte ihn allerdings nicht daran, mich bei jeder Gelegenheit zu schikanieren. Er sagte, ich sei ein Bastard, weil meine Mutter, sie starb kurz nach meiner Geburt, mich unehelich geboren hatte und bis zuletzt verschwiegen hatte, wer mein Vater war. Stattdessen musste er mich aufziehen, er und seine Frau, die zweite, das war für uns alle eine Qual. Ich war ständig auf Streit aus, weil ich mich ungerecht behandelt fühlte, und sie zahlten es mir heim. Aus meinem körperlichen und geistigen Zusammenbruch habe ich nie ein Geheimnis gemacht. Warum auch? Dir könnte das genauso passieren, und wenn ich dich anschaue, dann machst du nicht den gesündesten Eindruck.»

«Immerhin, ich lebe.»

«Ja, aber wie?»

«Worum geht es in dem Film?»

Der abrupte Themenwechsel schien Einarsson zu überfordern. «Was?»

Als würde er gerade von irgendwoher zurückkommen.

«Fangen wir noch einmal von vorn an», sagte Gossmann. «Ihr seid also in dieses Lokal rein, wo die Filmleute den

Sonnenwechsel gefeiert haben, weil es euch nicht gefällt, was die für einen Film drehen.»

«Setzen wir uns einen Augenblick», sagte Einarsson. Er nahm in einem sehr alten, streng wirkenden Holzstuhl mit hoher Lehne Platz und deutete auf ein zweites Exemplar, das kaum bequemer aussah. Auf einem kleinen Tisch zwischen ihnen stand eine Holzschale mit Sonnenblumenkernen.

«Sie sind gut. Greifen Sie zu», forderte er Gossmann auf.

«Woher habt ihr gewusst, wovon der Film handelt? Soweit ich weiß, gibt sich die Produktionsfirma alle Mühe, den Inhalt unter dem Deckel zu halten.»

Einarsson steckte sich eine Handvoll Kerne in den Mund, kaute langsam und suchte nach den richtigen Worten.

Schließlich sagte er: «Es bleibt niemandem verborgen, wenn ein Drehbuchautor anfängt, einen derart komplizierten Stoff zu recherchieren, dafür braucht er kompetente Berater, die sich mit den Hintergrundfakten der Geschichte auskennen, über die er schreiben will. Wenn er gewissenhaft ist, lässt er es nicht bei einem Berater bewenden, er holt sich die Informationen aus mehreren Quellen. Irgendwann gerät er dabei unweigerlich an eine Person, die in ihren Kreisen darüber spricht. Nicht lange, und die Kunde verbreitet sich. Das tut sie umso schneller, wenn sie die ureigensten Interessen einer Gemeinschaft berührt, die international vernetzt ist. Können Sie mir folgen?»

Frag ihn, dachte Gossmann, warum dieser Film für die Heiden so ein großes Ärgernis ist.

Einarsson musste seine Gedanken gehört haben. In lustlosem, ernstem Ton sprach er weiter.

«Die meisten Heiden, die so bezeichnet werden, verdienen es gar nicht. Sie halten das für eine amüsante Freizeitbeschäftigung, vielleicht, weil sie sich gerne verkleiden und mit Gleichgesinnten ums Osterfeuer hüpfen und in den Nächten der Sonnenwende bedeutungsvolle Gesichter machen. Diejenigen aber, die sich ernsthaft für die Religion unserer Vorfahren, die älter ist als das Christentum, interessieren, sehen ihre Aufgabe darin, den Nachlass und seine Werte zu leben und zu schützen. Nein, ich setze mich nicht mit meinen Leuten hin und sage, jetzt haben wir den Glauben von früher, leben wir also auch das Leben von früher. Ich will die Zeit nicht tausend Jahre zurückdrehen. Wir müssen unser Leben an die heutige Zeit anpassen. Wir können und wollen die technische Entwicklung nicht abschaffen. Aber wir müssen wieder einen stärkeren Kontakt zur Natur bekommen, uns als Teil der Natur erkennen.»

«Ihr betet zu grimmigen Göttern, die Opfer von euch verlangen. Ziegen, Schafe und Pferde. Was sonst noch?»

«Das sind groteske Anwürfe», sagte Einarsson mit einem Lächeln, das Gossmann zu deuten versuchte. Es wirkte weder überheblich noch allwissend. Eher nachsichtig.

«Unsere Hinweise stammen aus einer tadellosen Quelle. Von jemandem, der dabei war. Der dich gesehen hat. Jedenfalls bis zu den Pferden.»

Auch dieser Vorstoß rief keine Reaktion hervor, und so setzte Gossmann sich auf die Kante des Sessels.

«Und Menschen?» Mehr sagte er nicht.

Einarsson sagte: «Meine Güte.»

«Etwa nicht?»

Er sah, wie dem Armanen in Zeitlupe Gedanken durch den Kopf schlichen.

«Dummes Gerede. Menschenopfer hat es bei den Germanen zwar gegeben, vor vielen Jahrhunderten, niemand käme auf die Idee, das zu leugnen. Die Menschen mussten zum Heil der Gesellschaft sterben, als Opfer für fruchtbare Äcker, Gesundheit oder Frieden. Aber heute sind wir klüger, aufgeklärter. Religionen wachsen mit ihren Fehlern. Sieh dich um! Moslems missbrauchen ihren Glauben für Massenmorde, und die Christen taten das Gleiche vor ihnen. Der Aztekenkönig Ahuitzotl ließ mehr als zwanzigtausend Kriegsgefangenen und Untertanen seines eigenen Volks bei lebendigem Leib das Herz herausreißen. Sie mussten sich in einer Reihe hintereinander aufstellen, die Schlange reichte bis vor die Tore der Stadt. Das Gemetzel der Priester hat Tage gedauert. Oder nimm die Pharaonen, die wir heute zu Ikonen ihrer Zeit verklären. Tausende und Abertausende ließen sie töten, um ihren Göttern zu huldigen. Und du kommst mir mit ein paar germanischen Moorleichen? Willst du noch mehr hören aus den blutrünstigen Götterwelten untergegangener Kulturen?»

Für Gossmann klang es wie etwas Auswendiggelerntes.

Bei seiner Aufzählung hatte Einarsson nicht einmal die Stimme erhoben. Er betete die Fakten herunter wie ein Arzt den Diagnosebefund eines Grippepatienten.

«Das Spannende ist immer der Schritt vom Normalen zum Abnormalen», sagte Einarsson mit gefalteten Händen und schaute Gossmann abwartend an. «Man darf es nur nicht übertreiben. Ich glaube, du würdest zu uns passen.»

Gossmann übersprang das irritierende Kompliment: «Was ist so ärgerlich an dem Film, dass ihr meint, dagegen etwas unternehmen zu müssen?»

«Die Unwahrheit. Ein großer Irrtum. Der Film verbreitet Lügen.»

«Was, wenn das nur eure Meinung ist?»

«Du musst es als Ganzes sehen. Im Sommer 1935, an

einem warmen Augustabend, legte im Hafen von Reykjavík die ‹Tollund› an, ein deutsches Expeditionsschiff. An Bord befanden sich vierunddreißig Männer und zwei Frauen, darunter ein Geophysiker und Erdmagnetiker, ein Anthropologe und ein Entomologe. Heinrich Himmler, der Reichsführer der SS, hatte sie im Auftrag des Führers höchstpersönlich auf diese Mission geschickt. Dahinter verbirgt sich ein Wirrwarr aus Mythen und pseudowissenschaftlicher Theorie. Manches ist so abstrus, man könnte darüber lachen, wären die Konsequenzen nicht so mörderisch gewesen.»

«Ich weiß, wer Himmler war.»

«Im Auftrag der Partei sollte die Expedition den Langjökull-Gletscher erkunden. Die Mannschaft blieb drei Tage in der Stadt, deckte sich mit Proviant ein, erkundigte sich nach dem Gletscher und verpflichtete zwei ortskundige Bergführer, dann brach die Expedition auf. Ihre Absicht war es, nach den Überresten eines germanischen Kriegers zu suchen, die dort oben im ewigen Eis vermutet wurden, wo genau, das wusste jedoch keiner. Sie hofften, nicht irgendeinen Krieger zu finden, sondern, jetzt kommt's, Thumelicus, den Sohn des Arminius, der sich später Hermann der Cherusker nannte. Ich bewundere ihn, weil er in der Schlacht im Teutoburger Wald die Römer vernichtet hat, eine große, eigentlich unmögliche Tat, die den Lauf der Geschichte verändert hat. Seine schwangere Frau Thusnelda war während einer römischen Vergeltungsaktion gegen die Germanen unter Führung des Feldherrn Germanicus gefangengenommen worden. Ihr eigener Vater, ein Verbündeter Roms namens Segestes, hatte sie verraten und ausgeliefert. In der Gefangenschaft gebar sie ihren Sohn Thumelicus. Bei Tacitus steht, er sei zusammen mit seiner

Mutter ins Exil nach Ravenna geschickt worden. Doch von da an verliert sich seine Spur. Im Dritten Reich verdichteten sich die Gerüchte, Forscher hätten ernstzunehmende Hinweise gefunden, wonach Thumelicus und eine Handvoll Männer ungefähr 30 n. Chr. nach Norden geflohen seien. Angeblich kamen sie bis nach Island, wo sie bei einem Eissturm auf dem Langjökull den Tod fanden. Wahrscheinlich war das bloß Nazi-Propaganda, denn ich habe nie etwas von Thumelicus und seinem angeblichen Aufenthalt auf Island gehört.»

Sigurpáll Einarsson breitete sein Wissen und seine Wichtigkeit wie einen Teppich aus.

«Zurück zum Film», ermahnte ihn Gossmann. «Wegen dem bin ich hier.»

In den nächsten Minuten erzählte ihm Einarsson ohne jede Unterbrechung von der deutschen Expeditionsleiterin Renate Giese, einer berühmten Historikerin und Bergsteigerin im Deutschen Reich, auf deren Forschung das Wissen um den Toten unter anderem beruhte.

«Hitler selbst, wie Himmler und andere Parteigrößen ein Anhänger des Okkulten und der Astrologie, hatte sie angewiesen, den Leichnam des Thumelicus zu bergen und nach Hause zu bringen. Kommt Ihnen das bekannt vor? Heim ins Reich? Die Rückkehr sollte einmal mehr die Überlegenheit der arischen Rasse demonstrieren und als Triumph der Partei inszeniert werden, mit einem nächtlichen Fackelzug, so gewaltig wie der Aufmarsch einer ganzen Armee. Albert Speer, Hitlers Architekt, entwarf ein prunkvolles Grabmal, das in der Großen Halle der neuen Hauptstadt Germania errichtet werden sollte. Alles wurde bis ins Detail vorbereitet.»

«Das», gestand Gossmann, «klingt völlig neu für mich.»

«Die Expedition wurde ein Reinfall. Nach sechs Wochen kehrten die Deutschen vom Langjökull zurück, außer dem Gerippe eines verirrten Schafes hatten sie nichts gefunden.»

Gossmann stellte sich das Gesicht von Hitler vor, als man ihm die Nachricht vom Scheitern seines Plans überbrachte. Das gefiel ihm. Was ihm nicht gefiel, waren die vielen silbernen Ohrringe, die Einarsson trug. Schon bei jungen Männern hatte er seine Schwierigkeiten damit.

Er sagte: «Einer wie du ist mir noch nie über den Weg gelaufen.»

«Da kannst du sicher sein», sagte Einarsson.

Kommissar Hinriksson und der Anwalt tauchten auf.

«Wir müssen los», sagte Hinriksson. «Ihr sitzt schon eine halbe Stunde hier zusammen, und wie es aussieht, habt ihr es euch richtig gemütlich gemacht.»

Der Anwalt fragte: «Irgendwelche Probleme?»

Einarsson schüttelte den Kopf.

«Eine Sache ist mir noch nicht klar», sagte Gossmann und machte keine Anstalten aufzustehen. «Dieser Film ist doch eine prima Werbeveranstaltung für euch Heiden. Eine Geschichte, die euch in die Hände arbeitet, und trotzdem schießt ihr quer?»

«Als die Deutschen wieder in Reykjavík waren, haben sie sich in einer Kneipe ihren Frust von der Seele gesoffen. Es fing damit an, dass sie die Bedienung beschimpften und auf den Wirt losgingen. Ein paar Isländer, die auch da waren, versuchten den Streit zu schlichten, aber das machte alles nur noch schlimmer. Von draußen kamen immer mehr Isländer rein, um ihren Landsleuten zu helfen. Tja, und dann nahmen alle zusammen den Laden auseinander. Am Ende lagen dreizehn Deutsche und sechs Isländer verletzt auf dem Boden. Die Giese zog ihre Pistole aus dem Halfter und schoss vier Isländern, die in ihrer Nähe standen, in den Bauch, dann trommelte sie ihre Männer zusammen und sie marschierten zurück zur ‹Tollund›. Am nächsten Morgen war das Schiff verschwunden. Drei der Männer sind an ihren Verletzungen noch in derselben Nacht gestorben, der vierte hat überlebt.»

Gossmann sagte: «Von diesem Teil der Expedition wird in dem Film keine Rede sein. Liege ich richtig?»

«Das ist es», antwortete Einarsson, «was uns nicht daran gefällt. Genau.»

Gossmann nickte. Er stand auf, freute sich auf die Zigarette, die er sich draußen anstecken würde, und auf das Abendessen. Fisch. Irgendeine Spezialität des Landes, Hauptsache viel.

Einarsson blieb sitzen, wischte seine langen Haare aus dem Gesicht, seine Augen wurden eng, und er sagte: «Sie war ihre Großmutter.»

«Sei doch still!», fuhr von Schlippe ihn an. Der Anwalt streifte Gossmann mit einem verstohlenen Blick.

Gossmann hielt inne, wartete darauf, dass Einarsson weiterredete.

«Diese tote Schauspielerin, wegen der ihr hier seid, sie ist die Enkelin von Renate Giese.»

Das war der Augenblick, in dem Gossmann klar wurde, warum Julia Mestrom, die im Zorn ihrem Heimatland den Rücken gekehrt hatte, bereit gewesen war, nach langer Abstinenz wieder in einem deutschen Film mitzuwirken.

«Du weißt viel», sagte er. «Danke, dass du es mir erzählt hast.»

Kommissar Hinriksson sagte: «Für meine Begriffe, Sigurpáll, weißt du ein bisschen zu viel.»

8

Paolo Costa, der Ehemann von Julia Mestrom, versuchte seine Fassung zu wahren; es fiel ihm schwer. Auf Judith von Matt wirkte seine Körpersprache defensiv. Resigniert. Darüber konnte auch die Eleganz seiner Kleidung nicht hinwegtäuschen: grauer Anzug, weißes Hemd, lila Krawatte, goldene Manschettenknöpfe, Ferragamo-Slipper – das standesgemäße Outfit eines öffentlichkeitssensiblen Politikers.

«Wussten Sie von dem Verhältnis Ihrer Frau zu dem Kameramann?»

«Meine Frau und ich», sagte er, «führten eine sehr offene Ehe, deshalb sind Sie doch hier, nehme ich an? Julia ging ihren Weg, ich ging meinen, und trotzdem hatten wir viele Gemeinsamkeiten. Wir wussten, was wir tun, und wir machten kein Geheimnis daraus. Jeder von uns kannte die Präferenzen des anderen.»

«So egal waren Ihnen die vielen Männerbekanntschaften Ihrer Frau?», fragte Judith. Sie erinnerte sich daran, wie Hinriksson gesagt hatte, Costa habe auf die Nachricht vom Tod seiner Frau ratlos und überrascht, aber keineswegs schockiert reagiert.

«Toleranz war das Fundament unserer Ehe. Meine Affären waren ihr ebenso gleichgültig.»

Die ganze Ehe eine Show, wer hätte das gedacht.

Sie saßen einander in der leeren Bar des Hotels Borg gegenüber. Es war totenstill, nur gelegentlich drangen die Alltagsgeräusche des Hotels zu ihnen durch, das Klappern von Tellern in der Küche, Stimmen ohne Worte, das Klirren von Gläsern, das Geklapper von Besteck. Eine Symphonie der Behaglichkeit.

Judith versuchte sich eine offene Ehe vorzustellen, sie selbst hätte nichts damit anfangen können. Ihr Prinzip, egal, ob es um ihre Arbeit oder um ihr Privatleben ging, lautete: alles oder nichts.

«Diese besonderen Umstände haben Sie und Ihre Frau nicht daran gehindert, sich auf eine Ehe einzulassen?», fragte sie Costa.

Aus Gewohnheit rührte sie ihren Cappuccino sechs Mal um, dreimal in die eine, dreimal in die andere Richtung. Paolo Costa nippte an einem doppelten Espresso.

Behutsam stellte Costa seine Tasse ab. «Sie hängen sehr der konventionellen Idee einer Ehe an. Geben Sie es ruhig zu.»

«Was ich denke, spielt keine Rolle», erwiderte Judith.

«Natürlich tut es das. Wir stellen Ihren Traum von der Ehe in Frage.»

Paolo Costa lächelte sie an, als ginge es um etwas anderes, nur nicht um den Mord an seiner Frau.

«Meine Frau und ich», sagte er, «waren immer ehrlich zueinander, von Anfang an. Davon könnte jede Ehe lernen.»

Judith spürte, dass ihr die Zielsetzung des Gesprächs entglitt. Sie konzentrierte sich auf ihre Aufgabe.

«Sie spielen», sagte sie. «Tun Sie das nicht. Nicht mit mir. Ich merke, wenn jemand es darauf anlegt.»

Costa spannte seinen Oberkörper, beugte sich zu Judith hinüber. «Was unsere Ehe angeht, wissen Sie überhaupt nichts.»

«Wie könnte ich.»

«Sie begreifen, worauf es ankommt», sagte Costa gönnerhaft. «Ich wünschte, Ihre isländischen Kollegen würden das ebenfalls tun.»

«Haben Sie Ihre Frau geliebt?»

«Kommen Sie! Es interessiert Sie zu erfahren, was ich für meine Frau empfunden habe? Die Antwort ist einfach: Bewunderung, in erster Linie war es Bewunderung. Sie widersetzte sich allem, was ihr missfiel, vor allem jeder Autorität.»

«Hat sie sich Ihnen gegenüber auch widersetzt?», fragte Judith. «Wurde sie Ihnen … überlegen?»

Sie konzentrierte sich auf jede seiner Bewegungen.

Costa gefiel diese deutsche Beamtin, die sich durch sein Geld und seine hohe Stellung in der Politik nicht beeindrucken ließ.

«Wir hatten eine Abmachung», sagte er.

«Trotzdem sind Sie ihr hierher nachgereist. Wollen Sie mir erzählen, weshalb?»

«Wir haben uns fünf Wochen lang nicht gesehen, ist das für Sie Grund genug?»

«Die Dreharbeiten wären in ein paar Tagen zu Ende gewesen.»

«In Italien hat der Wahlkampf begonnen. Wir mussten unsere Terminkalender synchronisieren. Meine Frau wollte mich zu allen wichtigen Terminen begleiten, dafür war ich ihr dankbar.»

«Werden Sie jetzt sentimental?»

«Sie haben wohl nicht viel übrig für Politiker.»

«Mein Vorgesetzter ist einer. Noch einmal von vorn: Wo sind Sie gewesen in der Nacht, als Ihre Frau das Lokal verlassen hat? Was machten Sie anschließend?»

Costa wiederholte seine Aussage, die er bereits gegenüber der isländischen Polizei gemacht hatte. Sie hörte sich ungefähr so an: Als seine Frau das Lokal verlassen habe, mit dem Kameramann, habe er noch etwas getrunken und sei gegen halb eins ins Hotel gegangen. Allein. Die anderen seien noch dageblieben, bis auf Barring, der reichlich betrunken gewesen sei. Jan Kohrs, der Regisseur, habe Barring in ein Taxi verfrachtet und die Fahrt im Voraus bezahlt. Nein, Zeugen könne er für seine Aussage nicht beibringen, jedenfalls habe er niemanden bemerkt, den er jetzt als Zeuge aufrufen könnte. Wodurch, ganz Politiker, natürlich nicht ausgeschlossen sei, dass ihn vielleicht trotzdem jemand gesehen habe. Im Hotel auf jeden Fall der Nachtportier.

«Konnte kaum noch sprechen, der Barring», sagte Costa.

«Und Sie haben die ganze Nacht geschlafen», stellte Judith nüchtern fest.

«Genau. Bis man mich geweckt hat, um mir mitzuteilen, dass meine Frau vermisst wird.»

«Daraufhin gingen Sie frühstücken.»

«Sie haben Ihre Hausaufgaben gemacht. Ja, ich ging frühstücken. Das tue ich immer, auch wenn meine Frau die Nacht mit einem anderen Mann verbracht hat. In einem solchen Fall frühstücke ich eben allein.»

«Nach der Flucht Ihrer Frau aus Deutschland», sagte Judith, «gab es in den deutschen Medien immer wieder Gerüchte, sie hätte sich dem Okkulten zugewandt. Ist an diesen Gerüchten etwas Wahres dran?»

«Manche Frauen richten sich einen Fitnessraum ein, andere ein Meditationszimmer. Das sehr private Zimmer meiner Frau in unserer Villa war ein Reliquienschrein voller seltsamer Dinge, jedenfalls für einen Laien wie mich. Ich habe dieses Zimmer nur ein einziges Mal betreten, ganz am Anfang, sie wollte, dass ich wusste, wie es hinter der Tür aussieht.»

Ein paar Gäste, drei Männer in scharf gebügelten Anzügen und zwei Frauen in langweiligen Kostümen, schlenderten in die Bar, sahen sich um und setzten sich wie Orgelpfeifen an den Tresen. Die Kellnerin ging von Tisch zu Tisch und zündete die Kerzen an. Leise Pianomusik aus den Lautsprechern unterstrich das exklusive Ambiente.

«Und was trieb Ihre Frau hinter dieser Tür?», fragte Judith.

«Finden Sie das nicht ein bisschen zu privat?»

«Wollen Sie, dass wir den Mord aufklären?»

«Wenn ich überhaupt noch eine kleine Chance behalten will, bei den Wahlen gut abzuschneiden, wäre die Aufklärung dieses Falles durchaus von Vorteil.»

Durchaus von Vorteil – das klang aus dem Mund von Costa wie ein unsentimentales Statement über den defizitären Staatshaushalt.

«Der Mitleidseffekt dürfte Ihren Ambitionen zuträglich sein», sagte Judith. Sie wusste Bescheid über das politische Geschäft, das ihn anscheinend wie ein schlimmer Virus infiziert hatte. Er hob die Hand und bestellte bei der Kellnerin einen weiteren Espresso.

«Auch noch einen?», fragte er. Es sollte höflich klingen.

«Eine Antwort auf meine Frage wäre mir lieber.»

«Also gut, meinetwegen, es spielt ja keine Rolle mehr», sagte Costa in theatralischer Verzweiflung. «Meine Frau suchte nach einem Halt, als man sie in Deutschland verdammt hat. Sie hatte ohnehin nie viel Bodenhaftung, aber nach diesen Demütigungen stürzte sie seelisch in eine Krise, was einen mehrwöchigen Aufenthalt in einer römischen Privatklinik nach sich zog. Diesen Halt fand sie schließlich in den Wurzeln ihrer Familie, Wurzeln, die sehr weit in die Vergangenheit zurückreichen.

Fragen Sie mich, wie es im Inneren des Raumes ausgesehen hat, so kann ich Ihnen erzählen, was mir in Erinnerung geblieben ist. Wenn Sie allerdings wissen wollen, was sie dort gemacht hat, muss ich passen. Manchmal blieb sie Stunden da drinnen, einmal sogar Tage. Das Essen ließ sie sich vor die Tür stellen.»

Die Wände des Raumes, erzählte Costa, seien mit glutroter Farbe gestrichen gewesen, und auf dem Boden hätten die Felle von dreizehn Wölfen gelegen, darunter ein vollkommen weißes, das Fell eines Albinos. Rechts an der Wand, gleich neben dem Eingang, habe ein Altar gestanden, nein, kein christlicher Altar mit einem gekreuzigten Jesus, sondern ein grob behauener Granitstein mit einer tiefen Mulde in der Oberfläche. Wer der Mann mit dem weißen Bart sei, habe er sie gefragt, der über dem Altar kunstvoll an die Wand gemalt worden war. Odin, hatte sie geantwortet.

Von diesem Tag an fragte er sie nie wieder. Solange sie ihr merkwürdiges Hobby für sich behielt, konnte ihm und seinen politischen Ambitionen nichts passieren, und dass dies so blieb, darauf würde er achten.

«Alle Hausangestellten verpflichteten sich, keine Informationen in die Öffentlichkeit zu tragen, weder über uns noch über das, was sich in unserem Haus ereignet. Seltsamerweise haben sich alle daran gehalten, jene, die uns freiwillig verlassen haben, und sogar die anderen, die uns verlassen mussten, weil es Probleme mit ihnen gab.»

Alles, was er in der letzten Viertelstunde gesagt hatte – und wie er es gesagt hatte –, vergrößerte Judiths Widerwillen gegen ihn, und sie ermahnte sich, neutral und aufgeschlossen zu bleiben. Immerhin hatte der Ehemann der

Ermordeten ein wichtiges Stichwort gegeben. Sie wartete, bis die Kellnerin den neuen Espresso vor Costa hingestellt hatte, ehe sie ihn fragte, ob sie mit ihrer Vermutung richtig liege, dass Julia Mestrom sich den religiösen Welten des Nordens verschrieben habe.

«Ich habe eine streng katholische Erziehung genossen», sagte Costa. «Mir fiel es schwer zu akzeptieren, dass meine Frau heidnische Rituale abhielt, während ich jeden Sonntag zur Messe ging. Vor ein paar Wochen trug sie einen Ring, den sie nicht von mir hatte. Ich fragte sie danach, sie sagte, und dabei lächelte sie, es sei ein geweihter Ring der Frühlingsgöttin Ostara. Ihre Beschützerin.»

Judith nahm sich vor, morgen auf dem Präsidium nach dem Ring zu fragen.

«Ist Ihnen der Gedanke gekommen, der Mord an Ihrer Frau und ihre Neigungen könnten zusammenhängen?»

«Wegen der Runen, die man neben ihrer Leiche gefunden hat? Weiß Gott, nein! Ich sagte Ihnen doch schon, nur wenige Menschen haben überhaupt von ihrem Faible für alles Germanische gewusst.»

«Sie hätten es meinen isländischen Kollegen gegenüber erwähnen müssen.»

Mit einem Mal sah der Mann verhärmt aus, trotzdem lächelte er sie an, schon aus Gewohnheit.

«Dafür sah ich keinen Anlass», sagte Costa. Und dann: «Wann kann ich meine Frau mit nach Hause nehmen? Mich erwarten in Italien unaufschiebbare Termine, ich würde am liebsten morgen oder übermorgen abreisen.»

«Wollen Sie mir erklären, warum Ihre Frau plötzlich doch wieder bereit war, einen deutschen Film zu drehen?»

«Das müssen Sie Barring fragen. Der stand eines Tages vor unserer Tür, mit dem Drehbuch unterm Arm. Meine

Frau kannte Barring von früher, deshalb ließ sie ihn rein. Sie sprachen ungefähr zwei Stunden miteinander, in der Bibliothek. Als sie wieder herauskamen, glühte meine Frau vor Aufregung. Anschließend zeigte sie Barring, ungewöhnlich genug, ihr Zeremonienzimmer, so nannte sie es, wo sie eine weitere Stunde zusammen verbrachten. Danach fuhr er wieder zum Flughafen, und meine Frau eröffnete mir, sie werde einen neuen Film drehen, in Island, ein großartiges Skript, die Welt werde staunen, über sie und über die Geschichte.»

«Weiter hat sie Ihnen nichts erzählt?»

«Die Dreharbeiten würden schon in wenigen Monaten beginnen, der Produzent habe sie und die anderen Beteiligten um Diskretion gebeten. Dieser Barring gefiel mir vom ersten Tag an nicht. Als Politiker hat man ein Gespür für Menschen.»

«Ihre Frau werden wir noch eine Weile hier behalten. Das gilt auch für Sie. Ich möchte Sie bitten, Island vorläufig nicht zu verlassen.»

Costa sprang auf: «Dazu haben Sie kein Recht!»

«Versuchen Sie es. Spätestens am Flughafen werden Sie merken, wie recht ich habe.»

«Sie hat immer recht!», sagte Tannen. Er war gerade in die Bar gekommen und hatte die letzten Worte mit angehört.

Judith sah das Blut auf seinem Hemd und erschrak. «Bist du verletzt?»

Costa stampfte mit dem Fuß auf. Wie ein störrisches Kind.

«Darüber ist das letzte Wort noch nicht gesprochen», sagte er, wandte sich ab und ließ hinter sich eine besorgte Judith von Matt und eine unbezahlte Rechnung.

Judith knöpfte Tannen das Hemd auf, sah seine ramponierten Fingerknöchel und fragte ihn, wo es ihm wehtat. Er ließ es geschehen.

«Wer hat das getan?»

«Ist nicht mein Blut», antwortete er und konnte sich ein Schmunzeln nicht verkneifen. Judith hielt inne und sah ihn überrascht an.

«Nicht dein Blut?»

«Hab ich nie behauptet.»

«Du bist ein seltsamer Mann für jemanden, der acht Jahre bei der GSG 9 war. Werden die alle so komisch?»

Jetzt klang sie verärgert.

«Wie gut, dass ich nicht zwanzig Jahre dort war.»

Er bestellte sich ein eiskaltes Viking-Bier und erzählte Judith, während er zwischendurch in großen Schlucken das beschlagene Glas leerte, von seiner Begegnung mit Kristjánsson und Karl, dem Schlagzeuger. Ginger.

«Den Ginger hab ich im Krankenhaus abgeliefert.»

«Warst du das? Hast du ihn krankenhausreif geschlagen?»

«Er hat angefangen.»

«Hat dieser – Ginger – was mit unserem Fall zu tun?», wollte Judith wissen.

«Der mag einfach keine Polizei, außerdem hat er emotional einen Hänger, ich nehme an, deshalb ist er ausgeflippt. Wenn du mich fragst, sind die Isländer das schwermütigste Volk der Welt – abgesehen von Russen, Juden und Lurchen. Einer von denen ist der Ginger, und ich glaube, Kristjánsson ist auch so einer.»

Jetzt brauchte Judith auch ein Bier. Für alle Fälle hatte sie immer eine Packung Aspirin in ihrem Reisegepäck. Im Moment verspürte sie große Lust, sie morgen anbrechen zu müssen, daher spielte sie mit dem Gedanken, es nicht bei einem Bier bewenden zu lassen, vor allem, nachdem Tannen ihr von der hübschen Managerin erzählt hatte, im Lagerhaus, wo die Bloodhounds probten und einige von ihnen wohnten. Sie schien es ihm angetan zu haben, jeder zweite Satz fing mit Telma an, Telma hier, Telma da.

Tannen hielt sich die schmerzende Rippe.

«Hat er dich angemacht?», fragte er nach dem zweiten Bier. «Dieser Costa?»

«Er ist charmant.»

«Muss ich mir Gedanken machen?»

«Versuch's doch mal.»

Gossmann, der zwanzig Minuten später eintraf, inzwischen war es halb neun, brachte einen Schwall kalter Luft mit in die Bar. Er zog seinen schweren Mohairmantel aus, ließ seine hundertachtzig Pfund in den Sessel fallen und sagte: «Ein Steak, saftig und gut durch, das ist es, was ich jetzt brauche. Leistet mir jemand Gesellschaft?»

Fast beneidete Judith ihn um seinen ständigen Heißhunger, mit dem er alles zu kompensieren schien, was ihn bedrückte.

«Habt ihr euch lieb?», fragte er. Nur Gossmann, ihrem väterlichen Freund und überaus gebildeten Kollegen, gestattete Judith, so mit ihr, seiner Vorgesetzten, zu reden, weil sie wusste, er meinte es gut mit ihr. Gossmann hatte ein weiches Herz. Er bestellte das Steak schön blutig.

Tannen schloss sich ihm an. Judith nahm einen Caesar's Salad – nach neunzehn Uhr hatte sie warme Mahlzeiten von ihrem Speiseplan gestrichen. Während sie aßen, brachten sie einander auf den aktuellen Stand der Ermittlungen. Für den ersten Tag waren sie zufrieden, mehr aber auch nicht.

Um zehn Uhr, sie waren bei der Nachspeise, einem Schoko-Soufflé mit warmen Kirschen, zu dem sie sich einen Brennivin genehmigten – Judith verzichtete auf beides –, unterbrach Kommissar Hinriksson ihr gemütliches Beisammensein. Er war in Begleitung von zwei Beamten. An seinem ernsten Gesicht erkannten sie, dass etwas passiert war. Seine Stirn schwitzte. Offenbar hatte er es eilig gehabt herzukommen.

«Ein indisches Zimmermädchen», sagte er übergangslos. «Sie hat hier im Hotel gearbeitet. Der Geschäftsführer eines Fitness-Studios hat sie vor einer halben Stunde gefunden, sie war seine Schülerin, kam zweimal in der Woche in seine Yogakurse, dienstags und donnerstags. Er drehte seine abendliche Joggingrunde auf dem Sudurgata-Friedhof, als er sie fand. Dreizehn Runen, wie beim ersten Mal», sagte Hinriksson. «Es gibt eine gute und eine schlechte Nachricht. Die gute Nachricht lautet: Diesmal hat der Mörder den Kopf drangelassen. Die schlechte Nachricht ist: Dafür hat er dem Mädchen sämtliche Finger abgeschnitten.»

«Sind die noch am Tatort?», fragte Tannen.

«Darauf kannst du wetten.»

9

Ein beharrlicher Regen fiel. Auf den dunklen Straßen von Reykjavík gingen die wenigen Menschen wie Schatten aneinander vorbei. Gossmann saß hinten im Wagen neben Tannen und rollte eine nicht angezündete Zigarette zwischen den Fingern. Die Straße knickte ab, lief um einen Fels herum und dann geradeaus.

«In dem Felsen wohnen Elfen», sagte Hinriksson. «Deshalb wurde er bei den Bauarbeiten nicht aus dem Weg geräumt.»

Judith, vorn auf dem Beifahrersitz, fragte Hinriksson: «Glaubt ihr Isländer ernsthaft, dass sie euch das Leben schwermachen, wenn ihr ihnen zu nahe kommt?»

Hinriksson grinste und schüttelte den Kopf.

«Immer dasselbe mit euch Festländern. Für die Idee dahinter habt ihr nur ein Achselzucken übrig, aber trotzdem interessiert es euch. Bei uns liegt die Sache anders. Mein Großvater fackelte den Schuppen eines Nachbarn ab, den der auf einem Stück Land errichtet hatte, das angeblich zu einer Elfenwiese gehörte, und drohte ihm, das sei erst der Anfang, wenn er die Zauberwesen nicht in Ruhe leben lasse. Das ist achtzig Jahre her, aber so weit muss man gar nicht zurückgehen. Im Straßenbau wurden in den letzten Jahren mehrfach die Routen von neuen Trassen geändert, weil es zu unerklärlichen Zwischenfällen kam, einige davon mit Todesfolge. Als man die jeweiligen Straßen um die Elfenfelsen herumführte, lief alles wieder wie geschmiert. Beim Bau des Hvalförour-Tunnels baten die Bauarbeiter sogar die Zwerge und Erdelfen in einer Broschüre darum, den Tunnel zu schützen. Solche Geschichten könnte ich euch jede Menge erzählen.»

«Und du», fragte Judith, «was hältst du davon?»

«Irgendwann werde ich dir erzählen, wie ich das sehe», sagte Hinriksson.

Er fuhr durch das offenstehende Haupttor des Friedhofs, vorbei an zwei frischen Gräbern, auf denen Blumen und Kränze lagen. Die Beerdigung war höchstens drei Tage her. Er bog rechts ab, und sie gelangten in den älteren Teil des Sudurgata. Verwitterte Steinblöcke wiesen ihnen den Weg durch längst vergangene Zeiten. Unter den Rädern knirschte grober Kies.

«Ich habe Professor Baldarsson auch gebeten zu kommen», sagte Hinriksson. «Da drüben ist es.»

Er parkte den Volvo vor einem Familiengrab, dessen Legende am 4. März 1968 endete. Als Judith ausstieg, sank sie im schneeweichen Boden ein. Tannen griff ihr unter die Achsel und half ihr herauszukommen.

Er deutete auf einen jungen Mann, bei dem zwei Polizisten in Uniform standen, die ihn, so sah es aus, zu trösten versuchten. Einer schüttelte den Kopf und redete auf ihn ein.

«Den Typ kenne ich», sagte Tannen, «und er kennt Kristjánsson. Gestern Nacht sah ich die beiden vor unserem Hotel. Sie machen Geschäfte miteinander. Einer kauft, der andere verkauft. Richtig, Kristjánsson war der Käufer. Um was handelte es sich demzufolge? Auch richtig.»

«Sein Name ist Rakesh Burshan», sagte Hinriksson.

Der Name klang überschwänglicher, als der Kerl in Wirklichkeit war. Wie in der Nacht zuvor, als Tannen ihn zum ersten Mal sah, trug er eine zu weit geschnittene Jeans, braune, abgestoßene Halbschuhe und eine dicke Kapuzenjacke. Diesmal wirkte er aufgrund seiner defensiven Haltung jedoch irgendwie klopsig.

Hinriksson sagte: «Rakesh ist ein mieser kleiner Schlappschwanz. Er kam mit seinen Eltern nach Island. An der Hversfisgata, neben dem Kino, eröffneten sie vor achtzehn Jahren ein indisches Lokal. Als sie nacheinander starben, man sagt, aus Heimweh nach Rajasthan, übernahm Rakesh das Restaurant. Eines Tages flog er nach Indien und kam mit einem jungen Mädchen zurück. Er sagte, sie hätten in dem Dorf seiner Eltern geheiratet. Die Papiere gaben ihm recht. Mit der Einwanderungsbehörde hatte er jedenfalls nie Schwierigkeiten.»

«Wie kommt es, dass du so genau Bescheid weißt über ihn?», fragte Judith.

«Anfangs machten die beiden ihre Sache ganz ordentlich, es sah so aus, als würde das Tadsch Mahal eine Adresse für gute, preiswerte indische Küche bleiben. Das ging jedoch nur so lange gut, bis Rakesh den Verlockungen seiner Freunde erlag, einer gleichaltrigen Gang von Isländern, Dänen, Deutschen, Franzosen und Engländern, die bis auf einen, der bei der Post arbeitete, an der Universität von Reykjavík studierten. Die Bande kiffte weg, was der Markt hergab. Rakesh fing an, seine Frau zu vertrimmen. Abgesehen von dem Dope, mit dem er ständig zu tun hatte, war das die häufigste Ursache, warum meine Kollegen bei ihm einliefen. Ein bisschen minderbemittelt, hat nicht allzu viel zwischen den Ohren, aber mit diesem Bisschen stellt er gehörig Unfug an.»

«Was ist aus seiner Frau geworden?», fragte Judith.

«Ich wusste, nur du würdest diese Frage stellen», sagte Hinriksson. Es dauerte zweieinhalb Sekunden, bis Judith begriff, worauf er hinauswollte.

«Da hinten liegt sie», sagte Hinriksson. «Die Frau ohne Finger – das ist seine Frau.»

«Wieso ist ihr Mann denn schon hier?», wollte Gossmann wissen. «Schneller als wir.»

Hinriksson sagte: «Er wird es von seinem Informanten haben.»

«Ein Maulwurf?», fragte Gossmann. «Bei der Polizei?»

«Den brauchst du, wenn du über längere Zeit mit Drogen dealst, ohne dass die Polizei dir auf die Füße tritt. Jedes Mal, wenn wir bei ihm zu einer Hausdurchsuchung aufkreuzten, fanden wir höchstens eine Schachtel Halspastillen. Marihuana, Haschisch, Heroin – Fehlanzeige. Nicht mal Amphetamine. Bisher hat es die interne Ermittlung nicht geschafft, die Ratte zu enttarnen, obwohl sie, wie es heißt, schon mehrfach nah an dem Kerl dran gewesen sein soll. Aber das sagen sie immer.»

Die Leiche der toten Inderin, einer auf den ersten Blick sehr kleinen Frau mit dichtem, blauschwarzem Haar, bot einen verstörenden Anblick. Sie lag auf dem Rücken, der Kopf, mit leicht nach hinten durchgebogenem Genick, auf einer moosbewachsenen Grabeinfassung, ungefähr zwei Meter vom Weg entfernt und von da aus kaum zu sehen. Ihre Persönlichkeit hatte der Tod mitgenommen. Zurückgeblieben war eine leere Hülle. Sie sahen in todesstumpfe, weit aufgerissene Augen.

Ihr Scheitel war mit Henna rot gefärbt, ein Zeichen, dass sie eine verheiratete Frau gewesen war, was durch den Bindhi, den traditionellen roten Punkt auf ihrer Stirn, noch unterstrichen wurde. Die Haare und die Bemalung gaben ihrer Erscheinung etwas Gespenstisches.

Ihr Körper bildete eine exakte Linie. Die Arme befanden sich, in ganzer Länge ausgestreckt, hinter ihrem Kopf, die Beine lagen so dicht nebeneinander, dass sie sich an den Knien berührten. Als hätte der Mörder versucht, den Körper der Frau auf einer mittelalterlichen Folterbank zu strecken. Aufgrund der fehlenden Finger sah die Figur seltsam unvollständig aus.

Dreizehn Runensteine beschrieben einen Halbkreis um den Oberkörper, sorgsam platziert und, wie es schien, in gleichem Abstand zueinander. Doch diesmal steckte über jedem Buchstaben außerdem ein abgetrennter Finger im aufgeweichten Boden, wie um die Bedeutung der einzelnen Runen auf perfide Weise noch zu steigern.

«Er deponiert», überlegte Judith, «die Leiche jedes Mal an einem öffentlichen Platz. Anscheinend will er, dass wir sie finden, und zwar nicht irgendwann, sondern schnell. Warum tut er das? Warum geht er dieses Risiko ein, bei seinen Verbrechen beobachtet zu werden?»

Mit viel Sorgfalt betrachtete sie den arrangierten Schauplatz, um sich jedes Detail einzuprägen. Den Körper. Die Lage der Steine. Die eckigen Zeichen auf den Steinen. Die blutverkrusteten Stummel an den Händen.

Doch irgendetwas stimmte nicht, und sie überlegte, was es war, das dieses Gefühl in ihr hervorrief.

«Wo ist Professor Baldarsson?», fragte Hinriksson einen Polizisten, nachdem dieser ihm mitgeteilt hatte, die Frau sei stranguliert worden, es gebe bislang jedoch keinen Hinweis auf die Tatwaffe.

«Was dagegen, wenn ich mit dem Mann der Toten rede?», fragte Tannen und sah zu Rakesh Burshan hinüber, der jetzt allein, in die Hocke gesunken, mit dem Rücken an einem Baum lehnte. Er hielt die Hände vor das Gesicht und schüttelte betrübt den Kopf.

Unterdessen tastete Judith mit ihren Blicken weiter jeden Quadratzentimeter des Tatorts ab. Das brauchte seine Zeit. Sie rührte sich nicht von der Stelle, nur das winzige Zucken ihrer Augen, die hin und her sprangen, verriet, wie konzentriert sie bei der Sache war. Schließlich entspannte sie sich, biss sich auf die Unterlippe.

«Olafur», sagte sie leise, «sag deinen Leuten, sie sollen nach einer weiteren Leiche suchen.»

«Reichen die zwei dir nicht, die wir schon haben?»

Judith zeigte auf den Tatort, der sich ihr mittlerweile ins Gedächtnis eingebrannt hatte.

«Wie viele Runensteine siehst du?»

«Na, wie viele schon, dreizehn, wie beim letzten Mal.»

«Und Finger?»

«Jeweils einen über jedem Stein. Sieht man doch.»

«Macht zusammen?»

«Willst du mir eine Nachhilfestunde in Mathematik erteilen? Ich glaube nicht, dass jetzt … heiliger Walfisch!»

«Verstehst du es jetzt?»

Hinriksson nickte.

Man brauchte kein Genie sein, um auszurechnen, dass sich irgendwo in Reykjavík ein Mensch befinden musste, dem die beiden Mittelfinger und ein Ringfinger fehlten, denn diese drei Finger waren Teil des Halbkreises aus Fingern. Judith äußerte die Vermutung, dass dieser Mensch nicht mehr am Leben sei.

Der Inder schob die Fäuste zwischen die Knie und zog die Schultern hoch, bis zu den Ohren, während sich in seiner Welt wieder alles sortierte. Aber das würde noch eine Zeitlang brauchen.

Tannen sagte zu ihm: «Musste das sein? Herkommen und deine tote Frau ansehen? Hier, am Tatort?»

Seine Stimme klang nicht vorwurfsvoll. Eher überrascht. Er ging in die Knie und fügte leise hinzu: «Das mit deiner Frau tut mir leid. Wir finden den, der das getan hat.»

Rakesh Burshan nahm die Hände vom Gesicht und sah den Mann an, der ihm jetzt teilnahmsvoll eine Hand auf die Schulter legte. Er spähte unter schwarzen, schrägen Brauen hervor. Sein hageres Gesicht war eine Ansammlung nervöser Ticks. Sein linkes Auge zuckte.

«Einen Scheiß werdet ihr!», sagte er. Seine Augen glühten Tannen an, als wollte er ihn versengen. Dann starrte er wieder nach unten. «Einen Scheiß werdet ihr!»

«Ich bring dich nach Hause», sagte Tannen und wollte ihm aufhelfen, doch Rakesh riss sich los.

«Wer will mich nach Hause bringen? Ich hab dich noch nie hier gesehen.»

Tannen erklärte es ihm. Schritt für Schritt: Er sei aus Deutschland, und die da drüben, bei Kommissar Hinriksson, das seien seine Kollegen. Vorgestern wären sie nach Reykjavík gekommen, um die isländische Polizei bei der Aufklärung des Mordes an der deutschen Schauspielerin Julia Mestrom zu unterstützen, bestimmt habe er davon gehört. Das Dezernat, in dem er arbeite, sei auf okkulte Verbrechen spezialisiert, auf Verbrechen, wie sie Julia Mestrom und jetzt seiner Frau zugestoßen seien.

Immerhin bewirkte die Information, dass der Inder aufstand und seine eingeschlafenen Beine schüttelte. Er griff in die Hosentasche und stopfte sich zwei weiße Pillen in den Mund.

«Warst du hier, bevor die Polizei kam?», fragte Tannen.

«Wer sagt das?»

«Hat dein Spitzel im Polizeipräsidium dich benachrichtigt?»

«So ein Quatsch.»

«Ich hab gehört, du bekommst häufig Gastgeschenke aus Afghanistan, Marokko, Libyen und was weiß ich woher, aber wenn die Polizei vorbeikommt, um dir beim Auspacken zu helfen, ist gar nichts da. Seltsam, nicht? Kommissar Hinriksson sagt, das geht schon eine ganze Weile so, deshalb nimmt er an, du kennst einen, der dich warnt, wenn eine Razzia ansteht. Damit wir uns verstehen: Deine

Dealerei interessiert mich nicht, auch nicht, wer der Kerl ist, der dich anruft, wenn es brenzlig wird, damit du dein Zeug in Sicherheit bringen kannst. Darum soll Hinriksson sich kümmern, das ist sein Bier. Im Moment will ich nur eins wissen: Hat dein Kumpel bei der Polizei dich diesmal auch angerufen? Es wäre für mich einfacher, wenn du es mir sagst, sonst gehe ich los und frage die Beamten, die zuerst hier aufgekreuzt sind. Ob sie dich gesehen haben. Ob du schon da warst. Trotz aller Gerüchte haben die meisten Polizisten nämlich ein ausgezeichnetes Gedächtnis.»

«Mir ist kalt», sagte Rakesh und trat von einem Fuß auf den anderen.

«Ich nehme dich mit aufs Präsidium, da ist es warm. Unterwegs kannst du dir in aller Ruhe überlegen, was du mir erzählen willst», sagte Tannen. «Was es auch sein wird, ich werde dich darauf festnageln.»

«Hast du eine Zigarette?», fragte Rakesh.

«Mein Kollege hat welche, selbstgedrehte Holländer, er sagt, die sind gut. Wenn du willst, frag ich ihn. Wie sieht's mit einer Gegenleistung aus? Meinetwegen könnte sie ruhig etwas großzügiger ausfallen.»

«Verdammte Scheiße», er packte Tannens Jackenaufschläge. «Ja, ich war der Erste hier, bin fast über sie gestolpert, weil es so dunkel war. Ich wusste ja nicht, wo sie genau liegt.»

«Demnach warst du in der Nähe, als dein Spitzel dich angerufen hat», stellte Tannen fest.

«Was willst du damit sagen?», fuhr Rakesh auf.

«Nur, dass du in der Nähe warst.»

Tannen blieb vollkommen ruhig. Er war schon mit ganz anderen Typen fertig geworden, der abgehalfterte Drogist stellte keine Bedrohung dar.

«Hast du sie angefasst?», wollte Tannen wissen. «Irgendetwas verändert? Erzähl es mir einfach, okay? Zieh es nicht in die Länge.»

«Ihr werdet ja sehen, ob mich das einen Scheiß interessiert.»

Tannen packte die Handgelenke des Inders – der immer noch seine Jacke festhielt – und drehte sie ohne viel Kraftaufwand zur Seite, sodass Rakesh gezwungen war, den Griff zu lockern, bis er schließlich ganz losließ.

«In dem Punkt hast du recht», sagte der Inder. «In der Nähe war ich, aber angerührt hab ich sie nicht, und sonst hab ich auch nichts angerührt, so viel ist sicher.»

«Was hast du gedacht», fragte Tannen, «als du deine Frau so gesehen hast, tot und verstümmelt? Hat es dir leid getan, dass du sie früher vermöbelt hast?»

«Das hat dir dieser Bulle erzählt, Hinriksson. Der will mir schon ewig an den Kragen, aber was er auch anstellt, er kriegt mich nicht, also behauptet er, ich hätte meine Frau geschlagen. Einen Dreck hab ich. Verstehst du, was ich sagen will? Dem ist doch scheißegal, was passiert ist. Dass sie jetzt tot ist. Was hat er dir sonst noch erzählt?»

«So allerhand. Was deine Karriere angeht, meine ich ein paar Bedenken herausgehört zu haben.»

«Hinriksson ist ein absolut Irrer. Hör dich mal in der Stadt um, da wirst du ein paar unvergessliche Wahrheiten über ihn zu hören kriegen.»

«Wieso deine Frau?», fragte Tannen, ohne auf seine Bemerkung einzugehen. Er hielt den Inder immer noch fest und hatte nicht die Absicht, daran etwas zu ändern.

«Anstatt mich durch die Mangel zu drehen», antwortete Rakesh, «solltest du besser bei den Heiden einlaufen, die sich vor der Stadt eingenistet haben. Diese durchgeknallten Psychopathen haben einen Hass auf alle Ausländer, das haben sie uns oft genug spüren lassen. Kannst du mir folgen? Ihre Religion, was für eine Scheißreligion ist das? Die glauben, es gibt nur eine einzige wertvolle Rasse auf der Welt, und da gehören wir, die Inder, nicht dazu. Für diese Leute sind wir bloß Gesocks. Zu meiner Frau haben sie gesagt, als ich nicht in der Nähe war, sie soll verschwinden, zurück nach Indien, sonst werde sie es eines Tages bereuen.»

«Wo in der Nähe?», fragte Tannen.

Irritiert über die in diesem Moment unvermutete Frage, verstummte Rakesh.

«Von wo du hierhergekommen bist», half ihm Tannen auf die Sprünge.

Er sei zu Hause gewesen, sagte Rakesh. Und vorher bei den Bloodhounds.

«Bist du bei denen der Hausdealer?», fragte Tannen. Er traute dem Inder keinen Fingerbreit über den Weg.

«Dafür gibt es keine Beweise», grinste Rakesh. «Sprich mit den Bullen.» Dann fragte er, ganz ernsthaft: «Was möchtest du noch wissen?»

«Deine Frau, wo ist sie gewesen, bevor man sie auf diesen Friedhof gebracht hat?»

«Arundhati?»

«Von wem reden wir denn sonst?»

«Sie wollte bei einer Freundin übernachten. Wir hatten ein bisschen Stress.»

Tannen ließ seine Arme sinken, denn soeben traf Baldarsson ein.

«Wir sprechen uns noch», sagte Tannen.

Dem Professor war anzusehen, dass man ihn aus dem Bett geholt hatte. Die Haare sprangen ihm strubbelig vom

Kopf weg, und unter seinem Mantel trug er lediglich einen dicken Pullover, braune Cordhosen und bequeme Gesundheitsschuhe der Marke Mephisto. Auf seinem Arm hielt er eine gelb getigerte Katze, ein hässliches Vieh, das Gossmann, als er Baldarsson begrüßte, anfauchte und ihm die Krallen zeigte.

«Nehmen Sie's nicht persönlich», sagte Baldarsson amüsiert, «Fenris macht sich gern wichtig.»

«Die Götter bekamen Angst vor ihm», erwiderte Gossmann. «Sie schmiedeten Kette um Kette, um den Fenriswolf für immer zu binden. Immer größer und kräftiger wurde das Tier. Erst die Fesseln der Alben, gemacht aus Bärensehnen, dem Atem der Fische, den Bärten der Frauen, dem Speichel der Vögel, dem Geräusch eines Katzentritts und den Wurzeln der Berge vermochten den Fenriswolf zu halten.»

«Was Tyr, den Kriegsgott, die rechte Hand kostete, die ihm Fenris im Kampf abbiss.»

«Fortan hörte man nachts sein einsames Klagen.»

Baldarsson musterte Gossmann mit strenger Miene. Dann hellte sich sein Gesicht zu einem Lächeln auf.

«Ich treffe nur selten jemand, der die Geschichten der Asen so gut kennt wie Sie. Meine Studenten eingeschlossen. Bravo.»

Er kraulte den Nacken der Katze. «Ist ja gut, mein Alter, wir sind bald wieder zu Hause.» Und zu Gossmann gewandt: «Bringen wir es hinter uns.»

Von der Stelle, wo sie standen, konnten sie die Leiche nicht sehen, da Judith, Hinriksson und zwei Polizisten vor ihr standen und sie verdeckten.

«Wie beim ersten Mal?», fragte der Professor.

«Anders», erwiderte Gossmann.

Die Leute der Spurensicherung trafen ein und wollten sich an die Arbeit machen, doch Hinriksson bedeutete ihnen zu warten, bis Baldarsson fertig war. Der ließ sich Zeit. Mit Kennerblick inspizierte er den Tatort.

«Kann ich dichter ran?», fragte er, nachdem er sich einen ersten Eindruck verschafft hatte.

Das ginge nicht, sagte Hinriksson. Wegen der Spuren.

In diesem Moment klingelte Judiths Handy. Um diese Zeit? Selbst der übereifrige Dr. Schäferkordt lag vermutlich schon im Bett. Sie sah auf die integrierte Uhr ihres Handys: zehn Minuten vor Mitternacht.

«Störe ich?», fragte eine Stimme, die ihr von klein auf so vertraut war wie keine andere.

«Alexander!»

Erschrocken schaute sie auf, blickte in die Runde, ob jemand mitbekommen hatte, mit wem sie sprach. Schnell trat sie ein paar Schritte beiseite, außer Hörweite der anderen. Lediglich Tannen sah zu ihr herüber. Er hatte den Namen gehört, der ihr in der ersten Überraschung herausgerutscht war.

«Eine schlimme Sache, die man dir da aufgeladen hat, Judith. Kommst du zurecht in diesem merkwürdigen Land?»

«Woher weißt du, wo ich bin?»

«Im Fernsehen, im Radio und in den Zeitungen wird kaum noch ein anderes Thema bespielt. Deutsche Schauspielerin Opfer eines Ritualmordes – darauf stürzen sich alle. Solche Schlagzeilen kriegt man nicht alle Tage. Jeder will ein Stück vom Kuchen.»

«Ich dachte», sagte Judith, «du hältst dich im Ausland versteckt. Da, wo es sicher ist.»

«Tu ich auch.»

«Hast du eine Spur von dem Mann, den du suchst?»

«Ich bin mir nicht sicher.»

«Dir ist doch klar», sagte Judith, «dass mein Handy überwacht wird?»

«Seit drei Monaten nicht mehr. Vertrau mir, niemand hört unser Gespräch mit.»

Sie dachte an die Umstände, die ihren Bruder zwangen, sich vor der Polizei zu verstecken.

Alexander Betzler war ein hochrangiger Undercover-Agent des Bundeskriminalamts mit legendären Fahndungserfolgen gewesen, bis er eines Tages damit beauftragt wurde, zwei Satanistenmorde in Bayern aufzuklären. Es dauerte Monate, sich mit einer falschen Identität in den Kreis der Verdächtigen einzuschleusen, kurz vor dem Ziel beging er jedoch einen entscheidenden Fehler: Bei einem Initiationsritual, dem er als vermeintlicher Anhänger des Kultes beiwohnte, im Ebersberger Forst, beschützte er ein junges Mädchen, das der Anführer der Sekte vor den Augen aller Anwesenden missbrauchen wollte. Es kam zu einer Schlägerei, die ihn als Abtrünnigen bloßstellte. Wie dumm von ihm. Obgleich keiner wusste, dass er für die Polizei arbeitete, stellte ihm der Anführer daraufhin eine Falle, aus der er sich mit legalen Mitteln nicht befreien konnte. Als kurz danach im Ebersberger Forst eine grausam getötete Frau gefunden wurde, ging die Polizei aufgrund der Tatumstände von einem Satanistenverbrechen aus. Nach einem anonymen Anruf durchsuchten Beamte die Wohnung von Alexander Betzler und fanden in seinem Kleiderschrank, hinter einem Stapel Handtücher, die Tatwaffe: ein Küchenmesser mit scharfen Rillen, an dem noch Blut klebte. Blut der Toten, wie die DNA-Analyse bestätigte.

Judiths Bruder wurde verhaftet und mit der Begründung,

er habe während seiner Ermittlungen die Seite gewechselt, angeklagt. Purer Unsinn. Bei einem Ortstermin im Wald sah er eine Möglichkeit zu fliehen, um den wahren Täter selbst aufzuspüren. Seitdem war Alexander Betzler auf der Flucht. Und auf der Jagd. Er suchte nach einem gewissen Huntorp, von dem er nicht mehr wusste als den Namen.

«Ich hab dich vermisst und mir Sorgen gemacht», sagte Judith. «Du hast so lange nichts von dir hören lassen.»

«Ich war an Vaters Grab», sagte er, «erinnerst du dich? Er hatte letzte Woche Geburtstag.»

Ihren Vater, der sie nach dem frühen Tod ihrer Mutter allein großgezogen hatte, verehrten und liebten die beiden gleichermaßen. Er war Professor für griechische und römische Geschichte an der Bremer Universität gewesen und eine anerkannte Kapazität auf seinem Gebiet, ein begehrter Redner auf internationalen Kongressen und geschätzter Gesprächspartner von gleichermaßen anerkannten Kollegen. Nach einem Herzanfall hatte er sich in einem Sanatorium in Bad Orb erholt, es war ihm bereits viel besser gegangen, als er erfahren hatte, sein Sohn werde als mutmaßlicher Mörder gesucht. Drei Tage später war er tot gewesen, und Alexander Betzler gab sich die Schuld daran.

«Alexander, bitte, hör auf damit, dich zu quälen, das bringt doch nichts. Vater wäre in jedem Fall gestorben, das haben die Ärzte doch gesagt. Ein Gerinnsel im Gehirn, das war die Todesursache, du weißt es genau.»

Für Alexander Betzler war das nur ein medizinischer Befund. Er wusste es besser: Sein Vater war an gebrochenem Herz gestorben.

«Erzähl mir, was bei dir los ist», sagte er. «Außerdem möchte ich dich um einen Gefallen bitten.»

Was Judith in diesem Moment von der Leiche sehen

konnte, war nur ein Oberarm, sonst nichts. Zwischen all den Beinen hindurch, die um die Tote herumstanden.

Sie sagte, es gebe inzwischen eine weitere Leiche, und wahrscheinlich sogar eine dritte. Auf den ersten Blick könnten sie keinen Zusammenhang zwischen den beiden Morden herstellen, außer den Runen. Die zweite Tote sei ein indisches Zimmermädchen, und das ergebe keinen Sinn. Sie erzählte ihm von den drei Fingern einer weiteren Person, die sie bei der Toten gefunden hatten. Und dass diese Finger von einem Mann stammten, eindeutig. Kurz geschnittene Fingernägel, sauber, sorgfältig manikürt. Sie erklärte ihm die Bedeutung der Runensteine bei der ersten Leiche, und dass sie noch nicht wüssten, was die Schriftzeichen bei der indischen Frau bedeuteten. Ein Experte, der sie berate, sei soeben eingetroffen.

«Hilmar Barring», sagte Judith, «hast du diesen Namen schon einmal gehört?»

«Der Produzent?»

«Er macht den Film, wegen dem alle hier sind. Seine Mutter begleitet ihn. Kannst du mir helfen, seine Finanzen zu durchleuchten? Wenn ich den offiziellen Weg gehe, dauert es Tage.»

Sie wusste, dass ihr Bruder noch immer über ein ausgezeichnetes Informantennetz innerhalb vieler deutscher Behörden verfügte. Die meisten dieser Kontakte beruhten auf langjährigen Freundschaften, die auch nach dem Abtauchen Betzlers nicht abgerissen waren.

«Gib mir zwei Tage», antwortete er, «dann …» Ein Rauschen im Äther verschluckte seine letzten Worte. Fünf Schritte weiter war der Empfang wieder besser.

«… eine Telefonnummer, die ich nicht selbst anrufen kann. Würdest du das für mich tun? Es wird ein Anrufbeantworter eingeschaltet sein. Sag, du bist Andrea, wenn er dich immer noch treffen will, soll er ins Café Landmann in Wien kommen, neben der Oper, morgen Nachmittag um drei Uhr.»

«Ist das alles?»

«Er soll allein kommen.»

Judith bemerkte, wie Tannen ihr ein Zeichen gab.

«Ich muss jetzt aufhören. Bitte, pass auf dich auf, ja? Mach keine Dummheiten, versprich mir das.»

«Ich schicke dir die Nummer per SMS. Tust du mir den Gefallen?»

«Natürlich.»

Dreißig Sekunden nach ihrem Gespräch teilte der Signalton des Handys ihr mit, dass sie eine Nachricht erhalten hatte. Sie tippte die Telefonnummer, die Alexander ihr übermittelt hatte, ein und wartete. Das Rufzeichen ertönte, nach dem sechsten Mal sprang ein Band an, und eine samtige Männerstimme sagte, derzeit sei niemand zu Hause, aber der Anrufer möge bitte Namen und Telefonnummer hinterlassen, er werde so bald wie möglich zurückgerufen. Judith sprach auf das Band, was Alexander ihr aufgetragen hatte, wiederholte zur Sicherheit Ort und Uhrzeit des Treffens, drückte die Aus-Taste und machte sich auf den Weg zu Tannen.

«Was hat er gewollt?», fragte Tannen. «Ist er in Schwierigkeiten?»

Alle im Dezernat wussten, dass ihre Chefin die Schwester des gesuchten mutmaßlichen Mörders Alexander Betzler war, aber niemand kümmerte es, es war ihnen egal. Außer Tannen. Ihn interessierte alles, was Judith betraf.

«Später», sagte sie nachdenklich. «Ich erzähl's später.»

«Armes Mädchen», sagte Professor Baldarsson leise, wie er bei der Toten stand und ihren übel zugerichteten Körper und die sie umgebenden Runen betrachtete. Sie hatten ihm nichts von den drei Fingergliedern erzählt, die zu viel da waren, mal sehen, ob er selbst darauf kam.

Tja, das sei ungewöhnlich, sagte er denn auch sofort, ganz Professor mit dem schnellen Durchblick, überhaupt passe diese Art der Tötung keineswegs in die germanische Kultur. Da mache sich, sagte er, offenbar jemand einen makabren Spaß. Die Finger abzuschneiden, so ein Unfug.

Was die Runen diesmal bedeuteten, fragte Judith, nachdem sie ihm Zeit gelassen hatte, sich auf den Tatort einzustimmen. Eine neue Botschaft? Und die Leiche? So, wie sie daliege, sehe es aus, als sei ihre Lage wieder absichtlich einer Rune nachgebildet.

Baldarsson sah die Runen von rechts nach links ineinanderfließen und den Satz bilden: *Töricht bist du.*

«Es ist ganz einfach», murmelte Baldarsson. Laut sagte er: «Die erste Zeile aus der siebten Strophe des Hyndlalieds aus der Edda. Die Göttin Freya sagt zu der höhlenbewohnenden Riesin Hyndla, die sie aufgeweckt hat, um ihr zu helfen: *Töricht bist du.* Fragen Sie mich aber nicht nach dem Sinn dieser Botschaft. Ich erkenne nämlich keinen.»

Obgleich Judith sich mehr von dem übersetzten Text der Runen erhofft hatte, ließ sie es dabei bewenden und fragte stattdessen nach der letzten Rune, die der Täter hinterlassen hatte, die Position der Leiche.

Ohne Zweifel, antwortete der Professor, handele es sich dabei um die Isa-Rune, das elfte Zeichen des Futhark-Alphabets, die einzige Rune, die niemals verändert worden sei.

«Weshalb ihre Bedeutung dem Eis zugeordnet wird, das

sich auch kaum jemals wandelt. Eis», sagte Baldarsson, «ist kalt, schön und gefährlich. Außerdem verbindet die Tradition die Isa-Rune mit dem Phänomen des Ich, manche Magier sehen in ihr auch die direkte Linie zwischen Himmel und Erde.»

«Haben Sie dieses Mädchen schon einmal gesehen?», fragte Richard Gossmann. «Vorher, meine ich?»

«Selbstverständlich. Als sie noch im Tadsch Mahal bedient hat. Sehr zuvorkommend. Meine Frau und ich gingen häufig zum Essen da hin. Besonders mochten wir die Kichererbsen in Masala-Soße. Phantastisch.»

Er bat um einen Stadtplan von Reykjavík. Gebracht wurde der Plan von einem Streifenpolizisten, der ihn aus seinem Wagen holte und bereits unterwegs damit begann, ihn auseinanderzufalten.

«Leylinien – haben Sie schon mal davon gehört?», fragte der Professor.

«Ist Feng Shui nicht so was Ähnliches?», sagte Gossmann.

«Tatsächlich basieren beide auf dem gleichen Prinzip, nur in der Auslegung gibt es große Unterschiede. Da Feng Shui, wie ich sehe, Ihnen ein Begriff ist, beschränke ich meine Erklärungen also auf die Leylinien. Sie sind unsichtbar und umspannen die Erde wie Meridiane, sind meistens einen Meter breit und mehrere Meter hoch, vom Boden aus betrachtet. So eine Leylinie kann mehrere Hundert Kilometer lang sein. Hätten Sie das gedacht? Wo diese Leylinien verlaufen, wachsen und gedeihen Tiere und Pflanzen in besonderem Maße. Wegen der höheren Lebensenergie, die in unmittelbarer Nähe der Leylinien herrscht. Angeblich haben die Römer sogar ihre Heerstraßen entlang dieser Linien gebaut, damit sie bei langen Märschen zusätzliche Energie sammeln konnten. Wo mehrere Leylinien sich kreuzen, entstehen Kraftorte, sogenannte Leycenter. Stonehenge. Die Pyramiden. Hünengräber. Steinkreise. Kathedralen. Man kann diese Leylinien sichtbar machen, indem man heilige Orte, Schreine, Hügel, Burgen, Brunnen und alte Versammlungsplätze auf einer Karte mit einem Lineal verbindet. Lassen Sie uns einmal versuchen, ob wir in diesem Fall etwas damit anfangen können.»

Er drückte Gossmann, der die letzte Glut einer Zigarette wegschnippte, seine Katze in den Arm und breitete die Karte aus. Auf dem Rücken von Hinriksson, den er bat, sich ein wenig krumm zu machen.

Er kreiste die beiden Tatorte ein, den Park beim Tjörnin-See und den Sudurgata-Friedhof, auf dem sie sich befanden.

«Einmal angenommen, der Mörder versteht wirklich so viel vom alten Germanentum, was ich übrigens trotz seiner bizarren Einfälle bei den Morden immer noch glaube, dann weiß er mit Sicherheit auch über die Bedeutung der Leylinien Bescheid. Sehen wir uns das aus der Nähe an.»

Alle folgten gespannt einer Strecke, die Baldarsson bedächtig mit einem Kugelschreiber über den Stadtplan zog, von einem Tatort zum anderen, und über diese beiden Punkte hinaus. Die nördliche Linie verlief durch die Innenstadt von Reykjavík, mitten durch das Landeskrankenhaus, ruhige Wohnstraßen und über die Ananaust bis zum Hafen, der südliche Teil der Linie stieß bis zum Inlandflughafen vor.

«Kann ich meinen Kater wiederhaben?», fragte er Gossmann, als er mit seiner Skizze fertig war. Gossmann bekam dafür die Karte in die Hand gedrückt.

«An Ihrer Stelle würde ich entlang dieses Strichs nach der dritten Leiche suchen. Vermutlich werden Sie schon sehr bald finden, wonach Sie suchen.»

Kommissar Hinriksson rief seine Leute zusammen und erklärte ihnen anhand der Karte, worum es ging. Sie sollten so viele Kollegen mitnehmen, wie im Dienst seien, und die anderen, falls nötig, aus dem Bett holen.

Während sie mit den Leylinien beschäftigt waren, hatte sich die Spurensicherung an die Arbeit gemacht. Das Übliche. Gipsabdrücke von Fußspuren. In diesem Fall jede Menge, die meisten zweifellos von Besuchern. Mit Pinzetten sammelten die Beamten auf, was für den Fall brauchbar erschien, und steckten es Stück für Stück in separate kleine Plastikbeutel. Und das war alles Mögliche, von einem abgenagten Apfel, bereits verdorrt und angegammelt, bis zum Kronkorken einer Bierflasche, den einer unter einem Haufen Blätter ausgegraben hatte.

Einer der Männer, der in seinem weißen Schutzanzug wie ein Schneemann aussah, winkte Hinriksson und Judith zu sich. Der Kommissar ging hin, sprach kurz mit ihm und kehrte mit einem Plastikbeutel zurück.

«Das», sagte er, «haben sie soeben gefunden.» Er schwenkte den Beutel triumphierend hin und her. «Ein goldenes Amulett. Es lag nicht mal einen Meter von der Leiche entfernt.»

Das Amulett sah wie eine alte, nur von einer Seite geprägte Münze aus.

«Darf ich es sehen?», fragte der Professor und nahm es Hinriksson aus der Hand.

«Was für ein hübsches Stück. Ein goldener Brakteat. Der Frühlingsgott Freyr mit seinem Eber Gullinbursti. Spätes sechstes Jahrhundert, schätze ich. Es sieht echt aus. Davon gibt es höchstens neunhundert Stück auf der ganzen Welt. Dieses hier, würde ich sagen, kommt aus Norwegen.»

Das Amulett oder Brakteat kam Judith bekannt vor, sie hatte es schon einmal gesehen. Jetzt fiel ihr auch wieder ein, wo: auf dem Nachttisch von Louise Barring.

10

Im Hotel Borg übergab der Nachtportier Judith einen zusammengefalteten Zettel von Hilmar Barring: «Nicht vergessen. Morgen früh um sieben Uhr. Wir drehen am Hafen. Sollte ich schon weg sein, gehen Sie zum Anleger für die Touristenschiffe. Sie können uns gar nicht verfehlen.»

Sie hatte es vergessen. Das Drehbuch lag unberührt auf ihrem Nachttisch, sie hatte noch keinen Blick hineingeworfen.

«Eine Botschaft von deinem Verehrer?», stichelte Tannen.

Sie wusste, wen er damit meinte: Dr. Christiansen, stellvertretender Leiter der Gerichtsmedizin an der Berliner Charité. Einige Male war Judith mit ihm ausgegangen und hatte daraus kein Geheimnis gemacht, mehr aber war zwischen ihnen nicht passiert. Und was Judith betraf, würde auch nicht mehr passieren. Doch Tannen sollte ruhig glauben, was er glauben wollte. Was sie mit Christiansen verband, war nicht beruflicher oder amouröser Natur, sondern ihr gemeinsames Interesse am Theater. Seit einigen Monaten spielten sie einmal die Woche in einer Theater

AG, die sich vor allem an den Dramen amerikanischer Autoren versuchte.

«Willst du sie lesen?», fragte Judith und fächelte mit dem Papier vor seiner Nase herum.

«Mit dem Skalpell kann er umgehen. Aber kann er auch schreiben?»

«Wie der junge Baudelaire.» Sie steckte den Zettel in die Tasche.

Kommissar Hinriksson hatte Judith, Tannen und Gossmann zum Hotel gebracht und war anschließend wieder zu seinen Leuten gefahren. Vermutlich würden sie die ganze Nacht damit zubringen, auf der von Baldarsson markierten Linie nach der männlichen Leiche zu suchen.

Gossmann marschierte direkt in die Bar, leerte sämtliche Schälchen mit salzigen Erdnüssen in seine Taschen und verschwand auf sein Zimmer.

Das hatte Judith auch vor. Schließlich blieben ihr nur noch ein paar Stunden, um sich auf ihre Rolle vorzubereiten. Sie hatte keine Gewissensbisse wegen ihres kleinen Ausflugs ins Filmgeschäft. Ihre Arbeit würde nicht darunter leiden, und das Honorar könnte sie der Polizeigewerkschaft spenden. Außerdem war es nur eine kleine Rolle in einer kleinen Szene, die Aufnahmen würden höchstens zwei Stunden dauern. Inklusive Haare und Make-up.

«Ist mit deinem Bruder alles in Ordnung?», fragte Tannen. Jetzt, wo sie allein waren.

Das war die Frage, mit der sie die ganze Zeit gerechnet hatte.

«Immer noch auf der Jagd. Er glaubt zu wissen, nach wem er suchen muss. Im Moment hält er sich ...»

«Erzähl es mir nicht, Judith. Das ist besser, für dich und für mich.»

«Ich hab ihn gebeten, uns Informationen über Barrings Finanzen zu beschaffen. Er ist der Einzige, der das auf die Schnelle hinkriegt.»

«In meiner Minibar steht noch ein Bier», sagte Tannen. «Hast du Lust?»

«Ein Bier für uns beide? Nein danke. Ich will ein ganzes Bier für mich allein. Aus meiner Minibar.»

Der Nachtportier sah zu ihnen herüber. Er sah Tannen an, überlegte, dann sagte er zu ihm: «Beinahe hätte ich es vergessen. Frau Wahlberg bat mich, Ihnen Bescheid zu sagen, wenn Sie zurückkommen. Da drüben, im Ohrensessel am Fenster, sie ist vor einer Weile eingeschlafen. Ich wollte sie wecken, aber da war nichts zu machen. Vielleicht haben Sie mehr Glück. Sie sagte, es sei dringend.»

Tannen rüttelte sie sanft an der Schulter. Nichts. Nur ein ärgerliches Grunzen. Er schüttelte heftiger.

«Aufwachen!»

Eva Wahlberg räkelte sich, schlug die Augen auf.

«Na endlich.»

Sie setzte sich auf und brachte ihre Haare in Ordnung.

«Ich hab gehört», sagte sie, «was passiert ist. Ich hoffte, du könntest mir ein bisschen mehr darüber erzählen, deshalb hab ich mich hierhergesetzt. Dann muss ich eingeschlafen sein. Scheußlich, nicht?»

«Du solltest ins Bett gehen», sagte Tannen.

«Ich würde lieber noch was trinken.»

«Was immer dir Vergnügen bereitet, bereitet auch mir welches», entgegnete Tannen. «Das Gleiche habe ich nämlich auch vor.»

Judith zog die Stirn kraus. Über ihrer Nase bildeten sich zwei niedliche Falten. «Der Nachtportier meinte, Sie hätten uns etwas Wichtiges zu sagen?»

Tannen rechnete damit, dass Eva Wahlberg zu plappern anfing wie eine Krähe, doch sie tat es nicht. Das war eine angenehme Überraschung. Stattdessen brachte sie mit einer farblosen Stimme hervor:

«Ob es wichtig ist, kann ich nicht beurteilen. Aber vorhin, das heißt, vor ein paar Stunden, so gegen elf Uhr muss das gewesen sein, ist etwas Eigenartiges passiert. Wir kamen vom Essen, Gundi Weberstetter und ich ...»

«Die Kostümbildnerin?», fragte Judith.

«... als wir bemerkten, dass uns jemand folgt. Eigentlich waren es zwei. Nur Schatten zunächst. Sie drückten sich an die Hauswände, wenn wir stehen blieben und uns nach ihnen umsahen, oder sie verschwanden hinter der nächsten Ecke. Zuerst glaubten wir an einen Zufall, bis einer bei dem Versuch, hinter ein Auto zu springen, stolperte und hinfiel. Wir gingen schneller, aber die beiden Schatten bleiben an uns dran. Und da hör ich plötzlich ein Geräusch, von dort, wo eben nur ein Laternenpfahl war. Ich hebe den Kopf, und Himmel nochmal, da steht ein Kerl.»

«Hast du ihn erkannt?», wollte Tannen wissen.

«Gegen das Licht? Nein. Nur dass er groß und breit war. Und was macht er? Wendet sich zur Seite und rennt in eine dunkle Gasse. Langsam bekommen wir es mit der Angst zu tun, deshalb sind wir in die nächste Kneipe, die noch offen hatte, die Prikid-Bar. Und wer taucht da keine fünf Minuten später auf?»

Herausfordernd sah sie Tannen an, in dem Gefühl, ein kostbares Geheimnis zu hegen.

«Jan Kohrs, Kristjánsson, Hilmar Barring und – jetzt kommt's – Barrings Mutter.»

«Bei Frau Barring bin ich heute gewesen», sagte Judith.

«Sie lag im Bett und machte den Eindruck, als wäre sie krank.»

«Das ist es ja. Tagelang bekam sie niemand zu Gesicht. Jeder wusste, sie ist da, aber es hieß, sie läge mit einem schweren Asthmaanfall im Bett. Und dann sehe ich sie da reinkommen.»

«Und wer, glaubst du, ist euch nachgeschlichen?»

«Was weiß ich? So schnell, wie die in der Bar waren ...»

«Lass mich raten», sagte Tannen, «du hältst es für möglich, dass sie es waren? Zumindest zwei von denen?»

Eva Wahlberg erzählte, anscheinend hätten die vier sie und Gundi Weberstetter in der Bar nicht bemerkt – oder nicht bemerken wollen –, sich an einen Tisch gesetzt und die Köpfe zusammengesteckt. Sie selbst hatten ihre Cocktails ausgetrunken und waren gegangen. Diesmal sei ihnen niemand gefolgt.

Tannen dachte eine Zeitlang nach, dann nickte er.

«Glaubst du an Zufälle?», fragte er.

«Ich bin geradezu süchtig danach», erwiderte Eva Wahlberg. «Aber mein Bauch sagt mir, vorhin, das war kein Zufall.»

Tannens Blick trieb in Judiths Richtung, er lächelte sie an. «Meine Kollegin hält nicht viel von Zufällen. Bei ihr ist alles geplant, darin ist sie Weltklasse. Sie kann es nicht leiden, wenn etwas geschieht, das sie nicht steuern kann. Besonders schlimm wird das, wenn es sie selbst betrifft.»

Um ein Uhr morgens konnten Gedanken gefährlich plausibel sein.

Judith wandte sich ab und wirkte müde, als sie nickte, ohne Tannen in die Augen zu sehen.

«Gute Nacht», sagte sie. «Wir sehen uns morgen.»

Nach ein paar Schritten holte Tannen sie ein.

«Warte, Judith! Bleib stehen! So hab ich es nicht gemeint. Ich wollte dir damit sagen, dass manchmal Dinge im Leben geschehen, auf die man keinen Einfluss hat. Zufälle eben. Auch du nicht, Judith von Matt. Manchmal muss man sie einfach geschehen lassen.»

Er sah ihre Augen unter den dunklen Wimpern, sah, wie die Lider sich hoben.

«Ich weiß. Ich hatte bloß das Gefühl, du machst dich über mich lustig.»

«Tue ich nicht.»

Er hob ihr Kinn. Die Oberlippe, in die er so gerne hineingebissen hätte. Er ließ ihr Zeit, kam nur langsam näher, schloss die Augen, spürte ihr Zögern – und zog seinen Kopf zurück.

Er sagte: «Du hast dich wohl gefragt, ob ich dich küssen würde.»

«Es ging mir durch den Kopf.»

Sie sah ihm ins Gesicht, und ihre Augen hielten seinem Blick stand.

«Eine seltsame Phantasie hast du», sagte er.

«Geh wieder zu ihr. Sie wartet auf dich.»

«Und ich auf dich.»

«Das solltest du nicht.»

«Vielleicht werde ich irgendwann damit aufhören.»

Er entdeckte tief in sich eine Reserve an Geduld, von der er nichts geahnt hatte, während Judith in den Fahrstuhl stieg.

Eva Wahlberg blickte sich nach ihm um.

«Ich hätte nichts gegen einen Drink», sagte sie.

«Heute habe ich schon einmal einer Lady angeboten, einen Blick in meine Minibar zu werfen, aber sie wollte nicht. Hab ich jetzt mehr Glück?»

«Es gibt nur eine Möglichkeit, das herauszufinden.»
«Und worauf läuft es dann hinaus?»

11

Der Mond warf ein eisiges Licht durch den frühen Morgennebel. Auf dem Pier im Hafen von Reykjavík war es dunkel und glitschig.

Nach drei Stunden Schlaf war Judith aufgestanden, hatte lange geduscht, sich Kaffee und Rühreier mit Toast aufs Zimmer bringen lassen, ihren Text, der nur aus acht Dialogzeilen bestand, auswendig gelernt und vor dem Spiegel ein bisschen geprobt. Jetzt ging sie zu der windschiefen Hütte, die auf dem Pier errichtet worden war, um einen Kolonialwarenladen aus den dreißiger Jahren des vorigen Jahrhunderts darzustellen. Stumpfe grüne Farbe auf splitternden Holzlatten und schmutzig graue Scheiben – der Set-Designer hatte gute Arbeit geleistet.

Sie war aufgeregt, spürte die Symptome des Lampenfiebers in jeder Faser. Das hier war anders als die beschaulichen Probeabende ihrer Theater AG und die gelegentlichen Auftritte vor wenig verwöhntem Publikum. Das hier war Film. Gleich würde sie mittendrin sein, diese Tatsache übte auf Judith eine Faszination aus, der sie sich nicht entziehen konnte. Das Adrenalin in ihrem Kreislauf half ihr über die wattige Müdigkeit hinweg.

Tiefhängende Regenwolken zogen vom Meer herauf. Für einen Augenblick blieb sie stehen, schloss die Augen und atmete die kalte Luft ein. Ihre Gedanken schienen sich zu lösen und davonzuschweben. Als sie die Augen öffnete, stand Richard Gossmann vor ihr und schwenkte einen brennenden Stummel in seiner Hand. Zwischen seinen Fingern stieg kräuselnd Zigarettenqualm auf, der über seinem Kopf verflog. In der anderen Hand hielt er einen Styroporbecher mit heißem Kaffee.

«Willst du?», fragte er und hielt ihr den Becher hin. «Kein Zucker.»

«Warum bist du so früh schon auf den Beinen?», fragte Judith zurück. Sie kannte die Antwort und freute sich darüber, dass er gekommen war. Es musste ihn einige Überwindung gekostet haben, sein warmes Bett zu dieser unchristlichen Zeit freiwillig zu verlassen. Trotzdem hatte er es getan. Für sie.

«Glaubst du, diese Gelegenheit lasse ich mir entgehen? Dich in Aktion zu sehen?»

Erwartungsvoll suchte Judith nach einem weiteren Besucher. Aber Tannen war nicht da.

Ein Boot kehrte von den Fischbänken zurück.

Auf dem Pier vor dem zusammengezimmerten Gemüseladen stauchte Hilmar Barring soeben den Regisseur zusammen. Beide trugen Wollmützen gegen die Kälte und dicke Wetterjacken. Eine Assistentin versorgte die Crew mit Tee aus einer roten Thermoskanne. Wer nichts zu tun hatte, drängelte sich um sie, um ein bisschen Wärme abzukriegen.

«Warum machst du keine Leseproben mit den Schauspielern?», sagte Barring, nicht laut, aber mit solcher Schärfe, das Kohrs Abstand hielt, als hätte Barring ein Schwert aus der Scheide gezogen.

«Dieser Esel da, der Bursche, der den Gletscher-Guide

spielt, kriegt keine zwei Sätze zwischen den Zähnen hervor.»

Gemeint war ein Isländer in Bergsteigerkluft, der, ein dickes Seil quer über die Brust geschlungen, auf seinen Einsatz wartete.

Kohrs erwiderte: «Mich interessiert nicht, wie die lesen, die sollen spielen.»

Das hing erst mal so in der Luft, als sie Judith bemerkten. Abrupt änderte sich ihre Stimmung. Mit ausgebreiteten Armen schritt Barring ihr entgegen.

«Sie haben es nicht vergessen!», rief er erleichtert.

Er erkundigte sich nach dem Verlauf der Ermittlungen und fragte, ob sie den dritten Toten inzwischen gefunden hätten.

Von wem er das wisse, fragte Judith. Die zweite Leiche sei erst spät in der Nacht gefunden worden. Barring deutete auf einen Produktionsbus, der neben einem winterfest vernagelten Kassenhäuschen geparkt war, in dem Touristen während der Sommermonate ihre Tickets für die Bootstouren zum «Whale Watching» kauften.

«Gehen Sie rüber in die Maske. Die Reporterin ist auch schon da. Wollte unbedingt mitmachen. Wir haben ihr eine winzige Rolle gegeben. Jetzt ist sie zufrieden. Immerhin arbeitet sie für eine wichtige Zeitung und macht hoffentlich keinen Film schlecht, in dem sie selbst zu sehen ist.»

«Haben Sie es von ihr?»

«Vorhin, im Hotel, fiel sie über mich her. Wollte wissen, ob der Film unter einem schlechten Omen steht. Dabei erzählte sie mir davon. Ich bin tief betroffen über die ganze Entwicklung und selbstverständlich auch verärgert, denn die Geschehnisse werden unmittelbar mit unserer Produktion in Zusammenhang gebracht. Das ist dumm und absurd, es schadet dem Image des Films.»

«Seit wann ist kostenlose PR so ein großes Übel?», wollte Judith wissen.

«You can call me shit but call me?» Barring winkte ab. «Das glauben nur die Amerikaner. Wenn einem Film erst mal was anhängt, ist er verseucht.»

«Ist er das nicht sowieso?», fragte Judith. «Ihre Hauptdarstellerin ist tot.»

Barring setzte eine bekümmerte Miene auf.

Kohrs sagte: «Ja, das ist sie. Die arme Julia.»

«Sei du still!», fuhr Barring ihn an. «Du hast sie schikaniert und bloßgestellt, wo du nur konntest.»

«Sie war eben nicht mehr die Alte. Außerdem, glaube ich, verwechselst du da etwas. Frag, wen du willst, alle werden dir sagen, dass sie uns mit ihren Eskapaden zur Weißglut getrieben hat. Sieh dich um, irgendwo ein trauriges Gesicht?»

Judith sagte: «Ich bin wirklich gespannt, wie Sie die letzten Szenen des Films ohne Julia Mestrom hinkriegen wollen.»

Kohrs sah Barring an. Er wollte etwas dazu sagen, doch der Produzent kam ihm zuvor.

«Na los doch, mach deinen Lieblingen ein bisschen Feuer unterm Arsch, sonst schlafen sie noch ein, bevor du das erste Mal ‹Action› gerufen hast.» Mit diesen Worten schob er ihn weg. «Über die Leseproben reden wir später.»

Kohrs drehte sich noch einmal zu Judith: «In zwanzig Minuten sind wir so weit. Lassen Sie sich hübsch machen. Sie müssen nicht viel tun. Seien Sie einfach nur schön und sagen Ihren Text auf.»

Er klatschte in die Hände und scheuchte die Schauspieler für die erste Szene des Tages auf ihre Plätze.

Barring, ganz in seinem Element, erklärte ihr, dass für eine große Produktion, und *Der Eiskrieger* sei eine sehr große Produktion, an der sich sogar der amerikanische Fernsehsender HBO mit einer nicht geringen Summe beteiligt habe, ein Completion Bond abgeschlossen werde, eine Art Bankbürgschaft, die zwar sehr hoch verzinst sei, aber garantiere, dass ein Film auch unter größten Widrigkeiten zu Ende gedreht werden könne, selbst dann, wenn das Budget explodiere oder der Hauptdarsteller unheilbar erkranke. Oder sterbe.

Auf dem Weg zum Produktionswagen begleitete Barring Judith ein Stück. «Dieser Regisseur kostet mich den letzten Tropfen Schweiß. Fassbinder war ein umgänglicher Kumpel im Vergleich zu dieser Nervensäge.»

Den Pier ein Stück runter stand Gossmann und fütterte mit seinem Buttercroissant die Möwen. Beinahe glücklich wirkte er, aber Judith wusste, dass er von diesem Zustand seit der Trennung von seiner Frau weiter denn je entfernt war.

Sie stieg die Stufen des Produktionswagens hoch, der von einem brummenden Generator mit Strom versorgt wurde. Drinnen gab es einen Besprechungstisch, außerdem vier höhenverstellbare Stühle für die Schauspieler und eine Reihe Spiegel mit grellen Glühbirnen.

Auf einem der Stühle saß Eva Wahlberg, eine Visagistin machte sich mit einer Puderquaste über ihre spitzen Wangenknochen her.

Eine hübsche Frau, dachte Judith und versuchte ihren Missmut über diese Entdeckung zu verbergen.

«Guten Morgen», sagte sie betont fröhlich und versuchte, sich ein Lächeln ins Gesicht zu zaubern. Es misslang, aber das merkte nur sie selbst.

«Ich hörte, dass Sie auch einen Gastauftritt haben», erwiderte Eva Wahlberg. «Barring ist total aus dem Häuschen. Seit dem Mord an Julia Mestrom rufen bei ihm Verleiher aus ganz Europa an, um den Film in die Kinos zu bringen. Die Amerikaner würden auch noch kommen, hat er gesagt, diese eitlen Hollywood-Banausen mit den Dollarzeichen in den Pupillen. Hollywood-Banausen, das schreibe ich natürlich.»

«Dann spielen wir also in einem Kassenknüller mit», sagte Judith.

«Wenigstens dürfen Sie etwas sagen, ich steh nur dumm rum, aber das ist mir egal. Barring hat mir eine Großaufnahme versprochen. Bloß eine Kussszene mit einem gutaussehenden Isländer. Dieser Bastard!» Sie lachte laut auf. «Bestimmt denkt er, ich schreibe eine positive Geschichte über die Dreharbeiten, wenn er mich antichambriert. Damit hat er sogar recht. Seien Sie ehrlich und sagen Sie mir: Bin ich korrupt?»

Dabei setzte sie eine unschuldige Kleinmädchenmine auf.

«Nicht mehr oder weniger als jeder andere in Ihrer Lage es wäre», erwiderte Judith.

«Mit dieser Einstellung hätten Sie zum diplomatischen Dienst gehen sollen und nicht zur Polizei. Eigentlich will ich nur ein bisschen vor meinen Freundinnen angeben.»

«Was wird Ihr Freund zu Ihrem Auftritt sagen?»

«Sie gefallen mir. Immer gerade darauf zu.»

«Hat Ihnen Frank erzählt, dass wir uns hier treffen werden?», fragte Judith. Wie peinlich, durchfuhr es sie. Am liebsten hätte sie die Frage gelöscht. Auf der Stelle.

«Ihr Freund ...»

«... Kollege.»

«... ist ein Filou. Aber wenn es darauf ankommt, auch ein bisschen schüchtern, oder?»

Eine zweite Visagistin bugsierte Judith auf den freien Stuhl neben Eva Wahlberg und fing an, ihr die Haare zu stylen.

«Er ist mehr der Austern-Typ», sagte die Kolumnistin. «Denkt sich seinen Teil. Auf seinem Zimmer tranken wir den Rotwein aus seiner Minibar, und ich dachte, er will mehr als nur trinken. Und was tut er? Stellt mir unablässig Fragen über Barring, über Julia Mestrom und ihren Mann, über Arne Gauti, über Jan Kohrs und den Abend mit diesen verrückten Heiden. Schade, ich finde ihn nämlich ziemlich schnuckelig. Sie auch?»

Judith zuckte mit den Schultern, gab sich Mühe, es vorbeiziehen zu lassen, doch die Worte verfingen sich in ihrem Kopf, und eindeutige Bilder tauchten auf. Du bist zu sensibel, dachte sie, du hast ein zu dünnes Fell.

«Dann hat er mich einfach weggeschickt.»

Und das ist dir noch nie passiert, dachte Judith und sagte: «So was aber auch.»

«Wenn er glaubt, das war's, hat er sich getäuscht. Nicht wahr, Sie würden es doch auch wieder probieren?»

«Durchaus», antwortete Judith.

«Kommissar Hinriksson hat mir erzählt, dass sie immer noch nach der dritten Leiche suchen.»

«Wann haben Sie mit ihm gesprochen?»

Draußen hörten sie den Wind pfeifen und den übermächtigen Ozean heranbranden. Bei dem Getöse kam Judith sich mutig vor, weil sie gleich da rausgehen und eine Filmszene drehen würde.

Die Stylistin sagte, Judith solle den Kopf still halten, damit sie das Make-up auftragen könne. Außerdem wäre es hilfreich, wenn sie zu reden aufhörte und die Augen schlösse.

Eva Wahlberg, jetzt mit blauen Kontaktlinsen in den sonst grünen Augen, sagte: «Um halb sechs, ich saß beim Frühstück, da kam er ins Hotel und wollte mit Paolo Costa sprechen, dem Ehemann von Julia Mestrom. Er sagte, er habe mehrmals auf dessen Zimmer angerufen, aber es habe sich niemand gemeldet. Schließlich sei er mit dem Nachtportier nach oben gegangen, der habe ihm die Tür aufgeschlossen. Costa war nicht da. Als der Kommissar mich beim Frühstücken sah, setzte er sich zu mir, bestellte Kaffee und Müsli und erzählte mir von der zweiten Leiche, den drei Fingern. Jedes Wort musste ich ihm aus der Nase ziehen. Er sah erschöpft aus, er sagte, er hat mit seinen Leuten die halbe Stadt nach der dritten Leiche abgesucht. Anschließend wollte er nach Hause und ein paar Stunden schlafen.»

Ausnahmsweise gelang es Judith, ihre Zunge im Zaum zu halten, obwohl ihr ein Dutzend Fragen zu Tannen und Hinriksson auf den Lippen brannten.

Langsam verkrampften sich ihre Nackenmuskeln in der ungewohnt steifen Stellung. Sie wollte den Kopf aufrichten, doch die Stylistin drückte ihn sanft zurück.

«Glauben Sie», fragte Eva Wahlberg, «Paolo Costa hat was mit den Morden zu tun?»

«Hat mein Kollege Sie wirklich weggeschickt?»

«Ich gab ihm keinen Grund dazu.»

«Ich nehme an, das passiert Ihnen selten.»

«Er hat es getan. Dieser Tannen ist ein merkwürdiger Mann.»

«Was wollte Hinriksson von Costa?»

«Das hat er mir nicht gesagt.»

Die Regieassistentin erschien und drängte zum Aufbruch. Nur noch zehn Minuten bis zur Aufnahme, sagte sie.

Judith streifte sich das Kleid über den Kopf, das Gundi Weberstetter, die Kostümbildnerin, ihr hinhielt, knotete sich ein weißes Baumwollkopftuch unter dem Kinn fest und ging nach draußen, um sich von Kohrs auf ihre Rolle einstimmen zu lassen. Kristjánsson wischte eben mit einem weichen Tuch die Kameralinse sauber. Er nickte ihr aufmunternd zu. In seinem Gesicht zeichneten sich die Kainsmale einer anstrengenden Nacht ab: fahle Tränensäcke, hängende Mundwinkel, aufgesprungene Lippen, zusammengepresste Lider, die Mühe hatten, das Licht der überall stehenden Scheinwerfer von den Augen fernzuhalten.

Schritt für Schritt ging Kohrs die kurze Szene mit ihr durch, zeigte ihr die Kreidemarkierungen auf dem Boden, wo sie stehen sollte, und überließ sie dann ihrer Improvisation. Das erste Spiel ohne Kamera schien ihm zu gefallen. Schon beim nächsten Versuch wollte er die Kamera mitlaufen lassen.

Judiths Augen suchten Gossmann. Bei ihm war Tannen. Sie saßen auf dem Holzgeländer des Piers und sahen in ihre Richtung. Gossmann hob den Daumen, nickte. Tannen sah einfach nur zu.

Eva Wahlberg hakte sich bei einem Isländer unter, zwei Komparsen im Outfit der Dreißigerjahre, die im richtigen Moment durchs Bild schlendern und sich dabei über die Ankunft des deutschen Expeditionsschiffs unterhalten sollten.

Während die letzten Requisiten arrangiert wurden,

rekapitulierte Judith ihren Text. Eine leichte Übung für jemanden, der wie sie darin geschult war, auch längere Passagen zu behalten und ohne Stottern wiederzugeben. Der Akt des Auswendiglernens war für sie jedes Mal wie eine Meditation: eine Übung in Achtsamkeit. Sie erfrischte den Geist und führte zu Wohlbefinden.

Die Augen geschlossen, stand sie da. Das Pfeifen des Winds in den Ohren.

Dann hörte sie Kohrs «Und Action!» rufen. Von da an spielte es sie, so nannte sie diesen Zustand, der mühelos seinen Lauf nahm. Ohne großen Aufwand fügte sich eins zum andern. Worte. Mimik. Gesten.

«Das war gut!», rief Kohrs. «Perfekt. Eine noch, zur Sicherheit, das war's dann.»

Die Arbeit an ihrer ersten Filmrolle hatte kaum fünf Minuten gedauert. Als es vorbei war, klatschten ein paar Leute, die zugeschaut hatten, die anderen bereiteten schon die nächste Szene vor.

Gossmann und Tannen klatschten auch.

Judith konnte sich kaum noch an etwas erinnern.

Vollständig holte sie Eva Wahlberg in die Realität zurück.

«Kohrs hat recht, das war ziemlich gut», sagte sie. «Wenn Sie nicht bei der Polizei wären, könnte man glauben, Sie machen das öfter.»

Sie gingen zum Produktionswagen. Die Reporterin rutschte aus und hakte sich bei Judith unter. Judith erzählte ihr von ihrem Faible fürs Theater. Kurz bevor sie die Stufen des Wagens erreichten, hielt Eva Wahlberg sie zurück.

«Haben Sie das Drehbuch gelesen?», fragte sie.

«Natürlich, sonst hätte ich wohl kaum meinen Text lernen können.»

«Ganz gelesen, meine ich, von der ersten bis zur letzten Seite?»

«Worauf wollen Sie hinaus?»

«Haben Sie?»

Zögernd gestand Judith, dass sie nicht die Zeit dazu gehabt habe, es aber im Laufe der nächsten Tage nachholen werde. Judith bemerkte, wie der Blick der Journalistin immer wieder zu Tannen hinüberwanderte.

Judith sagte: «Wenn Sie mir etwas zu sagen haben, tun Sie es bitte jetzt.»

Unbeholfen winkte Eva Wahlberg Tannen zu, lächelnd. Dann war sie wieder ganz bei der Sache und sah Judith direkt in die Augen.

«Alles fertig», sagte sie.

Judith wartete.

«Sämtliche Szenen mit Julia Mestrom sind bereits abgedreht.»

«Sind Sie sicher?»

«Zweifeln Sie daran, dass ich lesen kann?»

«Ja, ich meine, natürlich nein. Ihr Job war also erledigt?»

«Am Tag der Julfeier hatte sie ihre letzte Einstellung.»

«Warum dann noch die Außenaufnahmen auf dem Gletscher?»

Eva Wahlberg ließ ihren Arm los.

«Die Szenen mit Julia Mestrom auf dem Langjökull wurden bereits in den Münchner Bavaria-Studios abgedreht, und zwar Wochen vor der Reise. Kein Produzent geht das Risiko ein, mit seiner Hauptdarstellerin auf das passende Wetter zu warten. Der Gletscher wurde im Studio nachgebaut, das ist billiger. Jedenfalls ist es billiger, als unter freiem Himmel zu produzieren. Auch weil es sicherer ist.»

«Warum wollten sie dann trotzdem noch da rauf? Am Tag nach dem Mord?»

«Authentizität», sagte Eva Wahlberg. «Julia Mestrom wollte anscheinend nur aus reinem Interesse mitfahren, zu tun gab es für sie nichts mehr.»

Sie ließen sich abschminken, zogen ihre Garderobe aus und verließen den Crewwagen in ihren Jeans und Winterjacken.

Draußen war es keinen Deut heller geworden. Dort, wo das Licht der Scheinwerfer nicht hinreichte, herrschte immer noch tiefe Nacht. Judith würde nie verstehen, wie Menschen es an einem Ort aushalten konnten, wo sich das Leben mehr als vier Monate lang praktisch im Dunkeln abspielte. Warum sind die Isländer nie ausgewandert? Sie selbst war eher der Strandtyp.

Gossmann und Tannen erwarteten sie.

«Du Schlimmer», sagte Eva Wahlberg und packte Tannen an den Aufschlägen seines Mantels. «Ich vergebe dir.»

«Klasse Auftritt», sagte Gossmann zu Judith.

«Souverän», fügte Tannen hinzu.

Er versuchte, die Hand abzustreifen, aber Eva Wahlbergs Griff erwies sich als hartnäckig.

«Muss arbeiten», sagte Tannen und befreite sich endlich.

«Ich warte im Hotel auf dich», erwiderte sie, ohne das geringste Anzeichen einer Kränkung.

Als sie weg war, sagte Tannen: «Ehrlich, ich fand's gut.»

Judith drückte ihm ihre Fassung des Drehbuchs in die Hand. Der zudringliche Auftritt der Kolumnistin hatte sie wütend gemacht, und darüber ärgerte sie sich.

«Lies das! Deine Freundin hat mir erzählt, Julia Mestrom war seit dem Tag der Sonnenwende praktisch arbeitslos.»

«Hartz IV?»

«Ja, und alle haben gelacht.»

Mit dem Satz schien eine schwarze Wolke Zynismus aus ihrem Mund zu strömen.

«Nachher habe ich mit Kristjánsson eine Verabredung auf dem Präsidium», sagte Tannen.

«Und ich habe mit der alten Barring zu reden», sagte Judith im Weggehen. «Über das Amulett.»

«Heute scheint sie nicht besonders gut auf dich zu sprechen zu sein», sagte Gossmann und starrte hinter Judith her. «Sie ist so … rau.»

«Mach dich nur lustig.»

«Eure Beziehung», sagte Gossmann, «ist renovierungsbedürftig.»

«Welche Beziehung?», entgegnete Tannen.

Ein Polizeiwagen bog auf den Pier ein, hielt neben ihnen an. Kommissar Hinriksson streckte den Kopf aus dem Fenster und nickte ihnen zu.

«Wir haben ihn.»

12

Um sechs Uhr an diesem Morgen hatte der Rentner Jón Atlasson seinen Pudel Tolkien auf den Arm genommen und war in dem Mietshaus, in dem er seit zweiundvierzig Jahren wohnte, langsam die drei Stockwerke nach unten gestiegen. In dem alten Gebäude gab es keinen Fahrstuhl.

Wie immer wartete draußen sein Schulfreund Eystein

auf ihn, auch er hatte sich einen Hund zugelegt, nachdem seine fünfzehn Jahre jüngere Frau im Januar des vergangenen Jahres mit einem philippinischen Matrosen auf einem nigerianischen Frachter durchgebrannt war.

Ein grauer, zotteliger alter Köter namens Bronson war dies, der alle paar Meter gegen eine Mauer pisste, weil seine Prostata so groß wie ein Baguette war.

Gemeinsam drehten die Männer ihre Runde, die sie einmal auf die Hafenhalbinsel Örfirsey hinaus und wieder zurück in ihr Viertel führte. Sie gingen schweigend. Morgenmüde.

Die Hunde zeigten nie großes Interesse aneinander, jeder streunte leinenlos woanders herum, schnüffelte an Laternenpfählen oder jagte über feuchte Rasenflächen.

Keines der Tiere näherte sich dem Mann, der vornübergebeugt auf einer Bank saß, eine leere Wodkaflasche zwischen den Füßen. Den beiden Hundegängern fiel seine seltsame Haltung auf, deshalb beschlossen sie, nach ihm zu sehen.

Schnapsleichen fand man in Reykjavík oft. Bloß keine mit frischen weißen Verbänden an den Händen. Sie gingen dichter ran, nicht sicher, ob sie sich einmischen sollten. Erst vor wenigen Wochen war nachts eine Frau von einem Besoffenen mit einer Flasche niedergeschlagen und lebensgefährlich verletzt worden.

Atlasson fasste sich ein Herz. Womöglich würde der Mann erfrieren, wenn sie ihn einfach sitzen ließen. Vielleicht war er schon tot? Er stupste den Mann mit den verbundenen Händen an.

«Kerl, wach auf!»

Zwecklos. Beim zweiten Mal stieß er fester zu. Der Mantel des Mannes war steif gefroren.

«Das ist kein Platz, um seinen Rausch auszuschlafen. Mach, dass du weiterkommst.»

Jetzt kamen die Hunde, aufmerksam geworden durch das ungewöhnliche Geschehen, das von dem üblichen Ritual abwich. Sie näherten sich den Hosenbeinen des Mannes und schnüffelten die kalte Luft ein.

«Weg da!» Atlasson scheuchte sie zur Seite, ruckelte den Mann an der Schulter.

«Hörst du?», sagte er. «Steh auf und leg dich zu deiner Alten ins Bett. Da hast du's warm.»

Der Mann kippte nach vorn und schlug mit der Schulter auf den Betonweg, ohne seine verkrampfte Haltung zu verändern.

«Ist der hinüber?», fragte Eystein und leinte seinen Hund an.

Atlasson tastete nach der Halsschlagader und stieß den zudringlichen Tolkien beiseite, der sich an dem Mann zu schaffen machte, ihn hier und da beschnüffelte und versuchte, ihm das Gesicht abzulecken.

«Schwacher Puls. Aber nicht mehr lange, wenn er hier liegen bleibt. Gib mir dein Handy. Wir müssen den Notarzt alarmieren.»

«Mein was?»

«Hast du immer noch keins?»

«Was ist mit deinem?»

«Liegt im Wohnzimmer.»

«Sieh bei ihm nach.»

Eystein machte sich auf den Weg zur nächsten Telefonzelle, während Atlasson die Taschen des Mannes durchwühlte. Ein paar Kronen in der rechten Hosentasche. In der Jacke eine zerknüllte Essensquittung aus dem Restaurant Apótek. Sonst noch in der Jacke: Kaugummis, schwedischer

Schnupftabak, zwei Präservative, ein Päckchen Marlboro light. Und eine Schlüsselkarte aus dem Hotel Borg.

Er griff in die Innentasche und fand die Brieftasche, weiches Leder, öffnete sie. Mehrere Kreditkarten. Zwei Fotos, eine Frau mit blonden Haaren, das andere mit dem frechen Gesicht eines höchstens neun Jahre alten Jungen, der in die Kamera grinste und seine Zunge rausstreckte. Ein Personalausweis.

Sekunden später kannte er den Namen des Mannes, den er vor sich hatte. Aus Island kam der nicht.

13

Was Richard Gossmann nicht in den Kopf wollte, war, wie jemand so einen Riesenkerl überwältigen und ihm drei Finger amputieren konnte, anscheinend mit dem gleichen Werkzeug, das bei der toten Inderin verwendet worden war. Er schritt neben Kommissar Hinriksson durch die neonhellen Flure des Reykjavíker Krankenhauses zur Intensivstation. Der Chefarzt erwartete sie bereits.

«Er hat Glück gehabt», sagte Dr. John Timothy, ein Ire, den es vor dreißig Jahren nach Reykjavík verschlagen hatte, als er beim Studium der Medizin in Dublin seine spätere Frau, eine Isländerin, kennenlernte.

«Zwei Stunden länger in der Kälte, und der Mann wäre erfroren.»

Er rieb seine spinnendünnen Philosophenhände aneinander, als stünde eine große Aufgabe bevor.

«Tja, drei Finger hat er trotzdem eingebüßt, aber das hat, wie Sie ja wissen, andere Gründe. Davon hat er bestimmt nicht viel gemerkt. Bevor sich da jemand an die Arbeit machte, hat er ihm nämlich eine ordentliche Dosis Morphium verpasst. Mit dieser elenden Kälte da draußen ergibt das eine ziemlich interessante Kombination.»

«Was ist mit dem Wodka?», fragte Gossmann. «Neben ihm wurde eine leere Flasche Wodka gefunden.»

Dr. Timothy schüttelte den Kopf.

«Getrunken hat er die nicht, aber seine Jacke und seine Hose wurden damit übergossen.»

«Wahrscheinlich sollten zufällige Spaziergänger denken, da sitzt ein Besoffener», sagte Hinriksson. «Deshalb auch die Flasche.»

«Schon möglich, allerdings frage ich mich», erwiderte der Chefarzt, «warum die Leute, die das mit ihm angestellt haben, ihn nicht gleich umgebracht haben. Denn gestorben wäre er, wenn ihn die beiden Herren nicht zufällig gefunden hätten.»

«Vielleicht sollte er rechtzeitig gefunden werden», sagte Gossmann. «Was bedeuten würde, dass jemand will, dass wir mit ihm reden.»

«Wenn Sie wollen», sagte Dr. Timothy, «können Sie hier warten und ihn fragen. Ich schätze, er wird innerhalb der nächsten Stunde zu sich kommen.»

Gossmann sah zum Bett. Selbst unter dem Laken sah der Talkshow-Moderator Kurt Küster groß aus.

14

Louise Barring nahm zögerlich das Plastiktütchen entgegen, dass Judith ihr hinhielt. Darin befand sich das Amulett, das unweit der ermordeten Inderin am Tatort gefunden worden war.

«Gehört das Ihnen?», fragte Judith.

«Warum wollen Sie das wissen?»

«Weil es sich um ein Beweisstück handelt.»

«Wo haben Sie es her?»

«Wenn ich mich richtig erinnere, lag dieses Amulett noch gestern bei Ihnen auf dem Nachttisch.»

Louise Barring gab ein Geräusch von sich, wie wenn jemand eine Luftmatratze aufbläst.

«Was glauben Sie», fragte Judith, «wie ich dazu gekommen bin?»

Mit spitzen Fingern versuchte die alte Dame, das Tütchen zu öffnen, doch Judith sagte, das dürfe sie nicht, wegen der Fingerabdrücke. Louise Barring fuhr hoch, als hätte man sie mit einer Nadel gestochen, warf das Tütchen achtlos auf den Tisch, ging zum Kleiderschrank und sagte: «Von mir aus behalten Sie es. Von diesen Kinkerlitzchen habe ich mehr als genug.»

Aus dem Schrank zog sie ein Schmuckkästchen hervor, öffnete den Verschluss und klappte den Deckel auf.

«Hier!»

Auf grünem Samt lagen sieben hübsch geschmiedete Amulette mit unterschiedlichen Motiven, die ähnlich aussahen wie jenes Stück, das Judith mitgebracht hatte.

«Diese Preziosen haben mich ein Vermögen gekostet,

aber ich habe eine Schwäche für die Kunst der Germanen und bin bereit, durchaus stattliche Summen dafür zu bezahlen, wenn es sich lohnt. Sehen Sie sich diesen wunderbaren Wotan an. Ist er nicht herrlich? Ich habe ihn für sechstausend Euro einem Antiquitätenhändler in Köln abgeschwatzt. Dieser Dummkopf glaubte tatsächlich, er hätte ein gutes Geschäft gemacht. In Wahrheit ist der Brakteat doppelt so viel wert.»

Wie sie so schrägschultrig dastand, sah Louise Barring sehr zerbrechlich aus.

«Gehört das Beweisstück», fragte Judith, «auch zu Ihrer Sammlung?»

«Kindchen, haben Sie tatsächlich vor, mich zu einer Ihrer Verdächtigen zu machen?»

In aller Ruhe räumte sie den Schmuckkasten wieder ein und wollte ihn zurück in den Schrank stellen, doch Judith unterbrach sie, sagte, sie würde die Brakteaten gern mitnehmen, um sie von einem Experten begutachten zu lassen. Selbstverständlich wäre sie, Frau Barring, nicht dazu verpflichtet, den Schmuck herauszugeben, aber es würde die Ermittlungen beschleunigen und die Mühe eines richterlichen Bescheids ersparen.

Mit einem verächtlichen Schnauben streckte ihr die alte Barring den Kasten hin, sagte «Meinetwegen» und setzte sich wieder zu Judith an den Tisch.

«Da ist noch etwas: Wo waren Sie in der Nacht vom 21. auf den 22. Dezember zwischen dreiundzwanzig Uhr und vier Uhr morgens?» Judith zückte ihr Notizbuch, um die Bedeutung der Frage zu unterstreichen.

«In meinem Bett natürlich, wo denn wohl sonst?», herrschte sie Judith an und schickte einen gekünstelten Hustenanfall hinterher.

«Gibt es jemanden, der das bestätigen kann?»

Die alte Dame gluckste. «Mein Liebhaber hätte das können, aber es war ihm aus terminlichen Gründen nicht möglich, mich nach Island zu begleiten.»

Und nach einer kurzen Pause: «Sie Dummerchen! Selbstverständlich habe ich die Nacht allein verbracht, deshalb gibt es auch keine Zeugen, die meine Aussage bestätigen könnten. Sie müssen mir glauben oder es sein lassen, ganz wie Sie belieben. Mir soll beides recht sein.»

Das selbstgefällige Altjungferngehabe kratzte an Judiths Nerven. Kindchen, Dummerchen, das waren Vokabeln, die nach Herablassung und Besserwisserei klangen.

Mit einer geballten Ladung Autorität in der Stimme erwiderte sie: «Ich könnte Sie verhaften. Am Tatort wurde ein Schmuckstück von Ihnen aufgefunden. Es gehört Ihnen doch, oder wollen Sie das leugnen?»

Genauso gut hätte sie mit einer Wand reden können. Es verging eine ganze Minute, ehe die alte Dame antwortete, mit zwei Oktaven Hohn in der Stimme:

«Hören Sie, Kindchen, das ist doch Neandertalerei. Selbstverständlich gehört mir dieses Amulett. Wer sonst könnte auf dieser gottverdammten Insel etwas so Kostbares besitzen? Selbst Ihnen sollte klar sein, dass es jeder, der Zugang zu diesem Zimmer hat, mitgenommen haben könnte, vom Zimmermädchen bis zum Roomservice, sogar die Hoteldirektorin. Jeder, der einen Schlüssel zu diesem Zimmer hat.»

Für eine kratzbürstige Alte hatte sie gute Gedankenreflexe, dachte Judith. Und setzte nach.

«Auch Ihr Sohn?»

«Jetzt ist es aber genug! Ich werde mich bei Ihrem Vorgesetzten über Sie beschweren. Wie war noch Ihr Name?»

Ungerührt steckte Judith ihren Block und das Amulett ein und verabschiedete sich. In der Tür stehend, drehte sie sich noch einmal um.

«Kindchen», sagte sie. «Mein Name ist Kindchen. Vergessen Sie das nicht, bis ich wiederkomme. Ich komme nämlich wieder.»

15

Auf dem Polizeipräsidium fragte Judith den ersten Beamten, dem sie begegnete, nach Tannen. Er führe, erklärte sie, eine Vernehmung im Fall der Ritualmorde durch. Der Beamte stutzte.

«Germanenmassaker?», versuchte es Judith. Unter dieser Titelzeile hatte das Morgenbladed, Islands größte Tageszeitung, über den Mord an Julia Mestrom berichtet, seitdem war das Wort in aller Munde.

«Klar, ja», sagte der Polizist, jetzt diensteifrig. «Die sitzen schon eine Weile zusammen, im Verhörzimmer. Ich bring Sie hin.»

Er führte sie durch lange Flure, vorbei an Bänken, auf denen Männer und Frauen saßen, die darauf warteten, in eins der Dienstzimmer gerufen zu werden, zu einem Büro mit zwei gegenüberstehenden Schreibtischen. Auf beiden Seiten lagen weitere Büros, die durch halbhohe Holzwände mit aufgesetzten Glasscheiben voneinander abgetrennt waren.

Judith ging zu einem Stuhl und vermied es, Blickkontakt mit Tannen aufzunehmen, aber sie spürte, dass er sie bemerkt hatte.

«Sie können das Gespräch mithören», sagte der Beamte. «Drücken Sie einfach den roten Knopf, genau, der da auf der Sprechanlage vor Ihnen.»

Über Lautsprecher verfolgte Judith die Vernehmung.

Tannen: «Ein ganz schöner Schlamassel, was? Von deinen Kumpels behaupten einige, du hättest dich mit Julia Mestrom gestritten.»

Kristjánsson: «Glaubst du, in dieser Nacht war noch einer zurechnungsfähig?»

Tannen: «Richtig ist, ihr hattet ein Verhältnis, du und die Mestrom.»

Kristjánsson: «Hab ich dir doch schon erzählt.»

Tannen: «Seit wann? Diesmal ist es fürs Protokoll.»

Kristjánsson: «Ja nun, praktisch seitdem die Deutschen hier eingelaufen sind. Sie hat mich angetörnt, und es war ziemlich leicht, sie in die Falle zu kriegen.»

«Wie oft?»

«Musst du das wirklich wissen?»

«Sonst würde ich dich nicht fragen. Glaubst du, ich tue das nur, weil ich mich so gerne reden höre?»

Kristjánsson: «Fürs Protokoll? Oder für deine private Statistik?»

Tannen: «In dieser Nacht, bist du ihr da nachgegangen?»

Kristjánsson: «Daran kann ich mich nicht erinnern.»

Tannen: «Andere können aber.»

Kristjánsson: «Und wenn schon. Angerührt hab ich sie jedenfalls nicht. Hab sie nicht mal mehr zu sehen gekriegt. Ich weiß nur noch, wie sie los ist.»

«Was denn nun, allein oder doch mit dem Ginger, eurem Drummer, wie du gestern behauptet hast?»

«Rumgemacht hat sie mit ihm. Ich war stinksauer auf die beiden.»

«Sauer genug, um es ihr heimzuzahlen?»

«Die hat mir nichts bedeutet. Sie war bloß ein erstklassiger Fick.»

«Jedenfalls bist du kurz nach ihr weg, so viel steht fest.»

«Bin ich?»

«Hab ich hier schwarz auf weiß. Drei Leute sahen dich weggehen.»

«Und wohin?»

«Das will ich von dir hören.»

«Ich war so besoffen wie ein Zeltlager voller Wikinger auf Leif Eriksons Geburtstagsparty. Irgendwie hab ich es wohl bis in meine Wohnung geschafft, da bin ich jedenfalls aufgewacht. Durch den Wecker. Hab ihn anscheinend noch selbst gestellt. Am Morgen wollten wir ganz früh los, zum Langjökull, und drehen.»

«Und dazwischen?»

«Filmriss, schätze ich mal.»

«Kommt das öfter vor?»

«Darauf kannst du wetten.»

«Auch gestern Nacht?»

«Jetzt willst du mir auch noch die Inderin anhängen, ich glaub es nicht. Warum hätte ich der was tun sollen? Bei Arundhati und Rakesh gibt es die besten Lammgerichte von ganz Island, darauf stehe ich. Und diesen Küster, um deiner nächsten Frage zuvorzukommen, kenne ich bloß vom Dreh. Ein arrogantes Großmaul, aber was soll's. Ich fürchte, du musst deinen Mörder woanders suchen. Frag die anderen, wir haben geprobt letzte Nacht, und hör dir bei der Gelegenheit den Song an, den wir eingespielt haben. Er ist gut.»

Tannen beendete das Pingpong-Spiel und sagte, Kristjánsson könne jetzt gehen. Er werde seine Angaben überprüfen.

«Wir sehen uns spätestens heute Abend.»

Kristjánsson stutzte.

«Heute Abend?»

«Zur Party. Der Ginger hat mich eingeladen. Er sagt, ihr feiert das beste Weihnachtsfest in ganz Island. Da will ich dabei sein.»

Kristjánsson wirkte einen Moment lang überrascht und schien darüber nachzudenken.

«Der Ginger sagt die Wahrheit, feiern können wir. Wenn du willst, bring deine Freundin mit. Die da nebenan. Sie ist doch deine Freundin?»

Tannen machte ihm die Tür auf, wartete, bis er beim Fahrstuhl war, und trat ins Nachbarzimmer, wo Judith auf ihn wartete.

Sie sagte ihm, was ihr Louise Barring über das Amulett erzählt hatte.

«Wir werden sie und Kristjánsson wohl noch eine Weile drangsalieren müssen, bevor wir was Griffiges von ihnen zu hören kriegen», sagte Tannen. «Heute Abend kann ich bei Kristjánsson gleich damit anfangen. Inoffiziell sozusagen. Ich bin bei ihm eingeladen.»

«Ich auch», ergänzte Judith. «Schon vergessen?»

«Wenn wir zu zweit hingehen, sieht es nach was aus.»

«Was ist mit Richard? Hat er sich mittlerweile aus dem Krankenhaus gemeldet?»

«Nicht bei mir.»

«Du kannst natürlich auch Eva Wahlberg mitnehmen», sagte Judith und wusste im selben Moment, dass es spitzer als beabsichtigt geklungen hatte.

«Ich würde lieber dich mitnehmen.»

«Das hättest du nicht zu sagen brauchen.»

«Nein, aber man denkt immer, man sollte.»

«Lassen wir es auf uns zukommen, Frank. Wer weiß, was bis heute Abend passiert.»

Judith bat einen Polizisten, ihr die Adresse von Professor Baldarsson herauszusuchen. Sie wollte mit ihm über die Brakteaten reden. Er schrieb sie auf und bestellte ihr ein Taxi.

16

Kurt Küster brauchte eine Zeitlang, bis er durch den Nebel vor seinen Augen die beiden Männer erkannte, die an seinem Bett saßen. Er wollte etwas zu ihnen sagen, aber seine Talkshowmaster-Schlagfertigkeit schien wie gelähmt. Seine Kehle fühlte sich an, als hätte er mit Sägemehl gegurgelt, sonst fühlte er nichts. Keine Schmerzen. Gar nichts.

Er sah sich in dem Zimmer um. Weiße Decke, weiße Wände, ein Apparat neben seinem Bett, der ihn an das Krankenzimmer seines krebskranken Vaters erinnerte, den er die letzten vier Wochen vor dessen Tod regelmäßig besucht hatte.

Wo, verdammt nochmal, war er hier?

Er roch Desinfektionsmittel. Und Medizin. In einigen Fingern pulste das Blut spürbar stärker als irgendwo sonst in seinem Körper. Es kostete ihn einige Mühe, die Hände, die auf der Bettdecke lagen, hochzuheben. Dann sah er die weißen Verbände. Entsetzt hob er den Blick und sah Gossmann an, der sich unbehaglich räusperte.

«Ja, das», sagte Gossmann. «Nicht besonders schön, aber Sie sind glimpflich davongekommen, wenn Sie vielleicht im Moment auch noch anderer Meinung sind.»

Küster ließ sich Zeit, diese Information langsam in sein Bewusstsein einsickern zu lassen, bevor er sagte: «Kann ich damit wieder Klavier spielen? Jetzt mal ehrlich.»

Er richtete sich auf, Hinriksson half ihm dabei und steckte ihm das Kissen hinter dem Rücken fest.

Gossmann, immer ein Mann klarer Worte, erwiderte: «Soweit ich weiß, gibt es Konzerte für die linke Hand. Von Ravel, Strauß und Prokofjew. Von Konzerten für sieben Finger weiß ich nichts, die müssen wohl erst noch komponiert werden.»

Küster starrte auf seine Hände. «Wo sind die andern drei Finger hin?»

«Tja, nun.» Gossmann suchte nach den richtigen Worten. «Im Moment, schätze ich, beschäftigt sich die Gerichtsmedizin damit. Gefunden hat man sie bei einer beeindruckenden Inszenierung, die Ihnen als Fernsehmann gefallen hätte.»

In den folgenden Minuten erklärten Gossmann und Hinriksson ihm, wo und unter welchen Umständen man ihn – und seine Finger – gefunden hatte.

«Seien Sie froh, dass Sie am Leben sind», betonte Hinriksson. «Die beiden Toten haben nicht so viel Glück gehabt wie Sie.»

«Sagten Sie Glück?»

Trübsinnig starrte Küster auf seinen linken Arm mit der Morphiumkanüle, die ihn mit dem Tropf verband. «Welchen Tag haben wir heute?»

«Immer noch den, von dem Sie glauben, dass wir ihn haben», antwortete Gossmann. «Über eine Amnesie brauchen Sie sich keine Sorgen zu machen.»

«Das beruhigt mich.»

«Wenn man erst mal weiß, wie es passiert ist und warum, kommt man leichter damit zurecht», sagte Hinriksson.

Küsters Gesicht veränderte sich jäh. «Und wie ist es passiert?»

Dabei hob er in einer vorwurfsvollen Geste seine bandagierten Hände hoch.

Das wollten sie eigentlich von ihm hören, sagte Gossmann, und zwar so detailliert wie möglich. An was könne er sich erinnern? Jede Kleinigkeit sei wichtig, vielleicht sogar entscheidend.

Aufstöhnend sank Küster zurück. Er schloss die Augen, schüttelte den Kopf. Und das ihm, in seiner ersten Filmrolle, dem so erfolgreichen wie beliebten Moderator, den die Kritiker feierten und die Zuschauer bewunderten. Sein Markenzeichen, das dreimal vor jeder Sendung dem Publikum fröhlich entgegengestreckte Churchill-V, konnte er vergessen. Obwohl, vielleicht wäre das mit dem Rest seiner Finger und ein bisschen Übung hinzukriegen. Er schöpfte wieder Hoffnung. Nicht zuletzt, weil er die Mitleid erregenden Schlagzeilen der deutschen Boulevardpresse über den Mordanschlag Wort für Wort vor sich sah. Vor Rührung stiegen ihm Tränen in die Augen. Was für eine staunenswerte Karriere hatte er gemacht. War Hafenarbeiter und Nachhilfelehrer gewesen, Aushilfsmetzger und Medikamentenkurier, er hatte so ziemlich alles gemacht, womit man Geld verdienen, aber niemals reich und berühmt werden konnte. Seit er beinahe jede Nacht die Wonnen des Kitsches und der Trivialität zelebrierte, war er beides, und ihm war klar, drei fehlende Finger würden vielleicht seinen Alltag beeinträchtigen, aber nicht seinen Lifestyle. Es kam immer darauf an, wie man sich verkaufte.

Als er den beiden Polizisten seine Geschichte erzählte, hatte er die Notizblöcke der Klatschjournalisten vor Augen, weshalb seine Darstellung der Ereignisse immer mal wieder ins Sentimentale abdriftete, ins Schicksalhafte, dem er, der große Master des Fernsehens, ausgeliefert gewesen war. Wenn das keinen Eindruck machte.

«Der im Pick-up ist einfach aus dem Fahrzeug geklettert und auf mich zugekommen», sagte er. «Der wusste, dass ich komme, der hat auf mich gewartet. Ich gehe jede Nacht dieselbe Runde, zu Fuß, von Joggen halte ich nämlich nichts. Schnell Gehen ist besser, schont die Gelenke. Eine Dreiviertelstunde jeden Tag, und du bist dein bester Freund. Den Pick-up hab ich schon von weitem gesehen.»

Sie konnten es in seinen Augen lesen: Küster war in seinem Element.

«Wie sah er aus?», fragte Gossmann.

«Wie diese Kisten eben aussehen. Wie ein Haufen Scheiße auf vier Rädern.»

«Den Wagen meine ich nicht.»

«Der Typ hatte sich eine schwarze Skimaske über den Kopf gezogen, was glauben Sie denn? Außerdem trug er eine verwaschene Allerweltsjeans, Trekkingschuhe und eine dunkelgrüne Winterjacke. So, wie sie hier alle in Reykjafick rumlaufen. Hahaha.»

Die letzte Bemerkung schob Gossmann auf die Restdrogen, die noch in Küsters Körper unterwegs waren, und stellte die nächste Frage.

«Wie hat er gesprochen? In welcher Sprache? War es ein Isländer?»

«Gesagt? Gesagt hat der überhaupt nichts. Er kam einfach zu mir rüber, mit der Pistole in der Hand», antwortete Küster. «Es hat eine äußerst beruhigende Wirkung, wenn man eine Waffe auf Sie richtet.»

«Wie hat er Sie zu seinem Wagen gelotst?»

«Raten Sie mal», sagte Küster und deutete erregt auf den Netzverband, mit dem sein Kopf bandagiert war, «woher ich die Beule habe? Er hat mir seine Knarre über den Kopf gezogen. Peng! Bis dahin bekomme ich so weit noch alles zusammen, aber dann ist Sense. Die große Dunkelheit.»

Was für eine Schlagzeile: DIE GROSSE DUNKELHEIT. Und kein verdammtes Aas von Reporter in der Nähe, um sie aufzuschreiben.

«Farbe und Kennzeichen des Pick-up?», fragte Hinriksson.

«Kotzgrün. Mit einer Beule hinten am Kotflügel, gar nicht zu übersehen. Fürs Kennzeichen war es zu dunkel und der Wagen zu weit weg.»

Sie mussten einsehen, dass sie mit ihrem Krankenbesuch ein paar Stunden zu früh dran waren. Der Patient brauchte Ruhe, musste sich erst mal von seinem Schock erholen und runterkommen von seinem Trip, bevor sie etwas Brauchbares von ihm zu hören bekommen würden.

Doch Küster redete bereits weiter, wechselte das Thema, als wäre er fertig mit seinem Schicksal und müsste nun jemand anderem seine Aufmerksamkeit schenken.

«Die Kollegen haben sie verehrt, alle, ich nicht. Sie hatte ein Paar echte Oberligamöpse, aber ihr Talent hat sie in den letzten Jahren ziemlich aufgebraucht. Als Schauspielerin hat sie mich jedenfalls nicht mehr beeindruckt. Und ich bin nicht der Einzige, der das so sieht.»

Gossmann, irritiert: «Julia Mestrom?»

«Ihre Zeit war vorbei. Ständig beschäftigte sie sich mit ihrem Esoterikquatsch. Fragen Sie Kohrs und Barring, restlos bedient waren die, kaum ein Dreh nach sechs Uhr abends, die Zeit danach blieb ihrem aberwitzigen Hobby vorbehalten. Keiner wusste, was sie da eigentlich treibt. Und ständig scharwenzelte dieser Banker um sie herum.

«Herr Gauti?», fragte Gossmann.

«Wir nennen ihn nur ‹der Banker›. Er hat offenbar eine Heidensumme in den Film investiert, deshalb ließ Barring ihn und die Mestrom in Ruhe. Könnt ihr der Journalistin, ich meine Frau Wahlberg, sagen, dass ich mich über ihren Besuch freuen würde?»

Er würde ihr einiges zu erzählen haben, was sie in ihrer Zeitung schreiben konnte. Sollte. MUSSTE!

«Arne Gauti?», fragte Kommissar Hinriksson. «Sind Sie sicher?»

«Hand aufs Herz, die beiden hatten was am Laufen, was auch immer das war.»

Er sah grinsend auf seine bandagierten Hände. Zu dumm, wieder war kein Reporter in der Nähe, um sein geniales Bonmot zu würdigen.

Hand aufs Herz. Das hatte Schmelz, etwa nicht?

17

Den Besucher, der durch das Portal der ehrwürdigen Hallgrímskirkja trat, hatte Pastor Rósberg Ögmundur eigentlich schon früher erwartet. Sigurpáll Einarsson schritt langsam und würdevoll durch den Mittelgang zum Altar, direkt auf ihn zu, während der Organist auf der großen Klais-Orgel ein Kirchenlied aus dem 17. Jahrhundert für den Sonntagsgottesdienst übte. Die Schritte des Armanen hallten auf dem Steinfußboden.

Auf halber Strecke blieb Einarsson stehen und hob den Blick in die Kuppel. Ungeachtet seiner eigenen Religion ergriff die sakrale Atmosphäre umgehend Besitz von ihm. Religionen kommen und gehen, aber heilige Orte erwiesen sich in der Regel als recht langlebig. So friedlich war es hier, dass die Stille, als der Organist eine Pause einlegte, ihn ganz benommen machte. Aber schon lange war es nicht mehr sein Gott, zu dem die Menschen in dieser Kirche beteten. Vor einer Ewigkeit hatte er dem Segen der Dreifaltigkeit abgeschworen, ihn eingetauscht gegen eine Vielzahl anderer Götter, denen er in ihrer erdigen Schlichtheit und unbegrenzten Machtfülle mehr Vertrauen schenkte als dem barmherzigen Gott, Jesus Christus und dem Heiligen Geist. Er war noch immer überzeugt, die richtige Entscheidung getroffen zu haben.

Wie konnte es sein, dass einem einzigen Gott die Bürde der Welt auferlegt wurde? Als er diesen Gott dringender denn je gebraucht hatte, war er anderweitig beschäftigt gewesen. Das hatte Einarsson ihm nicht vergeben.

Einen Moment lang lauschte er der schönen Melodie, die jetzt aufs Neue durch die Kirche brauste, anschwoll und wieder verebbte, wieder anhob. Dann setzte er seinen Weg fort.

Er beobachtete, wie Pastor Rósberg Ögmundur mit einem langen Streichholz vier weiße Kerzen in Brand steckte, die groß wie Stalaktiten vor dem Altar aus der Erde zu wachsen schienen. Auf dem Altar lag ein Stapel Gesangbücher, Ögmundur nahm sie, ging durch die Bänke und legte sie auf den Sitzplätzen aus. Einarsson folgte ihm.

«Willst du Absolution?», fragte der Pastor, drehte sich zu ihm um und richtete sich zu voller Größe auf.

«Ich war lange nicht hier», erwiderte Einarsson und breitete die Arme aus. Drehte sich einmal um die eigene Achse.

«Genau vierundzwanzig Jahre», sagte Ögmundur.

«Es ist immer noch wunderbar.»

Sie hatten zusammen Theologie studiert, zuerst in Reykjavík, später in Boston. Jahre des Lernens und der Erkenntnis waren das gewesen. In den milden Sommern ihrer Kindheit waren sie zum Campen aufs Land gefahren, vierzehn Jahre alt, auf alten Rädern, immer nach Norden. Bis ein verheerender Schicksalsschlag sie für immer entzweite.

«Die Zeitungen machen euch für die Toten verantwortlich», sagte Ögmundur. «Haben sie recht?»

«Alle suchen nach schnellen Schuldigen. Niemand scheint die Wahrheit zu interessieren. Es gab diesen Zwischenfall im Lokal, kurz bevor der erste Mord geschah. Das war übereilt und dumm von mir, aber ich dachte, jetzt ist so viel Prominenz und Presse im Land, das wäre eine gute Gelegenheit, um auf uns aufmerksam zu machen.»

«Du hast den falschen Weg gewählt.»

«Es war harmlos.»

«Euren lächerlichen Auftritt in dem Lokal meine ich nicht.»

Überrascht trat Einarsson einen Schritt zurück. «Glaubst du, was diese Schmierfinken über uns schreiben?»

«Was ich glaube, tut nichts zur Sache. Aber ich bin immer noch der Ansicht, du hast damals einen Fehler gemacht, als du dein altes Leben über Nacht gegen ein falsches Leben eingetauscht hast.»

«Falsch ist es nur in deinen Augen.»

«Íris hätte das nicht gewollt, Sigurpáll. Dich trifft keine Schuld an ihrem Tod. Früher oder später musste es so kommen, das hast du selbst gesagt.»

«Aber es war zu früh!»

Einarsson sank auf eine Bank, die Hände auf die Knie gestützt. Er schüttelte den Kopf. «Zu früh.»

Beruhigend legte ihm der Pastor eine Hand auf die Schulter. «Das ist es immer. Ich weiß, dass es schlimm für dich war.»

«Die Ärzte haben mir gesagt, dass sie ab einem bestimmten Zeitpunkt nichts mehr für sie tun können. Der Krebs kam zu schnell und war zu aggressiv. Aber ich hätte so gern meine Tochter gesehen.»

«Ja.»

«Zwei Wochen mehr, und sie hätte vielleicht eine Chance gehabt, lebend auf die Welt zu kommen. Eine kleine Chance. Doch Gott hat ihr das Leben nicht schenken wollen.»

Nach dem Tod seiner Frau und der ungeborenen Tochter beendete Einarsson seine christliche Laufbahn und verschwand allein als gebrochener Mann für zwei Jahre in die Wildnis. Zurück kam er als zorniger Prophet einer alten Religion in Begleitung eines greisen Mannes, der ihn in der Einsamkeit mit dem Wissen der Urväter vertraut gemacht hatte. Ein Wissen, das ihm Trost spendete, aber seinen Zorn auf Gott nicht zu besiegen vermochte.

«Das Leben geht weiter», sagte Ögmundur und half Einarsson auf die Füße. «In der Vergangenheit zu leben ist eine fürchterliche Verschwendung der Gegenwart. Ich bin froh, dass du den Weg hierher gefunden hast. Komm, in meinem Zimmer habe ich eine Flasche Wein.»

Einarsson befreite sich aus seinem Griff. «Hören wir auf, Spielchen zu spielen, du weißt, warum ich hier bin.»

Der Pastor nickte. «Weil ich dich gesehen habe in der vergangenen Nacht, du warst in der Nähe des Friedhofs.»

«Deshalb will ich mit dir reden. Ich habe *dich* nämlich auch gesehen.»

18

Richard Gossmann tupfte sich mit der Serviette die Lippen ab. Ausgezeichnet. Zum ersten Mal an diesem Tag fühlte er sich wie ein Mensch. In seinem Magen breitete sich die Wärme der scharfen Fischsuppe aus, die Kommissar Hinriksson für sie bestellt hatte.

Vor dem Fenster war die Dämmerung kaum mehr als ein blassgelber Streifen am Horizont, dessen schwacher Schein gegen die dicke Decke aus grauen Wolken, die drohend über der Stadt hing, nichts ausrichten konnte. Über dem formlosen Grau des Ozeans heulte der Wind und warf schmutzige Schaumkronen in die Bucht.

Hinriksson seufzte.

«Früher hatten wir ein, zwei Morde im Jahr, alles schön sauber und übersichtlich, und jetzt dieser Schlamassel.»

Er biss ein Stück von seinem Brot ab, das er zuvor dick mit salziger Butter bestrichen hatte.

Die Wahl des Lokals hatte Hinriksson getroffen, mit

dem Versprechen, die Bewirtungsrechnung werde die isländische Polizei übernehmen. Ein Angebot, das Gossmann zu schätzen wusste. Er bestellte sich ein weiteres Bier, denn obwohl es erst früher Nachmittag war, war es schon fast wieder dunkel, was sein Gewissen kolossal beruhigte.

Soeben servierte ein außergewöhnlich unterernährt aussehender Kellner eine große Silberplatte mit einem großen Deckel, unter dem sich die Spezialität des Hauses verbarg, die Hinriksson in den höchsten Tönen gelobt und gepriesen hatte. Gossmann wollte den Deckel hochheben, um einen Blick auf die Leckerei zu werfen, doch Hinriksson hielt seine Hand, die sich bereits um den Griff geschlossen hatte, behutsam nieder.

«Moment», sagte er. «Bevor du das tust, möchte ich dir erzählen, was dich erwartet.»

Irgendetwas müffelte.

«Riecht etwas streng, schmeckt aber köstlich. Ein jahrhundertealtes Rezept», sagte Hinriksson. «Das ist Eishai. Fermentiert.»

Der Geruch von Ammoniak wurde stärker, und er wurde überwältigend, als Gossmann den Deckel lüftete. Darunter lagen fingerdicke Fischwürfel, glitschig, speckig, gelb.

«Wir graben den Hai vier bis sechs Wochen in der Erde ein, erst dann ist er reif für den Verzehr, weil Eishai eigentlich giftig ist. Er hat keine Nieren, die Stoffwechselgifte lagert er in seinem Fleisch ein. Beim Verrottungsprozess werden sie wieder freigesetzt, das stinkt so erbärmlich, dass sich keine Fliege, ja nicht einmal ein Bakterium in die Nähe wagt. Dieser Eishai stammt von der Halbinsel Snaellsness im Westen Islands. Na los, probier ihn, er wird dich schon nicht umbringen.»

Gossmann pikste ein Stück auf die Gabel und schnüffelte daran. In seinem Magen regte sich Widerstand.

«Atme durch den Mund!», befahl Hinriksson, der sich mit Feinschmeckerleidenschaft über den ersten Bissen hermachte. «Und dann runter damit.»

Gossmann, kulinarisch nie ein Feigling, wenn es darum ging, etwas Neues auszuprobieren, überwand seinen Ekel und schob sich ein Stück der ungewohnten Kost in den Mund.

Ein heftiges Kratzen bohrte sich durch seine Nase und zog sich bis in sein Kleinhirn hoch.

«Schmeckt wie Moppelkotze», sagte er und ließ die Gabel auf den Teller fallen. Der Geschmack erinnerte ihn an überreifen Käse mit irgendwas drin, das seiner Meinung nach nichts anderes als Schafspisse sein konnte. Er spülte das Elend mit einem Schluck Bier runter, winkte dem Kellner und bestellte ein halbes Hähnchen mit Pommes frites.

«Jetzt weiß ich, warum ihr Isländer immer so blass ausseht», sagte er und trank das Bier hastig und in einem Zug aus.

Vor dem Fenster lief eine Touristin vorbei, sie hatte einen viel zu großen braunen Pullover an, der mit weißen Runen übersät war. Sie hielt kurz inne, legte die Hand an die Stirn und schaute durch die beschlagene Fensterscheibe in das Lokal.

Gossmann deutete mit dem Daumen auf sie: «Haben die Zeichen eine Bedeutung?»

Kommissar Hinriksson grinste. «Nicht die geringste, das ist reine Folklore, trotzdem sind alle Islandbesucher ganz wild auf diese Pullover.»

Die Frau ging weiter.

«Und ihr lacht über sie, richtig?»

«Die heidnische Mythologie steckt voller Humor. Kennst du das Thrymlied aus der Edda?»

«Donnergott Thor als Transvestit?»

«Eine lustige Komödie, nicht wahr?»

«So lustig wie das Neue Testament», entgegnete Gossmann.

Sein Hähnchen kam, knusprig, goldbraun. Der Duft konkurrierte wohltuend mit dem Leichengeruch des Hais.

«Wir werden ihn entgräten», sagte Hinriksson. Er rülpste.

Irritiert hielt Gossmann inne, ein fettiges Hähnchenbein zwischen den Fingern.

«Arne Gauti», erklärte der Kommissar. «Bevor wir ins Präsidium fahren. Er ist einer von diesen Blutsaugern, die per Freistoß ins Grab befördert gehören. Seine Bank liegt auf unserem Weg. Von allen Banken hat seine den Zusammenbruch unserer Wirtschaft am besten verkraftet. Er dürfte uns eine Menge zu erzählen haben. Aber lass dich nicht täuschen, er ist ein verdammt zäher alter Knacker.

Weißt du, als die Heiden sich 1973 auf der Insel neu organisierten, wurden sie schnell zum Sammelbecken für Künstler, Intellektuelle und Einzelgänger. Dass einer der bekanntesten Banker der Stadt sich ihnen angeschlossen hat, war mir neu. In der Geschichte Islands haben die Germanen tiefe Spuren hinterlassen. Im Norden wie im Westen, im Osten wie im Süden, überall stößt man auf alte Thing-Plätze, heilige Versammlungsorte, wo sich die Germanen früher trafen, um Recht zu sprechen und gemeinsames Handeln abzustimmen.»

«Du weißt Bescheid», sagte Gossmann.

«Als Kind glaubte ich an die Geister und an die Magie der Germanen, von denen man uns in der Schule erzählte.

Auch an die Priester, die Zaubersprüche und an die Pferdeopfer glaubte ich. Ich war fasziniert von der Vorstellung ihres Totenreiches, einer düsteren Schattenwelt voller Gefahren und Geheimnisse.»

«Und wie kommt man da hin?», fragte Gossmann, um das Gespräch in Gang zu halten. «In das Totenreich.»

Hinriksson lachte auf. «Man muss die richtigen Leute kennen. So ist es doch immer, nicht?»

Zum Nachtisch nahm Gossmann einen Griespudding mit warmer Vanillesoße, der Kommissar winkte ab – die Figur. Er bezahlte.

Zwei Minuten später stiegen sie in Hinrikssons Dienstwagen.

Gossmann schnallte sich an, hob den Blick und sah den Kommissar an.

«Ich bin beeindruckt, was du alles über die Germanen weißt, Olafur. Nur, um die Sache abzurunden: Wo warst du eigentlich, als die Morde passierten?»

19

Die Privatbank Gauti, Beinteinsson & Leifs empfing ihre betuchte Kundschaft in der gediegenen Atmosphäre eines Londoner Herrenclubs. Kronleuchter und bequeme Ledersessel sorgten für ein vertrauensvolles Ambiente: Bei uns ist Ihr Geld in den besten Händen. Wenn Sie einen Kredit benötigen, selbstverständlich gern und zu den allerbesten Konditionen. Über alles andere lässt sich reden.

Auf dem Weg über den seidenblauen Perserteppich zur Information überfiel Gossmann eine wattige Müdigkeit. Er führte es auf die gedämpfte Atmosphäre der exquisiten Schalterhalle zurück.

Zwei Telefonate wurden geführt, dann öffnete sich mit einem Sirren eine gepolsterte Tür zur Rechten, und eine Dame im blauen Kostüm begleitete sie zum Fahrstuhl und bis in den dritten Stock, wo sich das Büro von Arne Gauti befand. Ein atemberaubender Blick über das wild bewegte Wasser empfing sie.

Der einzige Präsident von Gauti, Beinteinsson & Leifs – die früheren Mitinhaber hatte er vor achtzehn Jahren ausgetrickst, abgefunden und hinausgedrängt – knöpfte sich, als sie sein Büro betraten, gerade sein blaues Jackett mit den goldenen Knöpfen zu. Er stand auf, um sie zu begrüßen. Auf seinem Schreibtisch stand ein leerer Cognacschwenker, im Aschenbecher lag eine angerauchte Montecristo.

Er hatte eine eigentümliche Haltung, fast unbeweglich, fast wie eine Eiche, die man auf einer Höhe von einem Meter fünfundsiebzig abgesägt hat. Lächelnd trug er das gleiche Selbstvertrauen, dieselbe Zwanglosigkeit zur Schau, die Tannen von einem Könner erwartete.

Der hier war jedoch ein Lackaffe. Das Wort fiel ihm ein, weil Gauti Lackschuhe trug und darüber hinaus aussah, als polierte er sich das Haar mit schwarzer Schuhwichse. Als Kontrast zu seiner graugesichtigen Miene hatte er sich eine bischofsviolette Krawatte umgebunden.

«Guten Tag, meine Herren», sagte eine kühle Frauenstimme.

Ingrid Gauti saß dekorativ in einem französischen Sofa, die Beine lässig übereinandergeschlagen, allerdings hinter ihnen, gleich neben der Tür.

«Möchten Sie auch einen?», fragte sie und streckte ihnen ihr Glas entgegen, in dem nur noch ein kleiner Rest Cognac schwamm. «Mein Mann macht Ihnen gern einen. Nicht wahr, Schatz, das tust du doch?»

Ihr störrischer Pony fiel immer wieder vor ein Paar beinahe durchsichtige grüne Augen.

Gauti erwiderte: «Ich würde es begrüßen, wenn du uns jetzt allein lässt, Ingrid. Warte bitte in der Halle auf mich. Es wird nicht lange dauern.»

«Woher willst du das wissen, Schatz? Was ist, wenn sie hier sind, um dich mitzunehmen?»

Sie kniff die dunkelroten Lippen zu einem schmalen Strich zusammen und sah ihren Mann herausfordernd an.

«Wenn es um den Mord geht, werde ich hierbleiben», sagte sie und richtete sich auf. «Es geht doch um Julia?»

Hinriksson nickte.

«Dann reden Sie mit mir und nicht mit ihr», raunzte Gauti ihn an. «Meinetwegen kann sie ruhig alles hören. Wir haben keine Geheimnisse voreinander.»

«Bist du da ganz sicher, Schatz?»

«Bei unserem ersten Gespräch», sagte Hinriksson, «haben Sie mir nicht erzählt, dass Sie Julia Mestrom in den letzten Wochen regelmäßig besucht haben. Um mit ihr über ihr gemeinsames – Hobby? – zu sprechen.»

«Fragen Sie ihn doch mal, was die beiden sonst noch gemacht haben», sagte Ingrid Gauti. Sie lächelte, während ihre Augen ihren Mann kühl musterten.

«Ich finde», sagte Gossmann, «Ihr Mann hat ganz vernünftige Ansichten, wenn es darum geht, ob Sie hierbleiben sollten oder nicht. Gehen Sie runter, in Ordnung? Er wird Sie schon finden.»

«Aber ich …»

«Auf Wiedersehen, Frau Gauti.»

Gossmanns Stimme duldete keinen Widerspruch, das schien sie zu spüren. Sie knallte ihr Glas auf den Tisch und erhob sich.

«Es ist ungehörig, was Sie …»

Sie schaute zu ihrem Mann. «Sag doch was.»

«Du hast es gehört», sagte Gauti. «Vergiss nicht, die Tür hinter dir zu schließen.»

«Darüber reden wir noch … *Schatz*.»

Sie ging hinaus, ohne sich noch einmal umzublicken. Gauti atmete auf. «Frauen können sehr anstrengend sein, besonders die eigenen.»

«Mit Frau Mestrom war es wohl einfacher», sagte Hinriksson. «Immerhin verbrachten sie viel Zeit miteinander.»

«Herr Gauti», setzte Gossmann nach, «Sie wissen, worum es geht. In den letzten Wochen, heißt es, seien Sie ein häufiger Gast im Zimmer von Julia Mestrom gewesen. Das blieb nicht unbemerkt.»

«Na und?» Gauti nahm in seinem Schreibtischstuhl Platz und verschränkte die Arme vor der Brust. «Seit wann ist das verboten?»

«Wie würden Sie Ihre Beziehung zu Frau Mestrom beschreiben?», fragte Gossmann. «Abgesehen davon, dass sie die beste Freundin Ihrer Frau gewesen ist.»

«Das würden Sie niemals verstehen», sagte Gauti. «Dafür reicht, fürchte ich, Ihre begrenzte Phantasie nicht aus.»

Er griff in eine Schublade und holte die Cognacflasche hervor, schraubte den Verschluss ab und schenkte sich einen Doppelten ein. Bedächtig nahm er das Glas in beide Hände, um den Cognac anzuwärmen.

«Vielleicht haben wir keine Phantasie», sagte Hinriksson.

«Und was wir überhaupt nicht haben, ist Geduld. Wenn Sie Wert darauf legen, können wir die Unterredung auf dem Präsidium fortsetzen. Dummerweise treibt sich dort viel Pressevolk herum. Die Reporter warten nur darauf, dass wir denen mit einem bekannten Gesicht kommen. Was meinen Sie, was das für Spekulationen auslösen würde?»

Gauti sprang auf. Knallrot im Gesicht.

«Ein Anruf beim Polizeipräsidenten, und Sie können ab morgen Wale fangen, Herr Kommissar!», sagte er zu Hinriksson.

«Ist das nicht viel schöner als Polizeiarbeit?», fragte Gossmann.

«Ich bin ganz scharf drauf», antwortete Hinriksson.

«Wollen wir ihm Handschellen anlegen?», fragte Gossmann. «Die Fotografen sollen doch was zu sehen kriegen.»

«Aber genau», sagte Hinriksson und zog seine Handschellen unter der Jacke hervor. «Für zwei Tage Untersuchungshaft reichen die Verdachtsmomente in jedem Fall aus.»

«Moment mal, ich, äh …» Gauti trat einen Schritt zurück. «Ganz ruhig. Wir wollen doch nichts überstürzen. Setzen Sie sich. Bitte! Vielleicht können wir noch einmal von vorn anfangen. Es tut mir leid.»

Es klang fast flehentlich.

«Können wir?», fragte Gossmann seinen Kollegen.

Hinriksson zuckte mit den Schultern.

«Erpressung eines Staatsbeamten …»

«… Verweigerung der Aussage. Kann ich alles bezeugen», entgegnete Gossmann.

Hinriksson klimperte mit den Handschellen.

«Sie erwähnten den Polizeipräsidenten», sagte er. «In welchem Zusammenhang war das noch gleich?»

«Meine Frau und ich sind bei ihm am Sonnabend zum Essen eingeladen.»

Hinriksson sagte: «Dann habe ich Sie ja eben doch richtig verstanden.»

Erleichtert sank der Bankchef in seinen Sessel und umklammerte sein Cognacglas, als könne es ihm Halt geben.

«Wie standen Sie zu Frau Mestrom?», fragte Gossmann.

«Sie rief mich vor einem halben Jahr an. Sagte, sie brauche Geld für ein sehr interessantes Filmprojekt, das an sie herangetragen worden sei. Sie hatte zuvor mit ihrem Mann darüber gesprochen, aber Paolo wollte sich in dieser Sache nicht engagieren.

Daraufhin trafen wir uns in Rom, dreimal, Herr Barring war auch dabei. Um den Film machen zu können, fehlten ihm fünfzehn Millionen Euro. Eine Menge Geld, auch für unsere Bank.

Die Geschichte klang jedoch sehr interessant, und die internationale Vermarktungsstrategie las sich überzeugend. Ich nahm das Drehbuch mit nach Island und legte es zwei namhaften Produzenten und drei Autoren zur Prüfung vor. Sie waren begeistert und empfahlen mir, das Projekt zu finanzieren. Zu diesem Ergebnis kam auch Professor Baldarsson von der Universität, den ich um eine Expertise der historischen Fakten gebeten hatte.»

«War es nicht vielmehr so, dass Sie eine persönliche Affinität zu dem Thema des Films hatten?», fragte Gossmann.

«Wie kommen Sie darauf?»

«Es gibt Zeugen, die behaupten, Sie hätten eine sehr innige Beziehung zu Frau Mestrom gepflegt und gemeinsam mit ihr heidnische Rituale in ihrem Hotelzimmer durchgeführt.»

Arne Gauti nippte an seinem Cognac. Sein Gesicht entspannte sich. Sie hörten, wie er anfing zu lachen, erst leise, dann immer lauter, bis es schallend aus ihm herausbrach.

«Heidnische Rituale? Ich? Das ist wirklich originell. Ich glaube nicht an Gott, und ich glaube nicht an Odin. Das Einzige, woran ich glaube, ist Geld. Deshalb hat Frau Mestrom mich vor mehr als zwanzig Jahren zu ihrem Vermögensverwalter bestimmt. Um ihr Geld ging es bei unseren Treffen. Um sehr viel Geld. Sie war eine reiche Frau. Ihre Rollen hatten ihr mehr als zehn Millionen Euro eingebracht, und meine Bank hat diesen Betrag über die Jahre sehr ordentlich vermehrt. Immobilienfonds in Brasilien, Warentermingeschäfte, Aktienpakete im IT-Bereich, Gold.»

«Dann müssen Sie viel richtig gemacht haben», sagte Gossmann.

«Dafür sind Gauti, Beinteinsson & Leifs bekannt. Sogar Großinvestoren aus den USA, England, Frankreich und Deutschland vertrauen unserer außergewöhnlichen Fähigkeit, ihre Einlagen überproportional zu vermehren.»

Die Genugtuung in seiner Stimme war unüberhörbar, als er ihnen von seiner neuen Anlagestrategie für das Mestrom-Vermögen erzählte.

«Möchten Sie die Unterlagen sehen? Es gibt mehrere Verträge, sie tragen alle ein Datum aus den vergangenen Wochen.»

Gossmanns Interesse wurde von einem vergrößerten Schwarz-Weiß-Foto abgelenkt, das über dem Sofa hing, auf dem eben noch Gautis Frau gesessen hatte. Das Bild, Gossmann schätzte, dass es mindestens hundert Jahre alt sein musste, wenn nicht älter, zeigte das schmierige Deck eines alten Walfängers in schwerer See, auf dem die Mannschaft damit beschäftigt war, einen Wal zu zerlegen. Über die Reling schwappte das Sturmwasser, während sich die Männer im knietiefen Wasser an der Haut und den Knochen des Fisches abarbeiteten.

Gauti bemerkte seine Neugier.

«Sehen Sie den Mann ganz rechts? Genau, den im Südwester, das ist mein Urgroßvater. Er war sein eigener Kapitän, trotzdem stand er mit der Mannschaft im Blut der Fische, deswegen verehrten ihn die Männer an Bord. Er war einer von ihnen, und was noch wichtiger war: Er *wollte* einer von ihnen sein.»

«Dieses Messer, das er in der Hand hält, so eins hab ich noch nie gesehen», sagte Gossmann und zeigte auf den Faustgriff mit halbmondförmig gebogener Schneide.

«Es hat viele Namen. Die Inuit in Ostgrönland nennen dieses Messer Saakiq, die Ureinwohner in Alaska und Kanada sagen Ulu dazu. Mit der speziellen Form der Klinge und dem ungewöhnlichen Griff kann man Tiere zerlegen, Haare schneiden und Eisstücke für Iglus zurechthauen. Eigentlich ist es ein Frauenmesser, aber mein Großvater wusste es auch auf dem Wasser zu gebrauchen, weil es nichts gab, sagte er, was man damit nicht kleinkriegte.»

Hinriksson brachte das Gespräch zurück in die Spur.

«Ihre regelmäßigen Besuche bei Frau Mestrom hatten also nichts mit ihren schrulligen Ansichten über Religion zu tun?»

Gauti seufzte.

«Ich kannte die religiösen Präferenzen meiner Mandantin, aber es ging ausschließlich um eine Neuausrichtung ihrer Finanzen. Dafür gab es gute Gründe.»

Hinriksson klimperte wieder mit den Handschellen.

«Können wir auf den Punkt kommen, Herr Gauti?»

Der Banker rang die Hände, ehe er weitersprach.

«Die Vermögensverwaltung unserer Klientin erforderte in jüngster Zeit eine intensivere Betreuung. Sie wollte sich von ihrem Mann scheiden lassen, ein Unterfangen, das gewöhnlich mit einigen Turbulenzen verbunden ist.»

Gauti nahm die angerauchte Zigarre aus dem Aschenbecher und steckte sie mit einem Streichholz wieder in Brand. Die Augen geschlossen, ließ er den milden Rauch in seinem Mund verweilen, eher er ihn zwischen den gespitzten Lippen ausstieß, begleitet von einem nachsichtigen Lächeln.

«Paolo Costa ist ein reicher, aber obendrein auch dummer Mann. In seiner Ergebenheit während der ersten Liebesmonate hielt er es nicht für notwendig, einen Ehevertrag aufzusetzen. Ich bin kein Arzt, sondern Banker, also bin ich auch an keine Schweigepflicht gebunden, deshalb kann ich Ihnen sagen, dass Julia in den letzten Jahren überreichlich Gebrauch vom Konto ihres Mannes gemacht hat, vor allem, um ihre Stiftung mit dem nötigen Kapital zu unterfüttern.»

Gossmann beugte sich auf dem Sofa nach vorn.

«Was für eine Stiftung?»

Gauti griff zum Telefon. Kurze Zeit später legte ihm seine Sekretärin eine fingerdicke Mappe auf den Tisch und verschwand ebenso geräuschlos wieder, wie sie eingetreten war.

Er nahm seine Lesebrille und schlug den Deckel auf. Er begann zu lesen: «Die genaue Bezeichnung der Stiftung lautet *Geistige Gemeinschaft Germanischen Gutes.* Eingetragen in ... Moment mal ... hier haben wir's ... eingetragen in Troisdorf bei Bonn. Ihrem Geburtsort. Aktuell verfügt die Stiftung über ein Vermögen von acht Millionen Euro, die unserer Bank anvertraut sind.»

«Warum», fragte Gossmann, «hat Frau Mestrom dann Gauti, Beinteinsson & Leifs gebeten, den Film mitzufinanzieren? Sie hätte doch auf einen Teil des Stiftungsvermögens zurückgreifen können.»

«So einfach ist das nicht. Als die Stiftung gegründet wurde, überredete Julia ihren Mann, die gleiche Summe wie sie selber einzulegen, beide sind also gleichberechtigte Partner. Herr Costa hatte unter den gegebenen Bedingungen wenig Interesse, einen nicht unwesentlichen Teil des Stiftungsvermögens für ein cineastisches Abenteuer seiner Gattin zu opfern.»

«Gibt es», fragte Gossmann, «einen aktuellen Scheidungsgrund? Einen neuen Mann?»

«Sie hatte, soweit ich weiß, einfach andere Pläne für ihre Zukunft.»

«Spielen Sie eine Rolle in diesen Plänen?»

«Meine Frau», sagte Gauti, «glaubte allen Ernstes, Julia und ich hätten eine Affäre, weil ich sie so häufig im Hotel aufsuchte. Ich verstand ihre Sorge durchaus, sie kannte Julia schließlich seit ihrer gemeinsamen Internatszeit so gut wie niemand sonst und wusste um ihre … unersättliche Begehrlichkeit, was Männer betrifft.»

«Am Abend der Sonnenwende, was haben Sie da gemacht, bevor Sie zum Essen in das von Ihnen ausgesuchte Lokal gingen? Was Sie danach machten, Sie und Ihre Frau, haben Sie der Polizei ja schon erzählt, aber was war *davor*?»

«Alles schön der Reihe nach. Mal nachdenken», sagte Gauti. Er starrte an die Decke, suchte die Mosaiksteinchen der Mordnacht zusammen. «Tja, also, das weiß ich noch ziemlich genau. Meine Frau und ich fuhren zum Hotel Borg, wo wir Julia und den Produzenten, Hilmar Barring, abholten. Sie warteten auf uns, im Foyer, wir waren ein bisschen spät dran. Als sie den Wagen sahen, verabschiedeten sie sich vom Professor, kamen raus und stiegen zu uns in den Wagen. Vom Borg fuhren wir ohne Umweg direkt zum Essen. Mehr war nicht.»

«Professor?»

«Ja, Professor Baldarsson, ich erwähnte ihn bereits. Er hat einen Narren an unseren Vorfahren gefressen und versucht, ihr Erbe wiederzubeleben. Ich muss sagen, er hat damit mehr Erfolg, als ich je vermutet hätte. Fragen Sie unseren Pastor, der verfolgt die stetige Entwicklung der Heiden in unserem Land mit einigem Argwohn. Er hat auch allen Grund dazu, denn ihm selbst laufen die Kirchgänger in Scharen davon.»

Hinriksson und Gossmann tauschten einen verstehenden Blick aus.

«Hat Professor Baldarsson gemeinsam mit ihnen das Hotel verlassen?»

«Ich würde sagen, er kam erst. Durch das Fenster konnte ich sehen, dass er noch in Hut und Mantel war.»

Fünf Minuten später eilten Gossmann und Hinriksson durch die Schalterhalle. Gossmann hatte Mühe, mit seinem isländischen Kollegen Schritt zu halten.

Hinriksson fluchte laut vor sich hin.

«Von wegen Seminar in London, Baldarsson war in Reykjavík, die ganze Zeit, auch in der Nacht des ersten Mords. Warum hat er gelogen?»

«Hat er euch erzählt, er sei in London gewesen?», fragte Gossmann.

«Nein, seine Frau.»

Gossmann lachte.

«Was ist daran so komisch?», fragte Hinriksson gallig.

«Ich lache», erwiderte Gossmann, «immer an den falschen Stellen. Ich dachte gerade daran, was ihr für erstklassige Berater habt, darüber solltest du dir mal ein paar Gedanken machen.»

«Ich bin gespannt, wie sich seine neue Version anhört, wenn wir ihm erzählen, dass seine Lüge aufgeflogen ist.»

Gossmann sagte: «Wir beeilen uns besser. Vielleicht ist Judith schon bei ihm.»

Draußen glitschten und stolperten sie über den glatten Bürgersteig. Als sie zum Auto kamen, stellten sie fest, dass das Türschloss vereist war. Während Hinriksson versuchte, das Eis mit Gossmanns Feuerzeug zum Schmelzen zu bringen, fummelte der sein Handy aus der Tasche und durchsuchte den Speicher nach Judiths Nummer. Er drückte die Wahltaste und wartete.

Judith meldete sich nicht.

«Wie lange dauert das denn?», drängelte er Hinriksson.

«Bei meiner Mutter», keuchte Hinriksson. «Vorhin wolltest du doch wissen, wo ich gewesen bin, in der Mordnacht. Ich war bei meiner Mutter. Willst du sie anrufen? Ich geb dir ihre Nummer, sag ihr, ich komme morgen und bring ihr die Hacksteaks, den Salat und die Joghurts vorbei. Joghurt mag sie gern, besonders mit Kirschgeschmack.»

Hinriksson wollte ihm die Nummer diktieren. Doch Gossmann wischte seine Bemühungen mit einer Handbewegung weg und versuchte erneut, Kontakt mit Judith aufzunehmen.

Vergeblich.

20

Das Brausen der Orgel in der Kirche schwoll an, diesmal lauter als zuvor. Pastor Ögmundur zog Einarsson in sein Umkleidezimmer, das hinter dem Altar lag. Anders als im Kirchenschiff war es hier dank eines elektrischen Ofens heimelig warm.

Sie belauerten einander, jeder wartete, dass der andere den ersten Schritt machte. Sigurpáll Einarsson legte seine Hand auf die gekreuzigten Füße einer Jesusstatue und strich beinahe zärtlich über die sanften Linien des Holzes.

«Dann haben wir einander also beide in der Nähe des Tjörnin gesehen», sagte der Pastor. «Bevor du fragst, was ich dort zu suchen hatte, werde ich es dir erzählen.»

Einarsson fuhr zu ihm herum: «War es deine Absicht, uns die Schuld zu geben? Den Heiden, die verrückt spielen und jetzt sogar vor einem Mord nicht zurückschrecken?»

«Wovon redest du?»

«Hast du Hand an diese Frau gelegt?»

Der Armanen-Führer packte den Pastor mit beiden Händen und schüttelte ihn. «Ich frage dich vor deinem Gott, Rósberg: Hast du diese Frau auf dem Gewissen?»

Der Pastor befreite sich aus seinem Griff.

«Warum hätte ich das tun sollen?»

Die Antwort war ein verächtliches Lachen.

«Dir läuft deine Gemeinde weg. Wenn das so weitergeht und immer mehr Christen aus deiner Kirche austreten, während uns neue Mitglieder zulaufen, ist es simple Mathematik, um auszurechnen, wann es in Island mehr

Heiden als Christen geben wird. Ich finde, das ist Grund genug, um sich die unliebsame Konkurrenz vom Hals zu schaffen, obwohl ich dir derartige Methoden nicht zugetraut hätte. Nicht, bevor ich dich in jener Nacht gesehen habe.»

«Jetzt bist du völlig übergeschnappt», sagte der Pastor. «Ich habe immer befürchtet, dass die Gesellschaft dieser Menschen deinen Wahn noch steigert. Du bist ein verquerer alter Trottel geworden, Sigurpáll, und es tut mir in der Seele weh, das zu sehen. Außerdem hast du etwas vergessen: Du selbst bist auch dort gewesen!»

Sie standen sich, die Gesichter vor Zorn gerötet, gegenüber, so nah beieinander, dass jeder den Atem des anderen spürte.

Der Pastor wandte sich ab.

Er ging zu seinem pelzgefütterten Anorak und griff in eine der vielen Taschen, bis er fand, wonach er suchte. Er zog ein Bild hervor, ein leicht verblichenes Farbfoto, wie es die Apparate in den Sechzigerjahren zustande brachten. Er hielt das Bild Einarsson hin.

«Erinnerst du dich an Elísa?»

«Natürlich tue ich das. Was hat deine Frau damit zu tun?»

«Sie ist vor sechs Jahren gestorben.»

«Das weiß ich. Jeder in Reykjavík kennt ihre Geschichte. Ich habe nie verstanden, warum sie es getan hat. Springt ins Wasser, mitten in der Nacht, und war doch nicht so allein, wie sie anscheinend dachte.»

«Wären die betrunkenen Jungen nicht gewesen, die sahen, wie sie gesprungen ist, hätte ich sie nicht einmal beerdigen können. Einer sprang hinter ihr her, aber er kam zu spät.»

Auf einmal wurde es still in dem kleinen Zimmer, die Orgel hatte aufgehört zu spielen, nur das Knistern und Knacken der rot glühenden Lamellen des Elektroofens war zu hören.

«Ich hatte keine Ahnung, wie schlecht es ihr ging», fuhr der Pastor fort. «Sie hat nie ein Wort darüber verloren. Später habe ich von ihrem Arzt erfahren, dass sie seit einiger Zeit wegen des Verdachts auf Schizophrenie von ihm behandelt wurde. Obwohl ich ein Mann Gottes bin und ihr Ehemann war, hat sie sich dagegen entschieden, mir zu vertrauen, stattdessen wählte sie einen anderen Weg, um mit ihren Sorgen fertig zu werden.»

Ögmundur verbarg sein Gesicht in den Händen, zwischen den Fingern drang leises Schluchzen hindurch.

Einarsson zögerte, trat einen Schritt vor und umarmte ihn.

Als sich der Pastor wieder gefangen hatte, sprach er weiter: «Es geschah in der Nacht der Wintersonnenwende, wir feierten mit Freunden, als sie plötzlich verschwand. Deshalb wollte ich vorgestern zum Friedhof, es war ihr Todestag, auf dem Weg dorthin ging ich am Tjörnin vorbei. Ich wollte zu ihr, wie all die Jahre zuvor, doch diesmal bin ich zum ersten Mal nicht dort gewesen, weil ich etwas gesehen habe, das mir wichtiger erschien.»

«Mich», sagte Einarsson.

«Du hattest es eilig.»

«Ich kam aus dem Lokal, wo mir Kristjánsson ins Gesicht geschlagen hatte. Düpiert bis aufs Blut hat er mich. Auf dem Heimweg stritten meine Begleiter und ich darüber, was die Aktion uns gebracht hat. Irgendwann hatte ich die Nase voll von dem Gerede und hab mich von ihnen getrennt. Es war überhaupt nicht meine Absicht, am See vorbeizugehen, es ist ein Umweg. Weil ein hupendes Auto meine Aufmerksamkeit auf sich zog, drehte ich mich um und sah dich um die Ecke biegen.»

«Hast du bemerkt, dass dir jemand gefolgt ist?», fragte der Pastor.

Einarsson, der wieder angefangen hatte, über die Füße und die Waden des hölzernen Jesus zu streichen, hielt inne und sah den Pastor fragend an.

«Ich weiß nicht», sagte Ögmundur, «ob sie dir wirklich nachgegangen ist. Sie könnte auch schon vorher dort gewesen sein.»

«Herrgott, du sprichst in Rätseln, Rósberg. Worauf willst du hinaus?»

«Ich habe vergessen, wie sie heißt, aber die Zeitungen schreiben, sie sei deine Stellvertreterin ... Hast du gerade Herrgott gesagt?»

«Denk nicht darüber nach. Freya war da?»

«Ich sah sie, und dann sah ich, wie sie dir nachging.»

«Warum hast du mir das nicht eher erzählt?», fragte Einarsson.

«Hättest du mir geglaubt?»

«Ungefähr so sehr, wie die Welt damals geglaubt hat, dass unser hochgeschätzter Landsmann Halldór Laxness den Nobelpreis für Literatur bekommen könnte.»

Beide lachten. Es war ein befreiendes Lachen, das mehr als zwei Jahrzehnte Schweigen mit jedem neuen Atemstoß weiter und weiter davontrieb.

«Gehen wir», sagte er zu Einarsson, «wir wollen einen Besuch machen.»

Der Bauernhof von Einarssons Armanen lag still in der Senke, kein Ton war zu hören, nur hinter wenigen Fenstern brannte Licht. Ein Wetterhahn auf dem Dach des Haupthauses zitterte im eisigen Wind.

Als sie aus dem Wagen stiegen, trat Harald von Schlippe, der Anwalt, aus der Tür, aufgeregt.

«Da bist du ja endlich», sagte er zu Einarsson. «Wir haben uns Sorgen gemacht. Wo hast du gesteckt?»

«Was geht das dich an? Ich bin dir keine Rechenschaft schuldig. Sag Freya Bescheid, ich will mit ihr reden.»

In den harten blauen Bürokratenaugen des Anwalts blitzte es.

«Stimmt was nicht?», fragte er.

«Hol sie!»

«Sie ist nicht hier. Kurz nach dir hat sie den Hof mit noch zwei anderen verlassen. Sie sagte, sie hätten was zu erledigen und sie würde anschließend auf eine Party gehen und spät nach Hause kommen.»

«Wo findet diese Party statt?»

«Sie sagte, der Schlagzeuger der Bloodhounds hat sie eingeladen. Die Band feiert heute Abend Weihnachten. Soll ich hinfahren und sie holen?»

«Den Blödsinn lässt du gefälligst bleiben.» Einarsson blickte von Schlippe kalt in die Augen. «Steckst du mit ihr unter einer Decke?»

«Was redest du denn für einen Unsinn, Sigurpáll?»

«Um mich auszuschalten?»

Der Anwalt sah Pastor Ögmundur an, dann sagte er: «Das hat der dir weisgemacht.»

«Wenn ich zurückkomme, bist du verschwunden. Hiermit entziehe ich dir offiziell dein Mandat», sagte Einarsson. Und zu Ögmundur gewandt: «Fahren wir zu dieser Party und bringen es zu Ende.»

21

Judith von Matt sagte, er solle sich Zeit lassen. Sie saßen in Professor Baldarssons Studierzimmer, einem winzigen Raum voller Bücherregale, die bis zur Decke reichten. Außer den Regalen gab es nur ein Sofa, eine Halogenstehlampe und einen mit dunkelgrünem Cord bespannten Ohrensessel, der Baldarsson als Arbeitsplatz diente. Bei Bedarf legte er ein Holzbrett quer über die Lehnen, auf dem er schreiben konnte. Auf diese Idee hatten ihn jahrelange Rückenprobleme durch ständiges Arbeiten am Tisch gebracht.

In diesem Sessel saß er jetzt, vor sich, auf dem Brett, lagen die Brakteaten von Louise Barring, die Judith mitgebracht hatte. Der Professor hatte für sie einen Stuhl aus dem Esszimmer geholt und sich dafür entschuldigt, dass sein Tee nur halb so gut schmecke wie der Tee, den seine Frau gewöhnlich für Gäste zubereite. Aber sie sei heute Morgen über Weihnachten und Silvester zu ihrer Tochter nach Paris gefahren, die Kunst und Französisch an der Sorbonne unterrichte. Die Tochter stamme aus ihrer ersten Ehe und habe vor einem Monat ihr zweites Kind bekommen. Mit der Tochter, sagte Baldarsson, sei er leider nie zurechtgekommen. Sie mit ihm auch nicht.

Er betrachtete die kostbaren Stücke, beinahe zärtlich fuhren seine Finger über die geprägten Seiten der Schmuckscheiben. Bei Brakteaten wurde immer nur eine Seite bedruckt, die andere blieb blank.

Judith fragte: «Sind diese Amulette echt?»

Baldarsson gab ein amüsiertes Brummen von sich.

«Genau so echt wie das Stück, das Ihre Kollegen bei der Inderin gefunden haben, würde ich sagen. Diese hier stammen aus Norwegen, vielleicht auch aus Schweden. Haben Sie noch mehr davon?»

«Sie gehören der Mutter des Produzenten.»

«Ob sie mir vielleicht eines davon verkaufen würde? Vielleicht dieses schöne Stück hier?»

Zwischen Daumen und Zeigefinger drehte er ein Amulett gegen das Lampenlicht.

«Die meisten Brakteaten befinden sich im Besitz von Museen und öffentlichen Sammlungen und sind daher leider für gewöhnliche Menschen wie mich unerreichbar.»

«Ich frage mich, ob der Brakteat absichtlich am Tatort liegen gelassen wurde», sagte Judith. «Vielleicht hat ihn der Mörder überhaupt nicht verloren.»

«Nur ein Dummkopf würde so etwas tun», erwiderte der Professor. «Niemand, der um ihre Bedeutung weiß, gibt eine solche Kostbarkeit freiwillig aus der Hand.»

«Es sei denn, der Dummkopf ist ein kluger Mann und verfolgt damit ein bestimmtes Ziel.»

«Vielleicht war es keine Absicht. Vielleicht ist es ihm einfach passiert. Manchmal tut das Unterbewusstsein Dinge, die unserer Wirklichkeit widersprechen.»

«So reden Psychologen», sagte Judith. «Oder Esoteriker.»

«Und Menschen, die sich, wie ich, mit den geheimen Kräften der Runen befassen. Ein magisches Feld, aber eines, das eine faszinierende Logik in sich birgt, wenn man tiefer einsteigt. Unser Unterbewusstsein weiß immer viel mehr als unser Bewusstsein. Oder ist Ihnen Ihr Herzschlag bewusst? Die Produktion Ihrer Hormone? Der Muskeltonus? Wie schaffen Sie es einzuschlafen und wieder aufzuwachen? Das Unterbewusstsein arbeitet unabhängig von unserer Aufmerksamkeit, weiß diese Dinge trotzdem und tut sie für uns. Es ist ein riesiges Lager an Erinnerungen. Man glaubt, man trifft seine eigenen Entscheidungen, aber so ist es nicht. Sympathie, Glaube, Hoffnung, Scham – erst wenn das Unterbewusstsein zustimmt, fühlen sich diese Entscheidungen gut und richtig an. Oder vollkommen falsch. Wer diese innere Intelligenz der Freude, Vitalität und Inspiration bekämpft, wird unweigerlich krank und unglücklich werden. Sie folgt immer ihrer Natur. Dabei kann es passieren, dass sie sich gegen einen selbst wendet, wenn man sie nicht beachtet. So oder so wird sie auf sich aufmerksam machen, im Guten wie im Bösen. Bis wir bereit sind, ihre Stimme zu hören und nach ihren Wünschen zu leben. Es schreckt nicht einmal davor zurück, uns krank zu machen. Oder zu töten. Uns oder andere.»

«Warum erzählen Sie mir das?»

«Ein kleiner Exkurs, entschuldigen Sie. Ich arbeite seit Jahren an einem Buch über Runenmagie, dabei stößt man auf ungewöhnliche Rituale und Vorfälle in der Vergangenheit, und man ist geneigt, sie unverzüglich auf die Gegenwart zu übertragen.»

«Auf die Morde?»

«Sehen Sie, es ist so, ein Helrunar nutzt die Runen, um Kontakt mit dem Innersten eines Menschen aufzunehmen. Jede Magie hat ein geheimes Zentrum, wo sich alles Vergessene, Unterdrückte und Verborgene befindet. Ein verschleiertes Land. Gelingt es dem Helrunar – und einem überlegenen Höllenflüsterer, so lautet die wörtliche Übersetzung, gelingt es immer –, in diese tiefsten Welten vorzudringen, dann kann er willfährig mit all ihrem Sein verfahren. Er kann sie von Krankheiten heilen und sie erfolgreich machen, ebenso gut kann er sie zerstören, wenn das seine Absicht ist. Alles, was er tun muss, ist, sie in Trance zu versetzen und ihr Unbewusstes mit den alten Weisheiten der Schamanen zu manipulieren. Bei den Germanen genossen die Helrunar, die dem Schamanen vergleichbar sind, einen hohen Status, der sich aus Dankbarkeit und Furcht speiste.»

«Glauben Sie diesen Unsinn, Professor?»

Für Sekunden verdunkelte sich sein Gesicht und spiegelte zornige Verachtung wider, dann wechselte seine Miene ebenso schnell wieder in sein vertrautes Lächeln über.

«Haben Sie Lust, es auszuprobieren?», fragte er. «Schenken Sie mir eine halbe Stunde Ihrer Zeit, und ich werde Ihnen ein paar Geheimnisse über sich verraten, die Sie überraschen werden. Und wenn Sie möchten, können wir dabei auch einen Blick in Ihre Zukunft werfen. Möglicherweise wollen Sie ja wissen, wie es mit Ihnen und Ihrem Kollegen weitergeht. Wie heißt er gleich, Tannen?»

«Wie kommen Sie darauf?»

«Man entwickelt eine außerordentliche Feinfühligkeit, wenn man sich den Schwingungen der Runen aussetzt und häufig mit ihnen arbeitet. Außerdem habe ich Sie beobachtet.»

Judith dachte darüber nach. Ob Baldarsson bluffte? Andererseits war Frank ihre Achillessehne.

«Was würde dabei herauskommen?», fragte sie.

«Ich nehme meine Runen, und wir können sofort anfangen. Ich interpretiere, was ich sehe und was ich fühle. Trauen Sie sich? Dann legen Sie sich bitte auf das Sofa da drüben. Die Runen habe ich eigenhändig hergestellt, aus poliertem Quarz, und sie anschließend mit Ruß beschriftet. Niemand sonst auf der Welt besitzt einen solchen Satz.»

Er schüttelte die Steine aus einem braunen Lederbeutel in seine Hand und warf sie auf seinem Schreibbrett aus.

«Bisher», sagte er nach einem ersten Blick auf die Anordnung der Runen, «sind sie weder positiv noch negativ, aber ich spüre intensive Schwingungen.»

«Das denken Sie sich aus.»

«Mit anderen Worten, Sie sind unentschlossen. Was soll ich tun? Am liebsten würden Sie es auf die leichte Schulter nehmen, aber das können Sie nicht.»

«Muss ich beeindruckt sein? Also gut, meinetwegen, ich bin sehr beeindruckt.»

«Wechseln wir das Thema. Wollen Sie mir von Ihrem Fall erzählen? Auf diese Weise stimmen wir die Runen ein. Die Runen können Ihnen helfen. Es ist ganz einfach. Entspannen Sie sich und schließen Sie die Augen.»

Es klingelte an der Tür.

Baldarsson reagierte nicht, sondern fuhr fort, leise und beschwörend auf Judith einzureden. Auch das zweite Klingeln ignorierte er.

«Wollen Sie nicht öffnen, Professor?», fragte Judith.

«Schließen Sie die Augen!»

Seine Stimme klang angespannt. Fordernd.

Draußen trommelten Fäuste gegen die Tür. Jemand rief. Judith glaubte, ihren Namen zu hören.

«Achten Sie nicht darauf», beruhigte Baldarsson sie. «Wir wollen unser kleines Abenteuer doch nicht unterbrechen.»

Ein dumpfes Dröhnen, und die Eingangstür flog auf, mit einem lauten Krachen, das durch das ganze Haus hallte. Schritte polterten über den Flur. Irgendwo ging eine Vase zu Bruch. Gossmann und Hinriksson stürmten in die Bibliothek. Beide hatten ihre Waffe gezogen.

«Guten Tag, Herr Professor», sagte Hinriksson. «Nur keine Mühe, bleiben Sie sitzen.»

Überrumpelt staunte Baldarsson sie aus seinem Sessel heraus an. Was war hier los?

Sie steckten ihre Waffen ein. «Alles in Ordnung?», fragte Gossmann.

Judith, leicht benommen, sagte: «Was ist in euch gefahren?»

Ein tiefer Seufzer entrang sich Baldarssons Kehle. Jahrelang war alles gutgegangen, und nun kamen diese Polizisten aus Deutschland und brachten ihn so in Bedrängnis, dass er zu zittern begann. Seine Stirn wurde feucht, kleine Schweißtröpfchen bildeten sich an den Schläfen. Wenigstens war seine Frau nicht zu Hause.

Gossmann machte ihm klar, dass er in Schwierigkeiten steckte.

«In der Nacht, als der Mord an Julia Mestrom geschah, wurden Sie gesehen. In Reykjavík. Im Hotel Borg. Demnach waren Sie nicht in Aberdeen. Haben Sie dafür eine Erklärung?»

Baldarsson stöhnte. «Es stimmt. Ich bin hier gewesen. Es stimmt auch, dass ich im Hotel Borg war, wo man mich offenbar beobachtet hat. Dazu möchte ich Folgendes festhalten: Ich habe der Polizei gegenüber niemals etwas anderes behauptet.»

Hinriksson entgegnete: «Ihre Frau hat uns erzählt, Sie wären in Aberdeen gewesen und würden erst am nächsten Morgen nach Hause kommen. Sie sagte das, als ich sie fragte, ob Sie da seien und uns bei der Aufklärung dieses ungemütlichen Falls behilflich sein könnten.»

«Sie hatte keine Ahnung», der Professor schluckte, «weil ich ihr nicht die Wahrheit gesagt habe.»

«Und wie sieht diese Wahrheit aus? Die Wahrheit, die Sie uns diesmal verkaufen wollen?»

Es kostete den eloquenten Baldarsson einige Mühe, die richtigen Worte zu finden.

«Die Sache ist die … Kann ich mich auf Ihre Diskretion verlassen? Ja, ja, ich weiß, ich habe keine Wahl, meinetwegen. Also, Frau Kleinschmidt …»

«… die Hoteldirektorin?», unterbrach Judith ihn.

«… wir pflegen seit einiger Zeit eine intensive Bekanntschaft.»

«Sie schlafen mit ihr?», fragte Gossmann.

Baldarsson nickte. «Wenn Ihnen dieser Ausdruck besser gefällt. Carola, ich meine Frau Kleinschmidt, wird Ihnen bestätigen, dass ich die fraglichen Stunden bei ihr verbracht habe, im Hotel, den Tag darauf ebenfalls und die folgende Nacht auch.»

«Machen Sie das öfter?», wollte Hinriksson wissen.

«Ich führe nicht Buch. Es fing vor zwei Jahren an, und manchmal machen wir es so, wie ich sagte, damit wir ein bisschen Zeit füreinander haben. Möchten Sie Frau Kleinschmidt anrufen? Bitte, tun Sie das, da steht das Telefon.»

Hinriksson erledigte den Anruf. Carola Kleinschmidt bestätigte Baldarssons Alibi ohne zu zögern. Zur Tatzeit und darüber hinaus habe er sich in ihrer Hotelwohnung aufgehalten.

«Hat sie sonst noch etwas gesagt?», fragte der Professor.

Hinriksson zwinkerte ihm zu. «Dass Sie ein toller Hecht sind.»

«Ich muss zu ihr und ihr alles erklären.»

«Sparen Sie sich die guten Argumente besser für Ihre Frau auf», riet Gossmann ihm. «Da fehlen einem schnell mal die Worte, ich weiß, wovon ich rede.»

Judith bot dem Professor an, ihn mitzunehmen, da sie sowieso zum Hotel fahren würden, um Frau Barring die ausgeliehenen Brakteaten zurückzubringen.

Auf dem Weg nach draußen sagte Judith zu Gossmann: «Du hast mir die einmalige Chance vermasselt, einen Blick in meine Zukunft zu werfen.»

«Frag doch Frank. Er weiß es schon, jedenfalls, was euch beide betrifft.»

Judith knuffte ihn in die Seite. «Hör endlich mit diesem Unsinn auf, Richard.»

«Bist du sicher, dass du es so siehst?»

22

An diesem Heiligabend trafen sich sämtliche Einsatzkräfte, die mit den Runenmorden befasst waren, um 18 Uhr zur Lagebesprechung im Polizeipräsidium. Alle hatten Kopien der Fallunterlagen vor sich liegen.

Den Vorsitz führte Kommissar Olafur Hinriksson.

«Der Killer ist irgendwo da draußen. Er hat Selbstvertrauen und geht Risiken ein.»

Auf einem Clipboard fasste er mit schwarzem Filzstift die Fakten zusammen. Judith fand, dass er die Sache richtig anging.

Die beiden Toten, von denen sie wussten – theoretisch konnte es noch mehr geben, von denen sie nichts wussten –, waren ermordet, aber nicht sexuell missbraucht worden. Die überprüften Alibis hatten sich allesamt als wasserdicht erwiesen. Die Filmleute waren sauber, und die verdächtigten Isländer waren es auch, da war nichts zu machen. Was das Lederarmband betraf, das der Kameramann, Kristjánsson, in der zweiten Nacht nach dem ersten Mord in der Bar des Hotels Borg verloren hatte, so hatte die kriminaltechnische Untersuchung zweifelsfrei ergeben, dass es keinesfalls als Mordwaffe in Frage kam, da weder Hautpartikel noch Blutspuren des Opfers darauf gefunden worden waren. Das Beste hob sich Hinriksson allerdings für den Schluss auf.

«Vorhin habe ich noch eine interessante Information von unserem geschätzten Gerichtsmediziner Dr. David Siemsen erhalten», sagte er. «An den Wundrändern der toten Inderin hat er eine kaum sichtbare Substanz isoliert. Es dauerte eine Weile, bis er die Zusammensetzung des Stoffs als Robbenfett identifizierte. Daraufhin nahm er sich den Leichnam von Julia Mestrom noch einmal vor und wurde auch hier fündig. Wir reden über mikroskopisch kleine Partikel, die einem weniger aufmerksamen Spezialisten wohl kaum aufgefallen wären.»

Jeder im Raum versuchte, sich einen Reim auf diese neue Information zu machen.

Robbenfett.

«Demnach muss die Tatwaffe irgendwann mit Robbenfett in Kontakt gekommen sein», erklärte Hinriksson weiter.

«Altes Fett oder frisches Fett?»

Das war Judith.

«Diese Frage hat Dr. Siemsen natürlich erwartet und die Antwort gleich mitgeliefert: Das Fett ist alt. Auf jeden Fall älter als sechzig Jahre, das geht aus der feinstofflichen Analyse hervor.»

«Wenn ich dich richtig verstehe», sagte Judith, «suchen wir also nach einer Zange, einer großen Schere oder einem Messer, an dem sich Robbenfett befindet, das man mit bloßem Auge nicht sehen kann?»

Hinriksson sagte, er fände diese Bemerkung sehr pessimistisch, aber im Kern habe Judith natürlich recht.

Tannen schenkte Hinrikssons Vortrag kaum Beachtung. Er saß in seine eigenen Notizen vertieft etwas abseits und beschäftigte sich mit dem Stadtplan von Reykjavík und einem völlig anderen Problem. Deshalb schrak er hoch, als Judith von ihm wissen wollte, was er davon hielte. Vom Robbenfett.

«Frank, hörst du überhaupt zu?», fragte sie, als sie sein überraschtes Zögern bemerkte.

«Der Inder», sagte Tannen. «Ich kapier nicht, wieso der so schnell am Tatort war. Seine Wohnung liegt hier», er hielt die Karte hoch und zeigte mit dem Finger darauf. «Und hier wurde seine Frau gefunden», sein Finger wanderte ein ganzes Stück weiter. «Wie er es auch angestellt hat, so schnell, wie er behauptet, kann er unmöglich da hingekommen sein, selbst wenn sein Informant im Präsidium ihn sofort nach Bekanntwerden des Mordes informiert hat.»

Gossmann sagte: «Kann mal einer das Fenster aufmachen? Hier drinnen ist es heißer als in der Hölle.»

Er zog sich seinen Pullover über den Kopf. «Red weiter, Frank. Lass uns alle teilhaben an deinen Gedanken.»

«Was das bedeutet, ist doch klar. Er muss in unmittelbarer Nähe gewesen sein, als seine Frau umgebracht wurde. Vielleicht hat er sogar zugesehen. Im Protokoll steht, die Nachricht vom Fund der Leiche sei um 7.37 Uhr bei der Polizei eingegangen. Die ersten Streifenbeamten trafen um

7.44 Uhr auf dem Friedhof ein. Keine fünf Minuten später tauchte der Inder auf, gaben sie zu Protokoll. Wie kann er das geschafft haben? Soweit wir wissen, hat er kein Auto und kein Fahrrad.»

«Fragen wir ihn», sagte Judith.

Die Runde löste sich auf. Gutgelaunt verabschiedeten sich einige der Beamten in die Feiertage, die anderen bereiteten sich auf den Spätdienst vor.

Hinriksson sagte, er müsse rasch zu seiner Mutter, sie habe wie jedes Jahr an Heiligabend ihren speziellen Lammauflauf gemacht und rechne fest damit, dass er wenigstens zum Essen komme.

Judith wollte sich mit Tannen und Gossmann um den Inder kümmern. Für die Fahrt zu dessen Wohnung stellte Hinriksson ihnen einen Streifenwagen mit Chauffeur zur Verfügung.

«Anschließend kann er euch zur Party bringen», sagte Hinriksson. «Ich komme später nach.»

«Was für eine Party?», wollte Gossmann wissen.

«Draußen bei den Bloodhounds», sagte Tannen. «Im Studio. Kleines Fest am Heiligen Abend für Freunde. Vielleicht nehmen wir dich mit, was meinst du, Judith?»

Sie waren auf dem Weg zum Ausgang, als Judiths Handy einen Anruf meldete. Sie schaute auf das Leuchtdisplay und stöhnte auf. Nicht jetzt. Nicht Schäferkordt.

Sie sah Gossmann an. Irgendwie von unten nach oben, so wie Teenager-Töchter, wenn sie versuchen, ihre Väter rumzukriegen.

«Jetzt wäre der Moment, Richard, dir den Eintritt zur Party zu verdienen. Es ist Schäferkordt. Nimmst du ihn? Ich will jetzt nicht mit ihm reden, und ihr zwei könnt doch so gut miteinander.»

Was eine klare Verfälschung der Tatsache war.

Gossmann erbarmte sich. Widerwillig.

Der Staatssekretär des Innenministeriums wollte von ihm wissen, wie weit sie mit ihren Ermittlungen gekommen waren. Deutschland stehe Kopf wegen des Mestrom-Mordes. Alle Zeitungen, Magazine und TV-Boulevards berichteten über nichts anderes mehr. Es werde Zeit, die Angelegenheit zum Abschluss zu bringen. Irgendwelche Fortschritte? Morgen sei Weihnachten, in sechs Tagen Silvester. Wäre doch schön, den Mord noch in diesem Jahr aufzuklären.

So gingen sie weiter, Schäferkordts zynische Bemerkungen über den Verlauf der, wie er sagte, debakulösen Ermittlungen. Weiter und weiter.

Jedes Wort von Schäferkordt war Gossmann lästig, sein Gebrabbel hörte sich an wie ein brummendes Insekt im Ohr.

Gossmann musste nicht erst im Lexikon nachschlagen, um die Bedeutung der Beleidigungen zu erkennen.

«Kriegst du eigentlich deinen eigenen Tonfall mit?», fragte er Schäferkordt.

«Warum rede ich überhaupt mit dir?», antwortete Schäferkordt. «Wo steckt die Matt? Das ist ihr Telefon.»

«*Frau von* Matt sieht sich derzeit eine neue Schweinerei an, zusammen mit Tannen.»

«Herrgott, noch einen Mord?»

«Schuhe.»

«Schuhe?»

«Ganz richtig», sagte Gossmann. «So Sachen eben. Die beiden bringen ein bisschen Abwechslung in ihren Polizistenalltag.»

Die beabsichtigte Wirkung blieb nicht aus. Gossmann hörte Schäferkordt schnaufen.

Judith sah Gossmann an und schüttelte mürrisch den Kopf. Er konnte es nicht lassen, Schäferkordt zu triezen. Immer fiel ihm etwas ein. Jetzt auch.

Die Geschichte, die er in das Handy sagte, schmückte er mit ein paar prahlerischen Details noch ordentlich aus: «Ehe wir uns versahen, waren wir in einem Spiegelkabinett und wussten nicht, wohin wir uns zuerst wenden sollten. Wir haben jede Menge Heiden, die sich in ihrem spirituellen Privatuniversum fugenlos eingemauert haben. Eine undurchsichtige Filmcrew, angefangen bei der Produzentenfamilie, Mutter und Sohn. Einen deutschen Rechtsanwalt, der plötzlich auftaucht. Einen verdächtigen isländischen Kameramann und einen Schlagzeuger. Außerdem gibt es da noch den Ehemann der Toten und eine deutsche Gesellschaftskolumnistin, die uns auf die Nerven geht. Beinahe hätte ich die dreihunderttausend Isländer vergessen, die als Täter in Frage kommen. Kinder, Alte und Bettlägerige ausgenommen. Und Runen haben wir so viele, dass es für eine Konfettiparade in New York reichen würde. Wir sind also kurz vorm Ziel.»

«Verdammt nochmal!» Das war alles, was Schäferkordt dazu einfiel.

Judith hatte das Gefühl, sie hätte diesen Gesprächsverlauf voraussehen müssen.

«Komm, lass das mal jetzt, Richard. Ich rede mit ihm.»

Sie nahm Gossmann den Hörer aus der Hand.

Das Erste, was Schäferkordt zu ihr sagte, war: «Die Arbeit scheint für Sie ein nettes Amüsement zu sein.»

Tiefes, Unheil verkündendes Schweigen senkte sich herab. Dann fuhr Schäferkordt fort: «Sie wissen ja, dass ich mit Ihrer Nominierung von Anfang an meine Probleme hatte. Und im Moment denke ich ernsthaft darüber nach, ob Sie der Aufgabe gewachsen sind. Wenn ich es mir recht überlege, wäre jetzt ein guter Moment, um dem Innenminister Ihre Ablösung zu empfehlen. Was sagen Sie dazu?»

«Sie sind blau.»

«Was?»

«Blau, mit sechs Zentimeter hohen Absätzen. Die Schuhe, die ich mir gekauft habe.»

Judith beendete das Gespräch. Das würde Konsequenzen haben, aber es war ihr egal.

Gossmann und Tannen grinsten. Gossmann grinste mehr. «Langsam kapierst du, wie man mit Politikern umgehen muss.» Er klopfte ihr anerkennend auf die Schulter.

«Das war gemein», sagte Tannen. «Man kann einen Mann nicht dafür zur Rechenschaft ziehen, dass er einen Bandwurm im Gehirn hat.»

«Eines Tages wird man ihr eine Tafel aufstellen, wie in Lourdes», sagte Gossmann.

Judith klang verärgert: «Dieser Blödsinn, musste das sein, Richard? Ich traue ihm zu, dass er uns ein paar Aufpasser hinterherschickt, dann wird es hier ungemütlich.»

«Bis die hier sind», sagte Gossmann, «sind wir längst zu Hause. Das neue Jahr will ich in Deutschland anfangen, nicht in einem Land, wo Stinkefisch als Delikatesse gilt.»

Zehn Minuten später trafen sie vor dem indischen Lokal in der Hversfisgata ein. «Tadsch Mahal» hing in rotem Neonplasma über dem Eingang. Im Türfenster, von innen, vertröstete ein Schild in krakeliger Schrift die Besucher: *Bis auf weiteres geschlossen.*

Eine Holztreppe an der Außenseite des kleinen Hauses, dessen Wände vollkommen mit Wellblech verkleidet waren, führte zur Wohnung hinauf. Auch das Dach war mit Wellblech gedeckt.

Tannen ging als Erster. Die Stufen waren rutschig vom Schnee. Er fragte sich, wie oft der Inder oder seine Frau die Treppe wohl schon runtergesegelt waren. Oben, von der vorletzten Treppenstufe aus, spähte er durch ein Fenster, das vom salzigen Dunst ganz matt war. Er hielt inne, als er bemerkte, dass die Tür zur Wohnung nur angelehnt war. Sie bewegte sich leicht. Es war nur ein Gefühl, also musste es auch nicht unbedingt vernünftig sein, aber er spürte, irgendetwas stimmte hier nicht. Er zog seine Waffe und bedeutete Judith und Gossmann stehen zu bleiben.

Er lauschte auf Geräusche von innen. Er hörte nichts. Mit der Fußspitze stieß er vorsichtig die Tür auf und trat ein, beide Hände um die Waffe geschlossen.

Himmel, wie sah es denn hier aus!

Er stand in dem mit Möbeln vollgestellten Wohnzimmer. Die Einrichtung verriet weder Kenntnis noch Geschmack. An den grob verputzten Wänden hingen spärliche Stofffetzen, rote, grüne und gelbe, sie waren mit indischen Gottheiten und Sanskritschrift bedruckt. Tannen erkannte den Elefantenkopf von Ganesh und die glutäugige Kali. Ein vergilbtes Poster des Tadsch Mahal mit eingerissenen Seitenrändern bedeckte einen Teil der gegenüberliegenden Wand. Auf dem Fußboden: ein geschnitzter niedriger Holztisch, drei Lederhocker, die erbärmlich nach Kamel rochen, zwei schmale Läufer mit Fransen.

Das waren die Stücke, die noch an ihrem Platz waren. Der Rest war einem Wirbelsturm zum Opfer gefallen: ein umgestürztes Regal, ein offener Schrank mit leergefegten Fächern und Schubläden. Zerbrochenes Porzellan und jede Menge Papier. In der Küche, die den Geruch von Curry und Kurkuma verströmte, sah es kaum anders aus. Im Schlafzimmer hatte jemand die Matratze vom Bett gerissen und aufgeschlitzt, überall flogen Kleidungsstücke und Wäsche herum. Und Federn, jede Menge Federn.

Tannen steckte seine Waffe ein. Er ging wieder ins Wohnzimmer, wo Judith und Gossmann das Chaos inspizierten. «Wenn man sich hier mal umdrehen will, geht man auf den Flur, oder?»

«Seine Frau liegt in der Leichenhalle, und der Bursche haut einfach ab. Er hat Angst. Er muss im Besitz von etwas sein, das jemand unbedingt haben will», sagte Gossmann. «Geduld hat der keine, so wie der sich hier drinnen aufgeführt hat.»

Er beugte sich über den Krempel, der auf dem Tisch lag, Zeitschriften, Feuerzeug, eine angebrochene Zigarettenpackung, Büroklammern, eine Lesebrille, Zuckerdose, ein Schreibblock. Zwischen all dem Zeug stöberte er ein Foto von Julia Mestrom auf, ausgeschnitten aus dem Morgenbladed, als die Dreharbeiten begannen, denn das Bild zeigte die Schauspielerin, wie sie sich bei Außenaufnahmen mit dem Produzenten Hilmar Barring unterhielt. Neben ihnen stand Jan Kohrs, der Regisseur.

«Entweder», sagte Tannen, «haben die Typen, die das hier angestellt haben, ihn einkassiert, oder er konnte abhauen. Lassen wir die Spurensicherung anrücken, die wird sich freuen.»

Judith wählte die Nummer von Kommissar Hinriksson. Bevor sie ihm erzählen konnte, was passiert war, sagte er, was für ein Zufall, er habe sie nämlich auch anrufen wollen: Hilmar Barring sei verletzt.

«Ich bin auf dem Weg zu ihm. Zwei Schnittwunden am rechten Oberarm, nicht sehr tief. Er hat Glück gehabt.»

«Wie ist das passiert?»

«Er war im Studio, um das Setting für morgen zu überprüfen, als zwei Einbrecher eindrangen und ihn bedrohten. Was die nicht wussten: Der Regisseur hielt sich ebenfalls im Studio auf. Zum Zeitpunkt des Überfalls war er auf dem Klo, hörte einen Schrei und rannte los, um nachzusehen, was da los war. Er fand Barring blutend auf dem Boden. Die Einbrecher waren schon weg. Barring sagt, sie hätten Skimasken getragen.»

«Männer oder Frauen?», fragte Judith.

«Der, der geredet hat, war ein Mann. Bei der anderen Person ist sich Barring nicht sicher. Er sagt, die Person sei sehr klein gewesen, irgendwie dünn, nein, dürr hat er gesagt, irgendwie dürr. Ich schick ein paar von meinen Leuten zu den Armanen raus. Sie sollen Einarsson und dem deutschen Anwalt – wie heißt der nochmal? – auf den Zahn fühlen. Sobald ich mehr weiß, melde ich mich. Seid ihr noch im Hotel?»

«Wir gehen jetzt auf die Party», sagte Judith. «Mal sehen, ob alle Leute da sind, die da sein sollten. Oder ob der eine oder andere später kommt, weil er noch zu tun hatte.»

«Mit Barring zu tun hatte?», fragte Hinriksson.

«Genau das meine ich», erwiderte Judith und trieb Tannen und Gossmann zur Eile an.

23

Dicht an dicht standen schwere Motorräder vor dem Lagerhaus der Bloodhounds, viel mehr als bei Tannens letztem Besuch. An den meisten Bikes hingen schwarze Fähnchen mit dem Emblem der Bloodhounds: zwei vögelnden Doggen. Nicht zu glauben.

Sie stiegen aus dem Auto. Die Party war in vollem Gange. Aus einem vorstehenden Fenster kam wimmernde Gitarrenmusik, unterlegt mit rasant gezupften Basslinien, die im nächsten Moment von einem infernalischen Schlagzeugsolo abgelöst wurden. Dann kreischte, unter frenetischem Gejohle und Geklatsche, ein Gitarrensolo durch die Nacht und lief in ein leises Seufzen aus.

«Die wissen, wie man eine Party feiert», sagte Tannen und schnippte den mit neuer Wucht einsetzenden Rhythmus mit.

Das Lagerhaus war berstend voll. Judith klammerte sich an Tannens Arm, während sie sich, gefolgt von Gossmann, ihren Weg durch die grölenden und tanzenden Rocker und deren Bräute zu einer auf Paletten improvisierten Bühne bahnten, wo in diesem Moment der letzte Akkord des Stücks verklang.

Mit viel Mühe war die untere Etage des Lagerhauses zu einem Silvester gerechten Ambiente aufgemöbelt worden. Silvester an Heiligabend. In Massen hingen Girlanden von der Decke, an den Wänden klebte fingerdick buntes Krepppapier. Judith schätzte, es waren ungefähr sechzig bis achtzig Leute da, die Heiligabend auf ihre Art feierten und schon mal für das eigentliche Silvester probten, darunter vielleicht zwanzig Bloodhounds, die an ihren grünen Lederwesten über schwarzen T-Shirts zu erkennen waren. Der Ginger schaffte sich am Schlagzeug ab, Kristjánsson ließ seine Fingerkuppen über den Hals seiner Gibson Les Paul tanzen. Eine friedliche Gemeinschaft harter Jungs, die nichts anderes im Sinn hatte, als sich in den Armen zu liegen.

Neben der Bühne gab es eine behelfsmäßige Bar, hinter der Telma, die Managerin der Bloodhounds, und zwei Mädchen, höchstens achtzehn, alle Hände voll zu tun hatten, Bierflaschen in die ihnen entgegengestreckten Hände zu drücken.

«Meine Fresse, der Bulle!»

Der Ginger sprang hinter seinem Schlagzeug hervor, eingehüllt in eine Wolke Whiskygeruch.

«Du bist gut in Form», sagte Tannen und schüttelte ihm die Hand.

«Jo, Mann», sagte der Ginger grinsend, «geht schon wieder. Mit der Nase muss ich ja nicht trommeln.»

Von ihrem Nahkampf war seine Nase dick geschwollen.

Kristjánsson stieß zu ihnen, von der Bar rief Telma: «Ein Bier?», und zwinkerte Tannen zu.

Kristjánsson stützte seinen Arm auf der Schulter des Ginger ab.

«Er ist mein Bruder», sagte er. «Ein Rabauke, aber schwer auf Zack. Zwei beliebige Isländer haben spätestens in der siebten zurückliegenden Generation gemeinsame Vorfahren, deshalb ist er mein Bruder, klar?»

«Lauter bekannte Gesichter», sagte Tannen und schwenkte seine Bierflasche über ihre Köpfe. Er sah Hilmar Barring, der seinen rechten Arm in einer Schlaufe vor der Brust trug. Ihm schien es schon wieder besser zu gehen. Kurt Küster, der ramponierte Talker mit Schauspielerambitionen, der künftig mit drei Fingern weniger auskommen musste, hatte sich mit Eva Wahlberg in eine Ecke zurückgezogen und versuchte sie zu küssen, aber sie wehrte ihn lachend ab. Seit der unfreiwilligen Amputation hatte er Schmerztabletten eingeworfen wie Erdnüsse, und dafür hielt er sich ganz gut.

Mit Befremden registrierte Tannen, dass auch Arne Gauti da war, der Banker. Mit seiner Frau Ingrid, Julia Mestroms bester Freundin. Andererseits, als wichtigster Geldgeber des Films gehörte er ja gewissermaßen dazu. Bei ihnen stand Paolo Costa.

Die Musik kam jetzt vom Band, ein Stück von Blues-Gigant Joe Bonamassa, *The Ballad of John Henry*. Stark.

Kristjánsson sagte: «Ihr seid nicht zum Privatvergnügen hier, liege ich richtig?»

«Wie man's nimmt», erwiderte Tannen. «Ich persönlich empfinde großes Vergnügen dabei, Mördern das Handwerk zu legen. Mit ein bisschen Musik macht das doppelt Spaß.»

Gossmann hatte das Büfett entdeckt. Er überflog das Angebot, dann nahm er zwei gekochte Eier, eine Lammwurst, Chicken Wings und Salzgurken, dazu lud er sich einen Haufen Kartoffelsalat auf den Pappteller.

Der Ginger hielt in jeder Hand eine Bierflasche vor dem Bauch, zu Tannen sagte er: «Siehst du die Tante da drüben in der Ecke, gleich da vorn, mit den beiden Männern? Nein, nicht die da, das ist Ragnar, ihren Eltern gehört das größte Kino von Reykjavík. Ich meine die dahinten, weiter rechts. Das ist die Callas. Meine ehemalige Musiklehrerin. Bisschen klein geraten, was? Sie ist verrückt und weiß es nicht. Vor sechzehn Jahren hat sie den Schuldienst geschmissen und sich den Armanen um Einarsson angeschlossen.»

Die Callas war Freya. Sie führte ein erregtes Gespräch mit Pastor Ögmundur und Sigurpáll Einarsson, dem Armanen-Führer.

«Wieso ist der Heide hier?», fragte Tannen.

«Keine Ahnung», erwiderte Kristjánsson. «Eingeladen haben wir den nicht.»

Freya fauchte Einarsson an: «Total verrückt, mehr fällt

mir dazu nicht ein. Warum hätte ich diese Schauspielerin umbringen sollen? Oder die kleine Inderin? Ich hab sie gemocht, und du, Einarsson, du doch auch. Wie oft sind wir zum Dal-Essen in ihr Restaurant gegangen.»

Einarsson hob ihr Kinn an. «Dann erklär mir endlich mal, was du da zu suchen hattest, mitten in der Nacht am Tjörnin.»

Sie versuchte, ihren Kopf aus seinem Griff zu winden, doch Einarsson hielt ihr Kinn fest zwischen Daumen und Zeigefinger.

«Ich höre?»

«Ich bin dir nachgegangen. Ich wollte wissen, was du vorhast. Warum du nicht mit uns nach Hause bist, nachdem wir die Julfeier der Filmleute gesprengt haben.»

«Also gibst du zu, dass du am See warst?» Er ließ sie los.

«Den da», sagte Freya und zeigte mit zornigem Blick auf Pastor Ögmundur, «hab ich auch gesehen. Was hat er da gemacht? Hast du ihn das auch schon gefragt?»

«Du spionierst mir nach», sagte Einarsson, ihren Hinweis übergehend. «Seit wann tust du das? Was führt ihr im Schilde, du und von Schlippe? Er wird dir keine große Hilfe mehr sein, ich habe ihn vorhin von seinen Aufgaben entbunden.»

Freya trat einen Schritt zurück. «Menschenskind, du bist ein noch größerer Trottel, als ich dachte.»

Er hörte die Bitterkeit in ihren Worten und die Resignation.

«Dich will ich auch nicht mehr sehen. Pack deine Sachen und verschwinde. Ich weiß, du hast die letzten Monate gegen mich intrigiert und versuchst, die Gemeinde auf deine Seite zu ziehen. Aber du taugst nicht zur Führerin, dazu reichen weder dein Verstand noch deine Hingabe.»

«Geh doch zum Teufel!» Ihre Hand mit dem Weinglas schnellte hoch, ein Schwall billiger Fusel klatschte Einarsson ins Gesicht.

Unter Judiths missbilligenden Augen hatte Tannen inzwischen sein zweites Bier in Arbeit. Der Ginger sagte zu ihm: «Hast du das gesehen? Voll den Rotwein in die Fresse. Die Callas hat nichts von ihrem Temperament verloren. Früher in der Schule hab meistens ich es abgekriegt.»

Freya ging zu von Schlippe und flüsterte ihm etwas ins Ohr. Der hob den Kopf und sah zu Einarsson hinüber. Dann verließen sie gemeinsam die Party.

Durch eine Gruppe fröhlicher Trinker steuerte Eva Wahlberg auf sie zu, eine Frau, die darauf aus war, bemerkt zu werden: Sie trug ein schwarzes Cocktailkleid und hatte High Heels an, die Haare waren zu einer Wallemähne aufgeföhnt und mit Spray einbetoniert.

Als Tannen sie bemerkte, legte er seinen Arm um Judiths Taille und zog sie sanft mit sich.

«Ist es zum Tanzen nicht ein bisschen zu früh für dich?», fragte Judith spitz. «Deine Füße kommen doch erst bei 1,5 Promille auf Touren.»

«Möchte nur jemandem aus dem Weg gehen.»

«Der Klatschtante? Die magst du doch.»

Ein trommelfellzerfetzender Akkord peitschte aus den Boxen, irgendein Stück von Rammstein, dazu hätte Tannen auch mit drei Promille nicht tanzen können. Er wollte nach draußen.

Die frische Luft tat ihnen gut. Sie standen allein, Atemwölkchen vor den Mündern, neben einem aufgebockten Auto ohne Räder. Im Hinausgehen hatte Tannen zwei Flaschen Bier gegriffen, die er jetzt mit Hilfe einer Euromünze öffnete.

«Das waren ein paar ziemlich verrückte Tage», sagte er.

«Kann man wohl sagen.»

«Immer noch kein Bauchgefühl?»

Judith schüttelte den Kopf. «Nein, eigentlich nicht. Ich brauche mal wieder acht Stunden Schlaf, damit die Eindrücke sich setzen können. Bei diesem Fall gibt es vieles, was mir Sorgen macht.»

«Ich bin mir ziemlich sicher, dass der Mörder ein Könner ist. Er geht methodisch und überlegt vor. Er weiß genau, was er tut, und wird so schnell keine Fehler machen.»

«Einen Fehler hat er schon gemacht. Er hat uns verraten, dass er existiert. Trotzdem tappen wir im Dunkeln.»

«Du bist wie immer die große Pessimistin, wenn wir einen neuen Fall haben. Trotzdem endet es jedes Mal damit, dass wir den Mistkerl fassen.»

«Dann lass mich wenigstens einen Moment meinen Pessimismus genießen.»

Er versuchte, eine blonde Strähne aus ihrem Gesicht zu wischen.

«Lass das!»

«Natürlich, wir sind hier, um zu arbeiten, das hätte ich beinahe vergessen. Du hast so eine sympathische Art, immer zum richtigen Zeitpunkt über unseren Job zu sprechen.»

Judith roch den Schweiß, den Tannen verströmte, und sie hörte ihn gerne reden, vor allem, wenn er von ihr sprach. Sie genoss seine Zuwendung, und doch scheute sie davor zurück, denn es war lange her, dass sie eine Beziehung zu einem Mann gehabt hatte, und der letzte, das kam erschwerend dazu, war ihr Ehemann gewesen.

«War da nicht eben was?», fragte Tannen.

«Wo?» Judith wandte sich um.

«Zwischen uns beiden», sagte Tannen.

Sie trat ihm spielerisch gegen das Schienbein.

«Erzähl mir nicht, ich mach dich melancholisch.»

«Goethe?»

«Neil Simon.»

Das Spiel mit Zitaten aus Theaterstücken war in den vergangenen Monaten zu einer beliebten Gewohnheit zwischen ihnen geworden.

Die Scheinwerfer eines Autos tasteten sich den Weg zum Lagerhaus herauf. Im Wagen saß Kommissar Hinriksson. Bei all den Motorrädern gab es kein Durchkommen, daher parkte er den Wagen ein gutes Stück vom Lagerhaus entfernt.

Judith winkte ihm fröhlich zu. Tannen, um seine Chance gebracht, Judith das zu sagen, was er sich vorgenommen hatte zu sagen, knackte mit den Fingern in seiner Tasche.

«Stimmt was nicht?», sagte Hinriksson zu Tannen. «Du siehst angespannt aus.»

«Er trägt zu dieser Jacke immer offenen Mund», kommentierte Judith.

Kommissar Hinriksson fragte, ob sie Sigurpáll Einarsson gesehen hätten. Auf dem Hof der Armanen habe man ihm erzählt, er wolle auf das Bloodhounds-Fest, jemanden treffen.

«Diese Freya, seine Stellvertreterin», sagte Judith, «war auch da. Außerdem ein Mann, den ich vorher noch nie gesehen habe.»

«Freya und Einarsson haben sich gestritten. Freya hat ihn von oben bis unten mit Rotwein eingesaut», fügte Tannen hinzu.

Sie erzählten ihm, wen sie noch gesehen hatten.

«Fein», entgegnete Hinriksson, «dann haben wir sie ja

alle auf einem Haufen. Gehen wir rein, spielen wir ein bisschen böse Polizei.»

«Gib uns noch zwei Minuten», sagte Tannen. «Wir sind gleich so weit.»

Hinriksson nickte und verschwand.

«Nicht jetzt, Frank», sagte Judith. «Dies ist nicht der richtige Ort.»

«O ja, das ist er, so richtig oder falsch wie jeder andere Ort. Es wird Zeit, uns endlich mal ...»

Die Stimme von Judy Garland brachte ihn aus dem Konzept.

«Entschuldige», sagte Judith, die diesen Klingelton für einen besonderen Mann in ihrem Leben reserviert hatte. Sie wandte sich von Tannen ab, das Handy am Ohr.

«You belong to me», sagte Tannen. «Ich kenne das Stück. Über etwas Ähnliches wollte ich gerade mit dir reden.»

Judith drehte sich zu ihm um. Wurde sie etwa rot?

«Vielleicht nächstes Mal», sagte Tannen und schüttelte den Kopf. «Die Wahrheit hat immer das letzte Wort.»

Es tat Judith leid, ihn abgewürgt zu haben, aber wenn ihr Bruder anrief, hatte das Priorität.

Alexander Betzler wusste interessante Neuigkeiten, die er präzise und knapp formulierte.

«Vor acht Monaten wäre die Knossos Filmproduktions GmbH fast in die Insolvenz gegangen, weil sich Hilmar Barring mit seinem letzten Projekt, einem dreiteiligen Spielfilm über das Leben von Erich-Maria Remarque, restlos verschuldet hat. Fernsehsender in Frankreich, Spanien, England und Italien, auf die Barring als Co-Investoren spekuliert hatte, zeigten plötzlich kein Interesse mehr an dem glamourösen wie tragischen Leben des deutschen Schriftstellers, obwohl Barring extra eine Besetzung aus internationalen Stars verpflichtet hat. In Deutschland lagen die Einschaltquoten so miserabel im einstelligen Bereich, dass der Programmchef des Privatsenders, der den Film ausstrahlte, ihn bereits nach der ersten Folge aus dem Programm kippte. Zuschauerproteste gab es keine. Für diesen Film hat Barring das Tafelsilber des Familienvermögens geopfert, das vor fünfzehn Jahren immerhin noch dreizehn Millionen betrug, deutsche Mark. Aber dreizehn Millionen Mark sind auch nicht zu verachten. Der vorübergehend eingesetzte Insolvenzverwalter kassierte alle privaten Aktienfonds ein, sperrte die Konten, versteigerte die Gemäldesammlung und übernahm die Villa am Starnberger See als Sicherheit. Die Situation entspannte sich erst, als ein isländischer Bankier mit Namen Arne Gauti, alleiniger Inhaber der Privatbank Gauti, Beinteinsson & Leifs, sich bereit erklärte, den neuen Film von Knossos mit einer beträchtlichen Summe zu finanzieren.»

«Ich weiß, wer das ist. Seine Frau und er sind eng mit Julia Mestrom und ihrem Mann befreundet. Wahrscheinlich hat er es für Julia Mestrom getan, sie wollte diese Rolle unbedingt spielen.»

«Um es kurz zu machen: Das war Rettung in letzter Sekunde. Sollte auch dieser Film floppen, sieht es duster für ihn aus. Zappenduster. Die genauen Zahlen schicke ich dir später per Mail. Sie sind absolut zuverlässig.»

«Ich habe nichts anderes erwartet», sagte Judith. «Allerdings wundere ich mich mal wieder, warum deine Freunde beim Bundeskriminalamt oder sonst wo ihren Kopf für einen gesuchten Mörder riskieren.»

«Sie glauben an mich. Sie wissen, dass ich mit dem Mord an der Frau im Ebersberger Forst nichts zu tun habe, und das werde ich auch beweisen.»

Es tat ihr gut, die vertraute Stimme ihres Bruders zu hören.

Sie fragte ihn nach dem Treffen, das sie für ihn im Café Landmann in Wien arrangiert hatte.

Bislang hatte er über den mutmaßlichen Mörder, der sich Huntorp nannte, nur wenig in Erfahrung gebracht, aber das Gefühl, ihm näher zu kommen, nahm zu, und das erzählte er ihr.

«Ein Aussteiger, der früher selbst zu den Satanisten um Huntorp gehörte», sagte Alexander, «bis sie mit diesen widerlichen Ritualen anfingen, bei denen Mädchen vergewaltigt und Menschen getötet werden, da ist er weg, bei Nacht und Nebel. Drei Jahre lang hat er sich in Slowenien versteckt, in Mujar, wo er im Jachthafen einem Bootsbauer half. Vor ein paar Monaten kam er nach Wien, arbeitet für einen Russen, der groß im Holzgeschäft unterwegs ist. Er hat immer noch Angst, dass Huntorp ihn finden und umbringen wird.»

«Wie hast du ihn gefunden», fragte Judith, «wenn er mal hier und mal da ist?»

«So, wie du deine Leute auch findest. Man nimmt das eine Ende des Knäuels in die Hand, wirft den Rest so weit man kann und sieht nach, wo das andere Ende liegt. Was dann kommt, ist einfach.»

«Du willst nicht darüber sprechen, und ich werde dich nicht drängen. Versprich mir nur, dass du auf dich aufpasst. Du bist meine einzige Familie.»

«Und du bist meine, Judith.»

«Wenn dir etwas zustößt, weiß ich nicht, was passiert.»

«Ich schon, kleine Schwester, ich schon. Du wirst meinen Mörder suchen und ihn zur Rechenschaft ziehen.»

Während des Gesprächs hatte sich Judith vom Lagerhaus entfernt. Sie hörte die Musik nur noch aus der Ferne. Die Luft war so kalt, dass ihr Herz sich anfühlte wie ein Eiswürfel, aber sie wusste, das lag nicht nur an der Kälte, sondern auch an der Sorge, die sie sich um ihren Bruder machte.

«Brauchst du Geld?», fragte sie. «Wovon lebst du? Du musst mir sagen, wenn ich ...»

Die Geräusche eines Motorrads drangen durch die Nacht.

«Das ist lieb von dir», unterbrach er sie, «aber du hast schon genug für mich getan. Kümmere dich um diesen Dreckskerl, der Spielchen mit euch spielt.»

Das Dröhnen des unsichtbaren Motorrads wurde lauter.

«Danke für deine Hilfe», sagte Judith.

Alexander sagte: «Ich bin noch nicht fertig. Du sagst, die Beziehung von Arne Gauti und seiner Frau zu der Toten ist euch bekannt. Dann wisst ihr sicher auch schon, dass Gauti und Julia Mestrom ein gemeinsames Kind haben?»

«Du machst Witze!»

«Vor einundzwanzig Jahren hatten die beiden eine Affäre. Offenbar hat Gautis Frau keine Ahnung davon. Die Mestrom wurde schwanger und wollte das Kind nicht abtreiben. Sie ging nach Amerika und bekam es im Cedars Hospital in New York. Der Junge kam allerdings behindert zur Welt, geistig behindert. Seitdem lebt er in einem Pflegeheim in Sagaponak auf Long Island. Beide beschlossen, ihre Elternschaft zu vertuschen, aus gutem Grund. Julia Mestrom wegen ihrer Karriere, die auf den Höhepunkt zusteuerte, Arne Gauti wegen seiner Frau. Ein perfektes Arrangement. Sie hat den Jungen angeblich häufig besucht, aber Gauti ist kein einziges Mal dort gewesen.»

Aus dem Dunkeln tauchten zwei Motorräder auf, hinter ihnen kamen noch mehr.

«Woher weißt du das alles?»

«Meine Freunde sind dem Fluss des Geldes gefolgt. Dabei fielen ihnen ein paar ungewöhnliche Geldtransfers auf, die sie weiterverfolgten, darunter auch monatliche Überweisungen auf ein Konto der Chase Bank auf Long Island. Empfänger: Best Buddies, eine exklusive Einrichtung für geistig behinderte Menschen. Der Rest war ein Kinderspiel.»

Die Motorräder sprangen über den Hügelkamm und rasten direkt auf Judith zu. Schneematsch spritzte von ihren Rädern. Die Fahrer trugen lange dick gefütterte Ledermäntel. Auf dem Rücken der Mäntel stand in schwungvoller Schrift *White Palms*.

Immer mehr Scheinwerfer geisterten jetzt durch die Nacht, zehn, zwanzig, dreißig Motorräder rollten über den Hügelkamm und schlossen zu den ersten Maschinen auf, die im Leerlauf vor dem Lagerhaus standen und deren Motoren provozierend aufgedreht wurden.

Judith lief los. Ins Telefon rief sie: «Ich muss aufhören, Alexander. Du hast mir sehr geholfen. Ich liebe dich.»

Aus den Augenwinkeln sah sie, wie die nachfolgenden Bikes – es waren fast alles Harleys – sich nebeneinander aufstellten. Dem Anführer wurde eine Flasche gereicht, ein Lappen steckte in der Öffnung.

Der Anführer rief: «Wir haben gehört, hier steigt 'ne Party. Was dagegen, wenn wir mitmachen?»

Er hielt sein Feuerzeug an den benzingetränkten Lappen, der augenblicklich Feuer fing. Er wartete, bis die Flamme aufloderte, dann schleuderte er die Flasche mit einer weit ausholenden Bewegung durch die Luft gegen ein abgestelltes Motorrad.

Flammen züngelten an der Maschine hoch, als sich die brennende Flüssigkeit über sie ergoss, hüllten sie binnen Sekunden ein. Zwei Atemzüge später explodierte der Tank, das Motorrad wurde wie von einer Faust emporgehoben und krachte funkensprühend zu Boden. Alles brannte, sogar der Matsch brannte.

Judith riss die Tür zum Lagerhaus auf. An ihr vorbei stürmten ein Dutzend Männer nach draußen, aufgeschreckt durch die Explosion. Einer von ihnen war der Ginger, ihm folgten Tannen und Kristjánsson.

Der Ginger rief: «Jetzt seht euch diese schrägen Uhus an! Fackeln die einfach meine Harley ab.»

In seiner Wut wollte er losstürmen, doch Kristjánsson hielt ihn zurück, als er sah, wie viele Gegner darauf warteten, dass einer den Anfang machte.

«Schalte deinen verdammten Verstand ein!», sagte er zu ihm, der mit glühenden Augen versuchte sich zu befreien. «Vielleicht haust du einen von ihnen aus dem Sattel, vielleicht auch nicht, egal, wie es ausgeht, klar ist: Seine Leute werden dich in die Mangel nehmen, bis du mit dem Kopf im Dreck liegst. Und dann fängt der Spaß erst richtig an.»

Der Ginger war irgendwie weggetreten. Kristjánssons Worte schafften es nicht gleich bis in sein Gehirn. Er reagierte mit einer gewissen Verzögerung, als müssten seine Worte einen Bypass um zerstörte Synapsen und Nerven nehmen.

Tannen sagte zu Judith: «Was zum Henker ist mit diesen verdammten Isländern los? So wie's aussieht, hat der Crash nicht nur die Staatswirtschaft ruiniert, sondern auch ein paar üble Nachwirkungen bei der Bevölkerung hinterlassen. Wer sind die?»

Die letzte Frage galt Kristjánsson.

Dem war es mittlerweile gelungen, den Ginger so weit zu beruhigen, dass er keine Anstalten mehr machte, allein auf die sehenswerte Galerie aufgereihter Biker loszugehen.

«Na also, geht doch», sagte er gerade zu ihm. «Zurückhaltung habe ich schon immer bewundert, den Bogen nicht überspannen. Hören wir uns erst mal an, was die von uns wollen.»

Er wandte sich an Tannen: «Die nennen sich White Palms, man stelle sich das vor. Verpimpelte Idioten aus den Westfjorden, die sich weißes Puder in die Nase ziehen, damit sie die ganze Nacht tanzen und ficken können. Die wollen Reykjavík übernehmen, die Mädchen kontrollieren, Drogenhandel im großen Stil aufziehen. Aber hier haben die nix verloren, dafür sorgen wir. In den Westfjorden fällt nicht viel ab. Aber sie wollen größer werden. Überall, wo es etwas Verrücktes oder etwas zum Kaputtmachen gibt, sind sie dabei.»

Jemand sang leise vor sich hin. Die Worte undeutlich. Die Melodie nicht zu identifizieren.

Der Anführer hielt einen britischen Militärhelm aus dem Zweiten Weltkrieg in der einen und einen Baseballschläger in der anderen Hand, nun stieg er lässig von seinem Motorrad. Er hatte eine Nase, die aussah, als wäre sie mit einer Rolle 20-Cent-Stücke ausgestopft. Hinter ihm hüstelte jemand. Er ließ den Helm fallen und zog den Schläger geräuschvoll durch die Luft.

Schuuusch. Und noch einmal: Schuuusch!

Dabei klappten seine Jackenschöße auf, darunter sah man einen billigen bedruckten Pullover. War das etwa ein Pinguin auf seinem Wanst? Nicht möglich.

Zu Kristjánsson, der ihm am nächsten stand, sagte er: «Na, Schlaumeier, rate mal, was gleich passiert?»

Tannen fragte den Ginger: «Ist das der Häuptling von den Uhus?»

«Jo, Mann.»

«Wie heißt du?», rief Tannen dem Anführer zu.

«Bimbo. Man nennt mich Bimbo. Geht das in deinen Kopf rein? Und du bist?»

«Frank.»

«Kein Isländer, was?»

«Stimmt.»

«Dann ist das hier für dich also ein Auswärtsspiel.»

«Ich habe immer Lust auf eine kleine Spielerei.»

Der Ginger sagte laut: «Niemand weiß, wie Bimbo in Wahrheit heißt. Bimbo, darauf musst du erst mal kommen, dir so einen beschissenen Namen zu geben.»

«Guckt sich um wie einer, der gerade erst aufgewacht ist», sagte Gossmann, eine brennende Zigarette in der Hand, doch ohne Erinnerung, sie angezündet zu haben. Seit der Ankunft der White Palms ging es mit seiner Laune steil bergab.

Der Ginger drängelte sich vor. Als Bimbo ihn neben Kristjánsson treten sah, lächelte er. Als er das merkwürdige Messer in Kristjánssons Hand sah, lachte er schrill auf. Als er die Waffe in Gingers Hand sah, kriegte er das große Wundern.

Tannen identifizierte die Pistole mit Kennerblick als Springfield EMP mit 9-Patronen-Stangenmagazin, ziemlich alt, wahrscheinlich vom Schwarzmarkt, wirklich schön.

«Seit wann macht ihr Bloodhounds mit Kanonen rum?», fragte Bimbo.

Er starrte immer noch auf Gingers Hand, als überlegte er, wie die Waffe dort hingekommen war.

«Ich wäre schlimm dran, Bimbomaus, wenn ich dir das auf die Nase binden würde.»

Bis jetzt hatte Kommissar Hinriksson abgewartet, nun zog er seine Dienstmarke, um dem Spuk ein Ende zu machen, hielt sie über seinen Kopf.

«Besser, ihr verschwindet, sonst nehme ich ein paar von euch mit.»

Gejohle, spontanes Händeklatschen waren die Antwort. Flaschen und Baseballschläger wurden gegeneinandergeschlagen, was einen Höllenlärm verursachte. Klick klock, klick klock, klock, klock. Provozierend.

«Ich weiß, du bist einer der Oberbullen in der Stadt, aber hier hältst du dich raus, ja? Das geht nur uns und die Bloodhounds was an. Sieh dich um, was siehst du? Ich sag's dir: Vierunddreißig übermotivierte Sportler, die klare Verhältnisse schaffen wollen, ein für alle Mal und dann nie wieder. Glaubst du, wir lassen uns von einem Bullen den Spaß verderben?»

Hinriksson zog seine Dienstwaffe. Judith, Tannen und Gossmann machten es ihm nach.

«Wie bist du an die Knarre gekommen?», fragte Tannen den Ginger. Der spuckte aus und antwortete, ohne den Blick von Bimbo und seinen Leuten zu lassen: «Die ist von meinem Alten. Als meine erste Schwester geboren wurde, beschloss er, sich in zehn Jahren eine Kanone zu kaufen. Als kurz darauf meine zweite Schwester zur Welt kam, schaute er sich doch lieber sofort im Waffenladen um, man darf ja nicht alles auf die lange Bank schieben, sagte er, sonst steht plötzlich die Pubertät vor der Tür und mit ihr eine Horde dreistgeiler Pickelfressen, die meinem zarten und verletzlichen Nachwuchs an die Wäsche will.»

«Halt mal 'ne Sekunde den Rand», brüllte Bimbo. «Wir

sind nicht zum Quatschen hergekommen. Und ihr da», er deutete auf die vier Polizisten, «macht euch nicht lächerlich, das passiert nämlich ganz fix, wenn man sich mit uns anlegt.»

Er steckte zwei Finger in den Mund, ein gellender Pfiff ertönte. Aus den hinteren Reihen traten sechs Rocker mit Gewehren nach vorn. Tannen registrierte acht landestypische Jagdgewehre, eine AK 47 Maschinenpistole und drei Schrotflinten, eine mit abgesägtem Lauf.

«Bitte sag mir, dass du nicht zu dämlich bist, um das zu verstehen, Bulle», sagte Bimbo mit einer einladenden Handbewegung zu seinen Männern. «Ein Ultimatum: Jeder, der nichts mit den Bloodhounds zu schaffen hat, kann verschwinden. Fünf Minuten, mehr gibt es nicht.»

Ein Haufen prügelwütiger Wichser. Das törnte sie an. Angst zu verbreiten, zu drohen. Und dann loszuschlagen.

«Du redest wie jemand, der einen an der Waffel hat», sagte der Ginger. «Keiner geht hier weg.»

Tannen, an seiner Seite, sagte: «Ich seh euch an und denke, was sind denn die, Leichenbestatter? In diesen schwarzen Lederspielanzügen. Aber was ich wirklich nicht kapiere: Wieso hab ich das Gefühl, ihr seid bloß damit beschäftigt, euch selbst zu beeindrucken?»

Bimbo blinzelte Tannen an wie eine Kröte, die gerade aus dem Sumpf gekrochen war. Ein hünenhafter Kerl. Er war gut einen Kopf größer als Tannen und mindestens sechzig Pfund schwerer.

«Hast du hier was zu sagen?», fragte Bimbo.

«Darauf kannst du wetten. Ich sag dir, wo's langgeht. Als Bulle hat man so seine Vorstellungen.»

«Hier kommt noch ein Bulle, der gern spielt», sagte Gossmann.

«Ich bin die Vierte im Ensemble», sagte Judith.

Die Mitteilung schien Bimbo aus dem Konzept zu bringen. Hilfesuchend sah er sich nach seinen Leuten um, winkte zwei von ihnen zu sich und beriet sich mit ihnen.

Der Ginger sagte: «Als Schläger ist Bimbo recht brauchbar, aber du darfst ihm nicht mit Kniffeleien kommen.»

Dann drehte Bimbo sich um, der Baseballschläger wippte auf seiner Schulter.

«Der Vorschlag sieht folgendermaßen aus: Drei White Palms gegen drei von euch. Nur Messer, keine Kanonen. Niemand sonst wird verletzt. Drei gegen drei, ganz einfach. Wenn eine Partei zwei Kämpfe gewonnen hat, ist die Show vorüber. Der Sieger kriegt Reykjavík. Ein Deal vor Zeugen und der Polizei. Na, nicht ein bisschen gespannt?»

Der Ginger verharrte mit erhobener Waffe und ließ sich das erst einmal durch den Kopf gehen. «Nur drei? Wo bleibt denn da der Spaß?»

«Bist du taub, Mann?»

Kommissar Hinriksson rief: «Mach keine Sachen, Mensch, ich weiß, wo ich euch finde, wenn das vorbei ist, und dann buchte ich euch ein, so einfach ist das.»

«Drei von uns gegen drei von euch, das ist der Deal, und sonst gibt's kein Vertun.»

Der Ginger zog Kristjánsson beiseite. «Der versucht, uns nervös zu machen. Verstehst du, was ich meine? Damit wir hier rumrennen und uns in die Hosen scheißen.»

«Bringen wir es hinter uns», erwiderte Kristjánsson. «Wen nehmen wir als dritten Mann?»

«Wir beide kommen mit denen klar, aber sonst sehe ich keinen in unserm Verein, der *mano a mano* mithalten könnte. Ich frag mal Frank», der Ginger grinste und zeigte auf Tannen, «der hat mich neulich vermöbelt.» Er ging ein paar Schritte auf Tannen zu.

«Also, was ist nun?», fragte abrupt eine ungeduldige Männerstimme. Bimbo.

«Sachte, Bimbo. Heute hat's jeder eilig», sagte Kristjánsson.

Bimbo reckte den Baseballschläger in die Luft. Im nächsten Augenblick schlug eine Salve aus den Gewehren in ein Motorrad der Bloodhounds ein. Die Maschine verendete in einem Splitterhagel, sie würde nie wieder auch nur einen Meter weit fahren.

«Scheiße, Scheiße, Scheiße», schrie Kristjánsson. «Die Karre hat mich mein Erbe gekostet. Den Kerl mach ich kalt, ich schwör's! Den mach ich kalt!»

«Willst du meine Meinung wissen, Judith?», fragte Tannen.

«Was du willst, das weiß ich. Menschenskind, so wie die sich anstellen, brauchen wir einen Krankenwagen, wenn die anfangen, Ernst zu machen. Hast du die vielen Frauen auf der Party gesehen? Um die mach ich mir Sorgen.»

«Wir regeln das schon», sagte Tannen.

Hinriksson stellte sich ihm in den Weg. «Du hast hier nicht die Kompetenz, um solche Entscheidungen zu treffen.»

«Ich bin privat hier», antwortete er. «Bin ich doch?»

Judith nickte. «Er hat seit fünf Minuten Feierabend.»

«Das kann ich nicht zulassen. Judith, was soll das?»

«Lass ihn. Frank tut nie etwas Unüberlegtes, und du könntest die Zeit nutzen und deine Kollegen benachrichtigen. Wenn die nicht bald hier sind, gibt es ein Blutbad.»

«Dann werden wir uns mal um diese Genies kümmern», sagte der Ginger. «Was Frank?»

Tannen fand, dass diese Typen nicht daran dachten, sich an Absprachen zu halten, aber zu Judith sagte er nichts davon. Sich darüber Gedanken zu machen, verschob er auf später.

Tannen betrachtete Bimbos Maschine. «Old Shovelhead, stimmt's?»

«Ja. Laut.»

«Ein hübscher Schlitten.»

«Dachte ich mir, dass er dir gefällt.»

Tannen schoss sein ganzes Magazin leer. Die Doppelwandreifen platzten, der Tank schlug leck, der Scheinwerfer splitterte, das Sitzleder zerriss, die Speichen verbogen sich.

Bimbo stand da, sprachlos, mit offenem Mund, stand einfach nur da und starrte seine Old Shovelhead an.

Tannen sagte: «Ich hab den Punktestand ein bisschen verringert. Ihr liegt immer noch mit einer Maschine vorn.»

Seine Waffe zielte genau auf Bimbos Nasenwurzel.

«Was dagegen? Ich hab keine Ahnung, wie viele Kugeln da noch drin sind, eine bestimmt, und die ist für dich, wenn du glaubst, du musst dich jetzt aufregen.»

«Um dich kümmere ich mich gleich selbst», sagte Bimbo so leise, dass Tannen ihn kaum verstehen konnte. Dann brüllte er: «Keine Kanonen, sonst ist alles erlaubt!»

Er pfiff zwei von seinen Männern zu sich. Sie warfen die Gewehre weg und zückten ihre Messer, Tannen kamen die Messer so groß wie Macheten vor. Einer der Männer trug ein Piratenkopftuch, der Rest seines Gesichts wurde von einem roten Vollbart bedeckt, der ihm bis auf die Brust wucherte. Der andere war größer und hatte einen nietenbeschlagenen schwarzen Lederoverall an.

«Wir wären dann so weit», rief Bimbo, während er sein Messer am Jackenärmel abzog.

Tannen fragte: «Alle sechs auf einmal?»

Bimbo sagte: «Worauf du dich verlassen kannst. Ich zieh dir einen Ring durch die Nase und führ dich an der Leine durch die Stadt.»

Kristjánsson riss sein Faustmesser mit der halbmondförmigen Schneide hoch.

Der Ginger schwang eine Eisenkette, die Springfield lag neben ihm auf einer verrosteten Öltonne. «Die Kette ist meine Lebensversicherung. Was soll ich mit einem Scheißmesser?»

Tannen blieb stehen und pendelte sein Gewicht aus, indem er den linken Fuß nach vorn stellte und Hüfte und Schultern in Position brachte. Zwei Schritte hinter ihm lauerten Kristjánsson und der Ginger.

Der Trick war, seinem Gegner nicht in die Augen zu sehen und sich vorzustellen, man sei weit weg und kämpfe im Training gegen den verhassten Ausbilder. Bei diesem Gedanken schoss Adrenalin wie ein Stromstoß durch Tannens Körper. Er wollte sein Messer nicht herausziehen – noch nicht. Wie würde das aussehen?

Dann ging alles rasend schnell.

Mit drei Sätzen sprang Bimbo los. Professionell, wie er das Messer hält, dachte Tannen. Die Klinge in der Faust sauste von unten nach oben, nicht wie bei einem Blödmann von oben nach unten. Tannen versuchte den Stoß mit dem linken Unterarm abzublocken. Bimbo reagierte augenblicklich und neigte die Klinge zur Seite. Die Spitze schlitzte Tannens Ärmel auf, drang durch den Pullover und riss ein Stück Haut aus seinem Unterarm. Bimbos Stiefelspitze landete zwischen Tannens Beinen.

Judith zuckte zusammen.

Der zweite Angriff kam weniger präzise, aber mit einem klaren Ziel. Diesmal hatte es Bimbo auf Tannens Kniescheibe abgesehen, er tauchte ab, das Messer zuckte blitzschnell nach vorn. Tannen spannte die Oberschenkel und stieß sich ab, scheinbar ohne Anstrengung schien er plötzlich in der Luft zu stehen. Mit dem linken Fuß trat er gegen die Führhand seines Gegners und kickte das Messer weg, fast gleichzeitig krachte sein rechter Fuß mit dem Absatz gegen Bimbos Schläfe und holte ihn von den Beinen. Immer noch schien Tannen zu schweben.

Später konnte Judith nicht mehr sagen, wer von den beiden zuerst den Boden berührte. Bimbo fiel lautlos und schwer auf die Schulter, sein Kopf klatschte ungesund in den Matsch. Er blieb reglos liegen. Tannen nutzte den Schwung der fließenden Bewegung und landete vor dem Vollbart, blitzartig schossen seine Hände vor, mit ausgestreckten Fingerspitzen, und fällten den Vollbart mit einem doppelten Treffer auf den Kehlkopf, seine Augen rollten nach hinten, nur das Weiße war noch zu sehen, dann kippte er zur Seite weg.

Der dritte der White Palms hatte staunend zugesehen. Er ließ sein Messer fallen und riss eine Pistole aus der Jacke.

Tannen sah es.

«Bist du noch am Ball, Frank?», rief Gossmann. Er hatte es auch gesehen.

Tannen spürte, wie seine Hoden anschwollen. Er schloss die Augen, um ein paar Sekunden auszuruhen. «Mach du.»

Gossmann richtete seine Waffe auf den Großen. Judith auch. Hinriksson auch. Der Große fing zu kreischen an, versuchte Kopf und Brust mit einer Hand zu schützen.

«Wirf sie weg!», rief Gossmann. «Aber ganz schnell.»

Ob es an Gossmanns Englisch lag oder ob der Typ irgendwie den Faden verlor, wer weiß, jedenfalls fuchtelte er weiter mit seiner Kanone rum, und als die Waffe mit der Mündung auf Gossmann zeigte und sich ein Schuss löste, der ihn haarscharf verfehlte, schoss Gossmann ihm zweimal mitten durch die Hand in die Brust. Er sah, wie die Waffe in die Höhe schnellte und durch die Luft flog.

«Warum macht der so einen Scheiß?», fluchte Gossmann und ging nachsehen, wo er ihn erwischt hatte. Er hasste es, von seiner Waffe Gebrauch zu machen. Kaum zu glauben, dass er tatsächlich auf den Mann geschossen hatte.

Der lag zusammengekauert wie ein Fötus auf dem Boden. Gossmann sah sich die Verletzung an, zwei saubere Lungendurchschüsse. Wenn der Krankenwagen bald käme, würde er durchkommen, aber für den Rest seines Lebens Probleme beim Treppensteigen haben.

Judith kniete bei Tannen. «Danke», sagte sie. Das war alles. Zunächst. Sie zog ihm die Jacke aus und sah sich die Wunde an.

«Deshalb machst du so ein Theater?», sagte sie erleichtert.

Ein langer, tiefer Schnitt, schmerzhaft, aber aus Tannens Personalakte wusste sie, dass er während seiner Zeit bei der GSG 9 weitaus schlimmere Blessuren davongetragen hatte, vor allem bei Einsätzen, von denen die Öffentlichkeit nichts wissen durfte und nie etwas erfahren würde. So fragte sie sich zum Beispiel, was für Spuren die Splittergranate jenseits der Narben auf seinem Rücken hinterlassen haben mochte, die bei der Befreiungsaktion von sechs deutschen Geiseln im Jemen in seiner Nähe detoniert war. Danach hatte er sechs Wochen im Krankenhaus gelegen. Im Krankenhaus war er oft, fünf Mal insgesamt. Judith wusste wo, wie, wann und warum. Sie war sein Chef.

Bimbo kam wieder zu sich, schüttelte sich den Kopf frei. Stemmte die Hände in den Matsch, drückte sich hoch, kam langsam auf die Beine, erst auf die Knie, dann auf die Füße. Vier seiner Leute kümmerten sich um ihn. Er schwankte. Sie redeten auf ihn ein.

Dann drehte sich Bimbo um: «Das war nur das Vorspiel. Jetzt fängt der Tanz erst richtig an.»

Seine Augen blitzten gierig. Jemand reichte ihm seinen Baseballschläger.

«Du», sagte er zu Tannen, «komm her!»

Hinriksson sagte zu Judith, er werde schießen, wenn sich einer von denen von der Stelle rühre. Sie fragte ihn, wie viele Gewehre und Pistolen er auf der anderen Seite zähle.

Zu viele. Er steckte seine Waffe wieder weg. Gossmann auch. Judith auch. Sie mussten Zeit gewinnen, und das konnten im Moment nur Tannen, Kristjánsson und der Ginger hinkriegen.

Bimbo umklammerte den Griff seines Schlägers mit beiden Händen.

«Wenn sich einer einmischt, fangen meine Jungs an, Löcher in die Luft zu schießen, ich kann nur hoffen, dass keiner von euch den Kugeln in die Quere kommt.»

In derselben Sekunde machte er – weit nach vorn, sehr weit – einen Ausfallschritt und hieb den Schläger in Richtung auf Tannens Kopf. Tannen duckte weg. Der Schwung des Schlags riss Bimbos Arme mit sich, ihn selber auch. Er landete auf den Knien, wieder mal, die Arme ausgestreckt, der Schläger steckte im Dreck. Tannen wollte ihm den finalen Treffer auf einen geheimen, nur wenigen Chinesen und noch weniger Deutschen bekannten Punkt über dem

Schlüsselbein verpassen, doch Kristjánsson war bereits über ihm, sein komisches Messer mit der mondförmigen Sichel erwischte Bimbos Handgelenk einen Zentimeter hinter der Handwurzel.

Die Hand mit dem Baseballschläger fiel ab. Fiel einfach ab. So etwas hatte Tannen noch nie gesehen. Sie fiel mitsamt dem Schläger in den Matsch, die Finger hielten den Schläger immer noch fest.

Der gellende Schrei Bimbos vermischte sich mit dem Sirenengeheul der herannahenden Polizeifahrzeuge und der Krankenwagen. Die blauen Lichter zuckten, und die Sirenen wurden lauter.

Hinriksson riss seinen Gürtel aus der Hose und band den Arm ab, dem die Hand fehlte, sagte: «Du bist verhaftet.»

Die White Palms schwangen sich auf ihre Motorräder und rasten los. Bimbo und ihren angeschossenen Kumpel ließen sie zurück.

Auf dem Weg zum Lagerhaus klopften seine Freunde Kristjánsson von allen Seiten auf die Schulter.

«Mensch, Alter!» – «Keine Hände, keine Kekse!» – «Sauberer Cut!» – «Dem hast du gezeigt, wer in Reykjavík die Pampers anhat!» – «Suuuper!»

Richard Gossmann ging ihm nach, keine Kippe in der Hand diesmal.

«Aus reiner Neugier», fragte er Kristjánsson, «benutzt du das Messer oft?»

«Du solltest mal sehen, wie es mit einem Hühnchen fertig wird.»

«Du verstehst, mit dieser Art Messer umzugehen. Ich hab gesehen, wie du im richtigen Winkel losgelegt hast. Auf den Winkel kommt es an, nicht wahr? Wollen wir ein bisschen reden? Mich würde interessieren ...»

Ehe Gossmann zu Ende sprechen konnte, ergriff Kristjánsson seinen Ellenbogen und dirigierte ihn weg vom Lagerhaus, weg von den anderen.

Und was machte Gossmann?

Er ging mit ihm.

24

Judith und Tannen gaben ihre Sicht der Ereignisse zu Protokoll und holten sich ein frisches Bier an der dichtumlagerten Bar.

Eine Stunde nach der unerfreulichen Unterbrechung, als alle verhaftet waren, die verhaftet werden mussten, und die Verletzten abtransportiert waren, ging die Party in die zweite Runde. Der Zwischenfall steckte allen in den Knochen und wurde weggesoffen. Im großen Stil. Der DJ legte *Smoke on the water* von Deep Purple auf, das Stück hatte noch immer seine Aufgabe erfüllt. Fast alle tanzten, angefeuert durch das langsam verebbende Adrenalin in ihren Körpern.

Judith fand, Tannen tanzte gut. Sie mochte seine fließenden Bewegungen, das Tap-tap seiner Füße im Rhythmus, und Tannen mochte, wie sie ihren Oberkörper den Gitarrensoli von Ritchie Blackmore anpasste, so weich, so frei, so sinnlich. Sie mochte es, so wie es war, aber sie sagte es ihm nicht, wie immer.

Telma bestellte für Arne Gauti und seine Frau eine Bloody Mary. Gleich im neuen Jahr würde sie Gauti in seiner Bank besuchen und ihn um einen Kredit bitten. Die Bloodhounds brauchten Geld. Geld für neue Technik, Geld für neues Equipment, Geld zum Leben und Geld zum Reisen. Zum Sterben brauchten sie auch Geld, aber bis dahin hatte es noch ein bisschen Zeit. Einer wie Gauti war wichtig.

«Können wir heute Abend versuchen, so zu tun, als wären wir weit weg von Deutschland?», fragte Tannen. «Weit weg von unseren Pflichten und Gewohnheiten? Einfach weg von allem, einfach nur hier?»

Bis auf eine winzige Unstimmigkeit ging *Smoke on the water* in *Poison* von Alice Cooper über. Ihre Körper wiegten sich im Takt und kamen sich näher. Tannen griff nach ihren Händen, aber Judith entzog sich ihm, lachend, drehte sich einmal um die eigene Achse, tanzte weiter zu Cooper.

«Alle amüsieren sich», sagte Judith. «Schau sie dir an. Da ist der Ginger, siehst du ihn?» Der Ginger tanzte jetzt mit Telma. «Bist du eifersüchtig? Auch Arne Gauti und seine Frau scheinen sich zu amüsieren. Sie hängt in seinen Armen wie ein Mädchen beim Abschlussball.»

Sie sahen den Führer der Armanen, Sigurpáll Einarsson, mit Ögmundur, dem Pastor der Hallgrimskirche. Sie hatten sich in eine Ecke zurückgezogen und sprachen aufeinander ein, die Köpfe gesenkt, manchmal nickend. Immer öfter erschien ein Lächeln auf ihren Gesichtern.

Jan Kohrs, der Regisseur, knutschte, typisch, mit einem siebzehn-, höchstens achtzehnjährigen Mädchen, einer sehr, sehr hübschen Isländerin, die er in den nächsten Tagen wahrscheinlich mit einer winzigen Nebenrolle für ihr Entgegenkommen belohnen würde.

Jeder hatte seinen Spaß, jeder.

Kurt Küster, der nachmittags aus dem Krankenhaus entlassen worden war, schwenkte seine bandagierten Finger und erzählte allen, wirklich allen, die Geschichte seiner Verstümmelung, an die er sich kaum erinnerte, weshalb sie jedes Mal ein bisschen anders und auf jeden Fall dramatischer ausfiel.

An seinen Lippen hing Eva Wahlberg mit ihrer Witterung für gute und bessere Geschichten. Jetzt bekam sie aus erster Quelle O-Ton, worüber einer noch glücklicher war als sie selbst, nämlich Küster, der alle verschossenen Bonmots nun doch noch an die Frau bringen konnte, die dafür sorgen würde, dass man sie in wenigen Tage tatsächlich druckte.

Tannen zog Judith von der Tanzfläche auf die Seite.

«Ich hab ein Geschenk für dich», sagte er. «Eigentlich wollte ich es dir erst morgen geben. Willst du es sehen?»

«Frank, wir sind Kollegen, wir arbeiten jeden Tag zusammen, das funktioniert so nicht. Hör auf.»

Er sagte, ihm sei das egal, er habe ein Geschenk, und damit basta. Es befand sich in der Innentasche seiner Jacke, die über einem Stuhl hing. Er griff in die Tasche, um das Päckchen herauszuholen. Als er sich umdrehte, hatte Judith auch für ihn ein Geschenk in der Hand. Einen Briefumschlag mit einer kunstvoll geflochtenen roten Schleife.

Tannen sagte: «Hier, na los doch, mach es auf, bitte!»

Judith zerriss das Papier, weil sie nicht genügend Geduld aufbrachte, das Geschenk in Ruhe auszuwickeln.

Es war ein zerfleddertes Buch mit abgegriffenem Einband, eine Ausgabe von *Golden Boy* des amerikanischen Dramatikers Clifford Odet, mit einer Signatur des Autors auf der ersten Seite, William Holden und Barbara Stanwyk spielten in der Verfilmung die Hauptrollen. Schon vor

Wochen hatte Tannen das Buch bei einem New Yorker Autographenhändler über E-Bay gekauft und sich nach Deutschland schicken lassen.

«Wie wunderbar», sagte Judith und strich zärtlich über den Einband, «wie wunderbar, wie wunderbar!»

Sie dachte an das Geld, das er dafür bezahlt haben musste, mit Sicherheit ein kleines Vermögen, denn Signaturen berühmter Schriftsteller in eigenen Erstausgaben hatten ihren Preis, und das Buch, das er ihr geschenkt hatte, war eine Erstausgabe.

Sie küsste ihn auf die Wange und sagte: «Danke!», und überreichte Tannen, beschämt von seiner Großzügigkeit, ihr Weihnachtsgeschenk: einen Gutschein für einen echten Island-Pullover aus dem «Old Wool Shop».

«Wenn da ein Elch drauf ist, gebe ich den Pullover zurück», sagte Tannen gerührt. Von Judith einen Pullover zu Weihnachten – das war ein Fortschritt. Oder?

Der Ginger setzte sich hinter sein Schlagzeug, sagte etwas auf Isländisch ins Mikrophon, worauf sich alle Blicke Tannen zuwandten, und holte aus seinem Instrument raus, was er konnte. Seine Fans umringten ihn und stachelten ihn mit Kreischen und Klatschen an, bis sein T-Shirt völlig durchgeschwitzt war und er mit einem letzten Trommelwirbel und dem finalen Schlag auf die Bass-Drums erschöpft die Stöcke ins Publikum warf.

Jemand reichte ihm ein Bier, das er in einem Rutsch trank.

Er kam zu Tannen und Judith und sagte zu Tannen, Schweißperlen auf der Stirn: «Das war mein Dankeschön an dich. Von mir wollen die Leute nicht nur so ’n dezentes Rascheln mit dem Stahlbesen. Und jetzt lass uns nicht mehr darüber reden, klar? Hoffentlich spricht sich nicht herum, dass uns ein deutscher Bulle den Rücken freihalten musste.»

«Davon versteht er was, vom Rücken freihalten», sagte Judith. «Aber glaub jetzt bloß nicht, ihr könnt ihn behalten.»

Sie wollte Tannens Hand nehmen, wollte gehen, weiter mit ihm tanzen, es war Heiligabend, doch der Ginger sagte, er müsse mal kurz allein mit Tannen reden, ganz privat. Judith sah ihnen nach, wie sie die Treppe in den ersten Stock hinaufgingen.

Auf dem Boden in der Küche entdeckte Tannen noch Reste des getrockneten Blutes, das von seiner ersten Begegnung mit dem Ginger stammte.

Der Ginger sagte: «Die Sache ist die, Mann: Ich stecke in einer Scheiß Zwickmühle, kannst du mir folgen?»

«Dir schwirrt immer etwas Verrücktes im Kopf herum, nicht?»

«Meist kriege ich es so hin, dass keiner was merkt.»

«Aber nicht dieses Mal.»

«Wir haben Besuch. Von jemandem, an dem ihr interessiert seid. Er ist bei uns untergekrochen, seit er weiß, dass ihr ihn sucht. Wie es aussieht, seid ihr nicht die Einzigen. Er versteckt sich noch vor jemand anderem, jemandem, vor dem er richtig Schiss hat. Ich will keine Schwierigkeiten mit der Polizei, und du scheinst in Ordnung zu sein, deshalb rede ich mit dir. Der Mann, um den es geht, ist ein Freund von mir, von der Band, er kommt häufig vorbei und hört zu, wenn wir proben, er mag unsere Musik, und wir mögen ihn, weil er manchmal auch was zu essen mitbringt. Heute Nachmittag tauchte er auf, ziemlich durch den Wind, so habe ich ihn noch nie gesehen. Er wollte zu Kristjánsson, die beiden zogen sich in Kristjánssons Zimmer zurück, von wo sie erst nach einer halben Stunde wieder rauskamen. Er sagte, diesmal würde unser Freund für eine Weile bei uns bleiben, und das gehe niemanden etwas an. Ob wir das kapierten? Dann verfrachtete er ihn in ein leeres Zimmer, aber als ich nach ihm sehen wollte, war das Zimmer abgeschlossen. Ich klopfte an, rief seinen Namen, aber er reagierte nicht. Kristjánsson hat mich wohl gehört, kam an und spielte sich auf, sagte, ich solle mich verziehen. Okay, denke ich, das ist was zwischen den beiden, halte ich mich eben raus. Das Dumme ist nur, niemand hat ihn seitdem gesehen. Gegen Abend fragte ich Telma, ob sie ihm Kaffee und was zum Essen gebracht hat. Sie sagte, das hätte Kristjánsson schon gemacht. Ich bin wieder zu dem Zimmer, immer noch abgeschlossen, hab wieder geklopft, aber da drinnen rührte sich nichts, und langsam mach ich mir Gedanken, was da los ist in dem Zimmer.»

Tannen wartete, aber mehr kam nicht, was ihn erstaunte, da der Ginger ihm den Namen des Mannes schuldig geblieben war.

«Jo, Mann», sagte Karl, als wäre er bei einer Lüge ertappt worden, «der Mann ist der, von dem du denkst, dass er es ist.»

Tannen ahnte jetzt, von wem er sprach. «Hier im Haus?»

Der Ginger nickte. «Den Gang runter, im letzten Zimmer.»

Die Tür war immer noch abgeschlossen. Kein Schlüssel von außen. Tannen kniete sich hin. Kein Schlüssel von innen. Ohne zu zögern trat er die Tür ein, das Holz splitterte aus dem Rahmen, die Tür flog auf, weit auf, knallte gegen die Wand, weißer Putz bröckelte von den Wänden und rieselte zu Boden. Tannen knipste das Licht an.

Auf einer speckigen Matratze in der hintersten Ecke des Zimmers lag Rakesh Burshan. In seiner Brust, einige Zentimeter unter seiner linken Rippe, steckte ein Messer, das Blut war schon getrocknet, es war nicht viel Blut, denn das Messer hatte die Wunde anscheinend gut verschlossen.

«Dein Freund hat ein Problem», sagte Tannen. Mehr nicht. Das war alles.

Der Brustkorb des Verletzten hob und senkte sich leicht. Er lebte.

Tannen sagte: «Du hast doch mit der Sache nichts zu tun, also, wie wär's mit folgendem Vorschlag: Du gehst wieder runter zur Party und schickst meine Kollegin rauf. Und bevor ich dir nicht sage, dass du ihn wieder aufmachen darfst, hältst du den Mund. Hast du verstanden?»

«Jo, Mann.»

Der Ginger fand Judith bei Jan Kohrs, der sie seit ein paar Minuten belagerte.

«Wenn ich abergläubisch wäre», sagte er, «würde ich meinen, na ja, unser Film, steht unter keiner guten Laterne. Erst der Mord an Julia, dann Küsters amputierte Finger und jetzt auch noch dieser Überfall, das ist doch Schicksal, etwa nicht? Ein oberscheißverdammtes Schicksal.»

«Sie vergessen die tote Inderin», sagte Judith.

«Stimmt, hab ich vergessen. Aber sie gehört ja auch nicht zu uns.»

«Für mich schon», erwiderte Judith.

Der Ginger, der die letzten Worte mitbekommen hatte, bemerkte, wie erregt Judith über die Einschätzung des Regisseurs war. Er flüsterte ihr Tannens Nachricht ins Ohr und sagte: «Ich kümmere mich darum, dass ihr da oben eure Ruhe habt.»

Er hockte sich hinter seine Drums, wippte ein paar Mal mit dem Pedal der Bass-Drums und legte los.

Warum Judith zu Tannen kommen sollte, hatte der Ginger ihr nicht gesagt, nur so viel, dass er dafür sorgen werde, dass sie da oben ungestört sein würden. Eine seltsame Erregung ergriff sie. Was hatte das zu bedeuten?

Sie zögerte, ehe sie die Treppe hinaufstieg. Dann fiel die Entscheidung, sie ging schneller, nahm zwei Stufen auf einmal, lief den Gang entlang bis zu dem Zimmer, von dem der Ginger ihr erzählt hatte. Ihr Herz pochte, sie atmete schwer und Funken flimmerten vor ihren Augen.

«Wieso hat das so lange gedauert?», fragte Tannen und sah nicht einmal auf.

Die Ernüchterung traf Judith wie ein Schock. Was hatte sie sich nur gedacht?

Sie ging neben Tannen in die Hocke, der über einen Mann auf einer Matratze gebeugt war. Eine Haushaltsspinne lief über die Hand des Mannes. Wenn es irgendwas gab, wovor sie sich ekelte, dann waren es Spinnen.

«Der Weihnachtsmann hat uns ein Geschenk gemacht», sagte Tannen. «Wo ist Richard? Hast du ihn nicht mitgebracht?»

«Woher sollte ich wissen, was mich erwartet? Dein neuer Kumpel hat mir nur gesagt, du bist hier oben und willst mich sehen.»

Gossmann. Ihnen fiel ein, dass sie Richard schon eine Weile nicht mehr gesehen hatten.

25

Zehn Kilometer außerhalb von Reykjavík lag Gossmann auf der nackten Ladefläche eines alten VW-Busses, der mit hoher Geschwindigkeit nach Norden fuhr. Seine Arme und Beine waren mit Leukoplast gefesselt.

Langsam kam er zu sich. In seinem Kopf wallte blutiger Nebel. Er musste sich daran erinnern zu atmen. Eine schwarze Kälte breitete sich in ihm aus. Sein Rücken fühlte sich wie eine riesige wunde Fläche an, denn jedes Mal, wenn der VW-Bus in ein Schlagloch krachte, wurde er hin und her geworfen. Er wusste, dass er von seinen letzten Reserven zehrte und der endgültige Zusammenbruch nah war.

Vor seinem inneren Auge tauchten schemenhafte Szenen auf, sie gewannen Kontur, wurden schärfer, verblassten wieder. Er versuchte, sie festzuhalten, doch sie rutschten erneut weg, weit weg, weil er sich selbst noch in einer Zwischenwelt befand und weder ohnmächtig noch bei Bewusstsein war.

Bruchstücke drängten an die Oberfläche. Kristjánsson, der ihm das Faustmesser hinhielt, als er ihn danach fragte. Er sagte, das sei ein Ulu, ein altes Eskimomesser, er habe es beim Kartenspiel einem Fischer abgenommen. Und wie er, Gossmann, dann gesagt hatte, das Messer müsse er konfiszieren.

Warum, wollte Kristjánsson wissen.

Um im kriminaltechnischen Labor zu überprüfen, ob sich an der Klinge eine bestimmte Substanz befinde.

Was für eine Substanz?

Robbenfett, antwortete Gossmann.

Kristjánssons Augen, erinnerte sich Gossmann, schienen dunkler und tiefer als sonst gelegen zu haben, so, als habe er sich an einen sicheren Ort in sich selbst zurückgezogen.

In Gossmanns Kopf folgten die Ereignisse jetzt dichter und dichter aufeinander, bis sie einen vollständigen Film ergaben.

Er sah das Zögern in Kristjánssons Augen, sah, wie er seinen Ellbogen hochriss, sah den Arm auf sich zukommen und spürte den beißenden Schmerz, als der Knochen sein Jochbein traf. An die anschließenden Schläge erinnerte er sich nur noch vage, es waren viele, er wurde am Kopf getroffen und im Magen, bis ihm schwarz vor Augen geworden war.

Wie hatte das passieren können? Es war doch nur eine Vermutung gewesen.

Für eine seiner selbstgedrehten Holländer hätte er jetzt alles gegeben, stattdessen sagte er zu Kristjánsson: «Du fühlst dich ganz schön auf Draht, was?»

Es war mehr ein Knurren, denn schon bei der geringsten Bewegung schmerzte sein Kiefer höllisch.

Kristjánsson drehte sich abrupt zu ihm um, überrascht, dass Gossmann so schnell schon wieder einsatzbereit war. «Mann, du hast vielleicht Nerven», sagte er und schüttelte den Kopf.

«Wohin fahren wir?», fragte Gossmann. Er starrte auf Kristjánssons Rücken, beobachtete ihn dabei, wie er seine knochendürre Hand in die Windjacke schob, zwei Tabletten herausfischte und sie sich in den Mund warf.

Kristjánsson wollte einen klaren Kopf behalten für das, was er zu tun hatte. Das Amphetamin machte ihn munter. Und mutig. Wie würde er es diesmal aussehen lassen? Es musste einen Sinn ergeben, spektakulär sein und zu den anderen Inszenierungen passen, auf die er in gewisser Weise stolz war. Gefährlich konnte ihm der deutsche Polizeibeamte nicht mehr werden, bald würde er tot sein, so tot wie die anderen. Das Ziel seiner Reise stand fest und würde einen passenden Rahmen abgeben.

Kristjánsson bog von der Straße ab und fuhr zu einer leer stehenden Fischerhütte am Meer, er stieg aus, schloss die Tür auf und sah sich um. Die Hütte hatte früher seinem Onkel gehört, er war oft mit ihm hier gewesen, nach seinem Tod hatte der Onkel ihm die Hütte vererbt. Der staubige Boden war übersät mit altem Gerümpel. An verrosteten Nägeln in den Wänden hingen zerrissene Netze, Angeln, Reusen und Flechtkörbe und Eimer. Er fand schnell, was er suchte.

Mit vier langen Holzpfählen im Arm kehrte er zum Auto zurück. Er warf sie neben Gossmann auf die Ladefläche, dann ging er noch einmal in die Hütte und holte einen Vorschlaghammer, ein langes Seil und eine Handvoll Nägel. Er legte alles neben sich auf den Beifahrersitz.

Er startete den Motor, legte den Gang ein und gab vorsichtig Gas, um die Reifen nicht in der aufgeweichten Erde festzufahren. Trotzdem drehten die Räder durch, erst nach einigen Versuchen fanden sie Halt.

Gossmann schloss die Augen, um ein paar Minuten auszuruhen. Er spürte, wie der Wagen sich in Bewegung setzte, langsam und schwankend kroch der VW-Bus wieder auf die Hauptstraße.

«Wo bringst du mich hin?»

«Für dich habe ich mir eine ganz besondere Schweinerei ausgedacht.»

«Dieses Mal bist du allein», sagte Gossmann. «Wo ist

dein Partner? Lässt er jetzt dich die Drecksarbeit allein machen?»

«Halt die Schnauze!»

«Wie viel bezahlt man dir dafür?», fragte Gossmann. «Du bist doch selbst viel zu blöd, um dir einen solchen Plan auszudenken.»

Der Hieb saß, er traf Kristjánsson da, wo er ihn treffen sollte, in seinem Ego.

Gossmann wartete.

Der Bus rumpelte auf eine Schotterpiste, es ging bergauf.

«50 000 Euro», sagte Kristjánsson. Es rutschte ihm einfach raus, warum musste der Bulle ihn auch so provozieren?

Er stierte auf die Straße, seine Augen brannten. Im Fernlicht sah er nur Geröll, Geröll.

26

Die Party bei den Bloodhounds fand ein jähes Ende. Jeder, der nicht dort wohnte, wurde aufgefordert, nach Hause zu gehen, nachdem die Polizei, zum zweiten Mal an diesem Abend gerufen, von allen Anwesenden die Personalien aufgenommen hatte.

Judith und Tannen hatten Kommissar Hinriksson angerufen und ihm erklärt, es gebe einen Hauptverdächtigen für den Mordversuch an dem Inder, nämlich Argná Kristjánsson. Inzwischen waren alle verfügbaren Polizeikräfte auf der Suche nach dem Kameramann, nach ihm und nach Gossmann, denn Hinriksson konnte sich daran erinnern, die beiden nach der Schlägerei zusammen gesehen zu haben.

Der internationale Flughafen Kevlavik wurde ebenso überwacht wie der nahegelegene Inlandsflughafen und der Busbahnhof mit seinen vielen von dort abgehenden Überlandbussen. An allen Ausfallstraßen hatte die Polizei Sperren errichtet und kontrollierte jedes Auto, das aus der Stadt hinausfuhr.

Im Lagerhaus der Bloodhounds kümmerten sich der Notarzt und zwei Sanitäter um Rakesh Burshan. Sie flößten ihm eine kreislaufstabilisierende Infusion ein und gaben eine Morphiumspritze gegen die Schmerzen. Das Messer steckte immer noch in seiner Brust, es wäre zu gefährlich gewesen, es an Ort und Stelle zu entfernen, diese Aufgabe würden die Chirurgen im Krankenhaus übernehmen.

Der Inder erlangte für kurze Zeit das Bewusstsein. Judith, die zufällig in seiner Nähe stand, bemerkte es und bat den Arzt um Erlaubnis, kurz mit dem Verletzten sprechen zu dürfen, bevor man ihn abtransportierte.

«Wer hat Ihnen das angetan?», fragte Judith.

Die Antwort des Inders war ein Flüstern, ein stockendes Keuchen. Um zu verstehen, was er ihr zu sagen versuchte, musste sie sich tief zu ihm hinunterbeugen. Er würgte daran, ein paar Silben herauszubringen. Was sie in dem jämmerlichen Lufthauch, der es bis an ihr Ohr schaffte, zu hören glaubte, ergab keinen Sinn, aber er wiederholte das Wort noch zweimal, ehe er wieder wegdämmerte.

«Schluss jetzt!», sagte der Arzt und drängte Judith rustikal zur Seite. «Der Mann muss schleunigst operiert werden. Wenn Sie möchten, können Sie mit uns fahren.»

Beim Rausgehen sagte sie Tannen, dass sie den Verletzten im Krankenwagen in die Klinik begleiten werde, sie sagte, sie hoffe, er käme vor der Operation vielleicht noch einmal zu sich, und diese Chance wolle sie nicht verpassen. Tannen saß in der Küche, zusammen mit Telma und dem Ginger, dessen Aussage er immer wieder hinterfragte, ein gutes Dutzend Seiten seines Notizblocks waren bereits vollgeschrieben.

«Ich konnte kurz mit ihm sprechen», sagte Judith. «Dabei ist allerdings nicht viel herausgekommen.»

«Was hat er gesagt?», fragte Tannen.

«Er sprach sehr leise, für mich hörte es sich an wie Gumli oder Gomli. Da wollte Kristjánsson ihn hinbringen, hat er gesagt. Aber das ergibt keinen Sinn.»

«O doch», sagte Telma, die ihr Gespräch mit angehört hatte. «Das ergibt sehr wohl einen Sinn. Gamli, der Alte, so nennen manche Isländer den Strokkur, einen Geysir, der zu unseren spektakulärsten Naturwundern zählt. Jede Golden Circle Tour legt einen längeren Stopp beim Strokkur ein, damit die Touristen seine imposante Fontäne fotografieren können, wenn er ausbricht.»

«Wie kommt man da hin?», wollte Tannen wissen.

«Mit dem Wagen, aber nachts ist das eine freudlose Angelegenheit, es gibt keine Straßenlampen und kaum Markierungen. Weit ist es außerdem.»

«Was macht dich so sicher», fragte Judith Tannen, «dass er jetzt auch mit Richard dahin will?»

«Hast du eine bessere Idee? Der Strokkur ist unser einziger Anhaltspunkt.»

Judith dachte kurz darüber nach.

«Sag Olafur, er soll so viele Männer mitnehmen wie er kann, dann fahrt sofort los. Ich bleibe bei unserem Zeugen.»

Hinriksson sagte, sie hätten ständig einen Polizeihubschrauber in Bereitschaft, damit würde es schneller gehen. Er informierte die Piloten und schickte drei Streifenwagen mit je zwei Mann Besatzung auf den üblichen Weg zum Strokkur, nachdem er den Beamten den Grund des Einsatzes eingetrichtert hatte: Ein entführter deutscher Polizist in der Gewalt eines mutmaßlichen Mörders, unterwegs, wie sie inzwischen wussten, mit einem Fahrzeug der Bloodhounds, einem gelben VW-Bus, alt und langsam.

Der Inlandsflughafen von Reykjavík lag unter gleißendem Scheinwerferlicht. Soeben landete die letzte Maschine von Akureyri im Norden und rollte auf dem Flugfeld aus. Leichtes Schneetreiben setzte ein und erschwerte die Sicht.

Die beiden Piloten mit der typischen Island-Blässe, die alle gleichmachte, erwarteten sie. Die Rotoren liefen hochtourig, Tannen und Hinriksson rannten geduckt unter den mähenden Flügeln hindurch und sprangen in die Maschine, eine Puma SA330J. Sie setzten die Helme auf, durch die sie per Sprechfunk miteinander verbunden waren, zogen die Anschnallriemen fest, und Hinriksson gab dem Piloten ein Zeichen, dass er aufsteigen konnte. Binnen zwei Minuten schwebte der Helikopter in der Luft, legte sich in eine scharfe Linkskurve und schoss dicht über dem Boden dahin, gewann stetig an Höhe und flog wenig später über die hoch scheinenden Lichter von Reykjavík.

Dann wurde es dunkel. Schneeflocken prallten wie Geschosse gegen die Fensterscheiben, und der Nordwind rüttelte den Hubschrauber kräftig durch. Den Piloten schien es nichts auszumachen, sie hielten Kurs und ließen sich vom Fluglotsen im Tower den Weg weisen, denn die Sicht war miserabel und das Radar keine große Hilfe.

«Hättest du dir vorstellen können, dass tatsächlich Kristjánsson hinter diesen Morden steckt?», wollte Tannen von Hinriksson wissen. Sein Kopfhörer schnarrte, als er die Antwort empfing. Hinrikssons Stimme wurde durch die atmosphärischen Störungen derart verzerrt, dass Tannen Mühe hatte, ihn zu verstehen.

Was er verstand, war: «Ich sagte ja schon, dass wir ein Auge auf ihn geworfen haben, wegen der Drogen und dem ganzen Mist, diesen Rockerallüren und so, allerdings wäre ich nie auf die Idee gekommen, er könnte so weit abrutschen. Da hat jemand ordentlich nachgeholfen.»

Trotz der Helme war das Knattern des Hubschraubers ohrenbetäubend.

Unter lautem Getöse schleuderte der Strokkur alle zehn Minuten eine Wasserfontäne in die Luft, jedes Mal zwischen zehn und fünfzehn Meter hoch, je nach gespeicherter Kapazität und dem daraus resultierenden Druck.

Den VW-Bus hatte Kristjánsson so geparkt, dass seine Scheinwerfer das gesamte Gelände um den Geysir beleuchteten.

Am Rand des Geysirs rammte er die vier mitgebrachten Holzpfähle in den Boden, sodass sie ein Quadrat bildeten. Vom Sprühwasser war er klatschnass und fror erbärmlich. Er wuchtete den wieder bewusstlosen Gossmann aus dem Wagen, zerrte ihn durch den eisigen Matsch in die Nähe des Geysirs, legte ihn ab und knotete um jede Hand und jeden Fuß ein Seil. Die Fußseile schlang er in Schulterhöhe an den Pfählen fest. Als er damit fertig war, holte er das bei seiner letzten Reise nach London erworbene Runenset «Alphabet der Nordischen Götter» aus seiner Jackentasche, betrachtete die dargestellten Runen und wählte aus dem dazugehörigen Plastiktütchen die nach seiner Meinung für diesen Anlass geeigneten vier in Balsaholz gebrannten Runen aus. Es waren die Zeichen für: Mannaz = Mensch, Opala = Erbe, Raidho = Reise, Dagaz = Dämmerung. Die Anfangsbuchstaben ergaben das Wort MORD. Zugegeben, das war nicht besonders originell und würde die Intelligenz der Polizei beleidigen, aber darauf kam es nicht mehr an.

Er legte auf jeden Pfahl eine Rune und trieb mit dem Vorschlaghammer einen Nagel durch die Runen in das Holz.

Dann wartete er. Wartete auf die nächste Eruption des Strokkur. Danach würden ihm ungefähr zehn Minuten Zeit bleiben, die Hände des deutschen Polizisten an den anderen beiden Pfählen festzubinden und ihn in Position zu bringen, direkt über der Fontäne, bevor der Geysir erneut losbrach, im ständigen Rhythmus der Natur, so wie er das seit Jahrzehnten tat.

Kristjánsson malte sich aus, was der heiße Wasserstrahl mit dem Körper des deutschen Polizisten anrichten würde, und kam zu der Überzeugung, dass er vermutlich nicht allzu sehr würde leiden müssen.

Der Sturm wurde heftiger. Er packte den Helikopter und warf ihn hin und her. Die Piloten kämpften mit Händen und Füßen, die Maschine in einer stabilen Fluglage zu halten. Sie flogen jetzt tiefer, um den schweren Böen in den höheren Schichten auszuweichen.

Für Tannen, den erprobten GSG-9-Spezialisten, gehörte eine solche Höllentour im Hubschrauber zu einer häufig praktizierten Routine. Wie oft waren er und seine Leute bei wesentlich schlimmerem Wetter zu einem Einsatz losgeflogen und dabei überdies unter feindliches Feuer geraten. Entspannt, mit geschlossenen Augen, lehnte er am vibrierenden Metall, während Hinriksson auf seinem Sitz zusehends verkrampfte.

Der Pilot zeigte nach draußen in das weiß wirbelnde Nirgendwo und schüttelte resigniert den Kopf.

«Es wird zu gefährlich», sagte er. «Der Sturm legt zu, die Wettervorhersage hat uns soeben gewarnt, dass es noch schlimmer werden wird. Wir müssen umkehren.»

«Ist es noch weit?», fragte Tannen.

Der Pilot zuckte mit den Schultern.

«Können wir irgendwo landen?»

«Ausgeschlossen», antwortete der Pilot. «Das Gelände ist viel zu unwegsam, die kleinste Böe würde uns umwerfen.»

«Wie tief kannst du die Maschine runterbringen?»

«Vielleicht zwanzig Meter, weiter auf keinen Fall.»

«Okay, dann steige ich da aus. Kriegst du das hin?»

Ungläubig starrte Hinriksson ihn an.

«Das hab ich schon öfter gemacht. Du bleibst hier. Oder hast du Erfahrung mit einem Blitzausstieg aus einem taumelnden Hubschrauber?»

Hinriksson wandte sich ab.

Tannen sagte: «Vielleicht bist du ja trotzdem vor mir da, wenn du zurückfliegst und mit dem Wagen losfährst.»

Der Pilot sagte, einen Versuch würde er riskieren, aber einen zweiten werde es nicht geben, ob das angekommen sei? Außerdem müsse es schnell gehen, er könne den Hubschrauber nur kurze Zeit ruhighalten. Er drosselte die Geschwindigkeit.

Hinriksson, dem von der ständigen Schüttelei kotzübel war, stöhnte: «Das ist doch Wahnsinn! Und wenn du dich irrst und sie ganz woanders hin sind?»

Tannen löste seinen Sitzgurt, stand auf, zog den Reißverschluss seiner Jacke bis zum Hals hoch und schnallte sich den Sicherheitsgürtel um, an dem er die Seilwinde einhakte, die ihn nach unten befördern würde.

Der Copilot kam nach hinten, um ihm beim Ausstieg zu helfen. Er zog die Gurte straff, überprüfte den Sitz der Haken, drückte Tannen ein Fernglas und einen Kompass in die Hand und erklärte ihm, in welche Richtung er gehen müsse, wenn er unten war. Dann zog er die Schiebetür auf.

Sofort strömte eiskalte Luft in den Helikopter, der jetzt auf der Stelle zu stehen schien. Weit unten im Licht eines Suchscheinwerfers sah Tannen ein nasses Lavafeld auftauchen. Er schwang sich aus der Maschine, baumelte, gehalten von einem dünnen Seil, zwischen Himmel und Erde. Der Copilot betätigte die Motorwinde, und Tannen glitt abwärts.

Sekunden später spürte er Boden unter den Füßen, er ging in die Knie, um den Aufprall abzufedern, duckte sich gegen den Wind und klinkte das Seil aus, um nicht vom Hubschrauber weggerissen zu werden, streifte den Gürtel ab und warf auch den Helm weg.

Die Lichter des sich rasch entfernenden Helikopters wurden schwächer und schwächer, und plötzlich wurde es still, bis auf den Wind, der über das Gestein fegte, sich in den Ritzen und Löchern verfing und ein quälend schrilles Wimmern ausstieß.

Ein flüchtiger Blick auf den Kompass teilte Tannen mit, wohin er sich wenden musste, um zum Geysir zu kommen. Nach Nordosten, gegen den Sturm.

Gossmann schlug die Augen auf und versuchte, die Schneeflocken wegzublinzeln, die ihm ins Gesicht trieben. Ein reißender Schmerz schoss durch seinen linken Arm. Was zum Teufel passierte mit ihm? Seine Beine und sein rechter Arm fühlten sich an, als hätte man ihn auf eine Streckbank geschnallt. Er versuchte sich zu rühren. Vergeblich.

Er hing zwischen Himmel und Erde, Beine und Arme weit gespreizt. Unter sich hörte er ein tiefes Gurgeln und Blubbern: Das musste Wasser sein. Diese Entdeckung rief in seinem Kopf das Nahen einer drohenden Tragödie hervor. Sein Körper, gehalten von den Stricken, federte leicht im Wind auf und ab. An seinem Rücken wurde es heiß.

Aus den Augenwinkeln sah er Kristjánsson, er stand am VW-Bus. Kristjánsson klopfte sich den Schnee von der Jacke und zündete sich eine Zigarette an.

Gossmann überlegte, wie er sich bemerkbar machen konnte und was er sagen sollte, aber was er sich auch zurechtlegte, bei genauer Betrachtung der Lage würde es lächerlich klingen. Die ahnungsvollen Gedanken krochen wie Parasiten durch sein Gehirn. Schließlich sagte er: «War's das?»

«Für dich auf jeden Fall», erwiderte Kristjánsson, der erst jetzt gewahr wurde, dass Gossmann wieder bei Bewusstsein war.

Es klang beängstigend glaubhaft.

Gossmann wurde sich der großen Hitze bewusst, die in sein Gesicht strömte, erzeugt von Wut, Anstrengung und Hilflosigkeit.

«Meine Fresse. Ihr habt euch vielleicht aufs Glatteis führen lassen», fing Kristjánsson an.

«Schön», entgegnete Gossmann. «Dann beeindrucke mich mit ein paar Wahrheiten.»

«Wozu soll ich mir die Mühe machen?» Er schaute auf seine Uhr. «In ein paar Minuten wirst du nass gemacht, und dann alle zehn Minuten, immer wieder, die ganze Nacht, so lange, bis der erste Touristenbus hier eintrudelt. Na, die werden was zu sehen kriegen!»

«Du hast eine verbogene Idee von Loyalität. Machst du auch mal 'ne Pause, um nachzudenken? Du bist der Nächste. Glaubst du, die werden dich gehen lassen und dir obendrein noch eine Medaille umhängen?»

«Weißt du, wie du dich anhörst? Du klingst wie der nette Bulle aus einer Krimiserie, die reden auch so einen Dreck, wenn sie nicht mehr weiter wissen.»

Der Geysir dünstete die üblen Gerüche von Phosphat und Schwefelwasserstoff aus, nicht einmal der Sturm vermochte den Gestank zu vertreiben. Der Gestank umhüllte Gossmann wie eine Pestwolke und kratzte in seiner Nase. Um Luft zu kriegen, musste er durch den Mund atmen. Jedes Wort kostete ihn Kraft, doch ihm waren als letzte Chance nur noch Worte geblieben, sich aus seiner Lage zu befreien. Worte waren jetzt seine einzige Waffe.

Er wand seine Handgelenke in den Fesseln, aber so rieb er sich nur die Haut auf. Je heftiger er daran zerrte, desto schmerzhafter wurde es.

«Vergiss es!», rief Kristjánsson, der sah, wie Gossmann sich quälte. «Sonst tust du dir noch weh.»

«Mach mich los, verdammt!», schrie Gossmann, verzweifelter, als er es vorgehabt hatte. Ich bin, dachte er, nicht bloß nervös, ich bin paranoid. Absolut scheißparanoid.

«Hast du gehört? Bind mich verdammt nochmal los!»

Die aufsteigenden Wasserblasen schwappten mit jedem Eruptionsschwall höher über den Kraterrand. Irgendwo unten in der Erde braute sich der nächste Ausstoß zusammen.

Gossmann hörte das unheilvolle Rumoren und machte sich bereit.

Tannen richtete sich auf einer Hügelkuppe auf und verschnaufte. Der Sturm ließ nach, und es hörte auf zu schneien. Er nahm das Fernglas und hielt nach Licht Ausschau, nach irgendeiner Spur von Licht, aber da war nichts. Er wischte sich mit dem Handrücken über die Nase und musterte die Landschaft. In alle Richtungen erstreckte sich eine baumlose Öde, stumm, verlassen. Als habe Gott die Welt mit sich genommen.

Den Kompass vor Augen rannte er weiter. Es fiel ihm leicht, die Dunkelheit war noch nie sein Feind gewesen. Zum ersten Mal stellte er sich die Frage, was ihn am Geysir erwartete. Schwebte Richard in Gefahr? Oder war alles wilde Vermutung und falsche Schlussfolgerung, was sie veranlasst hatte, Hals über Kopf aufzubrechen, mit einem Hubschrauber und drei Polizeifahrzeugen?

Sein tägliches Kraft- und Ausdauertraining begann sich auszuzahlen, er lief über flaches, nacktes Gelände, mit weit ausgreifenden Schritten, ohne die geringste Ermüdung. Er blieb stehen und horchte und starrte in die Finsternis. Am Horizont sah er auf einmal einen schwachen Lichtstreif. Er zoomte im Objektiv den Horizont heran und erkannte den Umriss eines parkenden Autos, dessen Scheinwerfer eingeschaltet waren, ein Fels verdeckte jedoch den Blick auf das, was der Lichtkegel der Scheinwerfer anstrahlte. Menschen sah Tannen keine.

Lautlos näherte er sich dem Wagen. Schon bald konnte er ihn als den gelben VW-Bus identifizieren, mit dem Kristjánsson geflüchtet war, und Richard als Geisel.

Wie falsch er damit lag, seinem Kollegen nur den Status

einer Geisel einzuräumen, begriff er erst, als er so dicht herangeschlichen war, dass er das ganze Ausmaß der gespenstischen Szene erfasste, die sich ihm bot: Gossmann, von Stricken gehalten, über dem Schlund eines brodelnden Geysirs, der jeden Moment in die Luft gehen konnte.

Und Kristjánsson?

Der hockte im Bus und starrte durch die Windschutzscheibe auf den Strokkur und sein zappelndes Opfer.

Tannen wusste, was er zu tun hatte. Die Entscheidung war alternativlos. Wenn er schnell und genau handelte, konnte er es schaffen. Er stemmte die Fußballen in den Boden und stieß sich ab, sprang über ein ölig glänzendes Wasserloch, fand schlingernd Halt auf der anderen Seite. Im Laufen zückte er sein Messer. Am VW-Bus vorbei lief er auf den Geysir zu.

Wie viel Zeit blieb ihm noch, Gossmann loszuschneiden? Nicht nachdenken. Weiter.

Was dann geschah, dauerte keine zwanzig Sekunden. Die Sägeklinge des Messers zerfetzte das erste Seil am linken Fuß Gossmanns, mit zwei kräftigen Schnitten kappte Tannen auch das Seil am rechten Fuß. Bevor Gossmann fiel, packte Tannen seine Beine, umklammerte sie fest, zog ihn aus der Gefahrenzone und hieb mit dem Messer sofort auf die beiden letzten Taue ein, die an den Händen. Dann warf er sich, mit Gossmann im Arm, außer Reichweite des Geysirs zu Boden, wirbelte herum und schleuderte das Messer gegen den VW-Bus. Der Griff traf die Windschutzscheibe mit solcher Wucht, dass die Scheibe zu einem milchig weißen Mosaik zersplitterte.

Tannen tastete nach Gossmanns Halsschlagader. Der Puls holperte, war aber kräftig genug, um Gossmann allein zu lassen.

In diesem Moment schoss die gewaltige Fontäne des Strokkur mit zischendem Donner aus der Erde. Von einer heftigen Windbö erfasst, trieb der Wassernebel auf den VW-Bus zu. Tannen nutzte die niederprasselnden Tropfen als Deckung zum Angriff, verwundert darüber, dass er von Kristjánsson, der doch in bester Position alles hatte verfolgen können, noch nichts gehört und nichts gesehen hatte. Vielleicht, dachte er, hat ihn der Einschlag des Messers so schockiert, dass er davongelaufen war.

Tannen tauchte durch die Tropfen, spürte die Feuchtigkeit in sein Gesicht klatschen. Er war ganz ruhig, wie immer bei einem Einsatz. Körper und Geist arbeiteten in perfekter Harmonie.

Geblendet von den Scheinwerfern, bemerkte er zu spät, wie Kristjánsson, das Eskimomesser in der Faust, mit der Masse seines Gewichts auf ihn zustürmte. Ihn einfach überrannte. Der gleichzeitige Hieb des Messers verfehlte Tannens Gesicht nur um Zentimeter, er stürzte rücklings hin, prallte mit der Wirbelsäule auf einen Felsbrocken und blieb keuchend liegen. Sein linkes Bein fühlte sich taub an.

«Willkommen bei Islands größter Touristenverarsche», schnaufte Kristjánsson, er kniete im Matsch und spuckte eine schmutzige Brühe aus seinem Mund. Das Ulu fest umklammernd, warf er sich erneut gegen Tannen. Der rollte auf die Seite, außer Reichweite der Klinge, sprang auf und rammte dem auf dem Bauch liegenden Kristjánsson seinen Stiefelabsatz ins Kreuz. Ein zweiter Tritt, heftiger als der erste, landete in seinem Genick und setzte ihn endgültig außer Gefecht. Tannen drehte ihn auf den Rücken, damit er Luft bekam. So ließ er ihn liegen.

Gossmann auszuziehen war keine Kleinigkeit. Er zitterte am ganzen Körper und konnte ihm kaum helfen. Die

Jacke, den Pullover, die Schuhe, die Strümpfe, die Hose. Gossmann schlug die Augen auf.

«Wenn du mir an die Wäsche gehst», stammelte er, «mach ich dich kalt!»

Erleichtert fragte Tannen: «Geht es dir gut? Alles in Ordnung?»

«Ob es mir *gutgeht*?»

«Das ist keine schwierige Frage, Richard.»

«Du meinst, abgesehen davon, dass mich dieser Vulkan beinahe in Stücke gerissen hätte und mein Kopf sich anfühlt wie ein zusammengetretener Mülleimer? Ja, mir geht es gut. Wie geht es dir?»

«Ich mach mir Sorgen um dich. Im Wagen finden wir vielleicht was Warmes zum Anziehen. Ich bring dich rüber. Kannst du gehen?»

Er schaffte es, Gossmann auf die Beine zu stellen. Schritt für Schritt taumelten sie vorwärts.

«Kerl, bist du schwer!»

Gossmann sagte nichts.

Ein Zischlaut wie von einer gerade geöffneten Sprudelflasche ließ sie herumfahren.

«Hol ihn da weg», keuchte Gossmann, «der Geysir bricht wieder aus!»

Tannen ließ Gossmann stehen, doch er kam keine zwei Meter weit: Mit Urgewalt schoss die Fontäne hoch, packte die in seinem Weg liegenden Beine von Kristjánsson und schleuderte ihn wie eine schlaffe Bauchrednerpuppe in die Luft. Drei Mal drehte sich sein Körper, ehe die Wucht der Eruption ihn ein Stück entfernt auf den Boden schleuderte. Sein Kopf knallte auf einen Felsvorsprung.

Als Tannen bei ihm war, standen seine Augen weit und starr offen, aus beiden Ohren rannen dünne Blutfäden.

Aber er atmete. Seine Lippen bebten, als versuchte er, die Beichte abzulegen, aber das, was er, für Tannen kaum hörbar, hervorbrachte, musste jemand erst zu einer Beichte zusammenfügen.

«... nicht allein ... Joker ... Runengrab ... Idee ... reich machen ... Nirwana ... alle ... Fake ... haha ... Dean ... fließen ... Welt.»

Seine Glieder zuckten im Todeskampf, dann hörten sie auf zu zucken, und er lag nur noch da, vollkommen reglos und verdreckt und tot.

Tannen fing an, ihn zu durchsuchen. Zutage förderte er eine Rolle Kronenscheine, einen Kugelschreiber, eine angebrochene Packung Marlboro, ein Feuerzeug, einen Schlüsselbund, Pfefferminz und einen Lederriemen. Der Riemen sah alt aus, Tannen vermutete, dass es ein Pferdezügel war oder er vom Zaumzeug für einen Ochsen stammte.

In der Innentasche der Jacke steckte ein Stadtplan von Reykjavík, darauf waren mit drei fetten Kreuzen die Fundorte der beiden Leichen und jene Stelle markiert, wo die beiden Rentner den verletzten Moderator gefunden hatten, Kurt Küster. Sie waren verbunden mit einer durchgezogenen Geraden, einer Leylinie, wie Tannen inzwischen wusste. Neben dem Kreuz von Julia Mestrom standen in Druckbuchstaben die Worte GELOBT SEI ODIN, neben dem Kreuz der Inderin Arundhati Rakesh stand: TÖRICHT BIST DU. In Klammern dahinter befanden sich die entsprechenden Runenzeichen.

Die Runen, Kreuze und Buchstaben waren mit grüner Tinte auf das Papier gesetzt worden. Auch die Leylinie war grün.

Neben dem Kreuz von Küster stand überhaupt nichts,

was ihn geärgert haben würde, wenn er davon gewusst hätte. Überhaupt nichts wäre dem Moderator auf jeden Fall zu wenig gewesen.

27

Die Nachricht von der geglückten Befreiung Gossmanns und dem bedauerlichen Tod Kristjánssons am Strokkur – bedauerlich, weil er nun keine Informationen mehr preisgeben konnte –, erreichte Judith von Matt im Stadtkrankenhaus von Reykjavík. Seit Stunden wartete sie darauf, dass man ihr mitteilte, der schwerverletzte Inder sei außer Lebensgefahr und vernehmungsfähig.

Tannen hatte ihr eine Kurzversion des Einsatzes durchgegeben. Schon die klang so abenteuerlich, dass sie zwar froh war, weil er und Gossmann einigermaßen unbeschadet davongekommen waren, andererseits interessierte sie sich aber brennend dafür, wie sich die Kaminabendversion anhören würde.

Sie hatte sich die letzten Worte von Kristjánsson notiert, was sie jetzt machte, war, diese Worte in unterschiedlicher Reihenfolge zu kombinieren, sogar von oben nach unten. Aber wie sie es auch anstellte, die Varianten ergaben alle keinen Sinn.

Judith war nicht allein. Ungefähr eine Stunde, nachdem sie mit dem Krankenwagen im Hospital eingetroffen war, tauchte überraschend Louise Barring bei ihr auf. Sie erklärte, sie käme aus der Notaufnahme. Seit ihrer Kindheit leide sie an schwerem Asthma, im Hotel habe sie einen ihrer Anfälle gehabt und keine Luft mehr bekommen und sich im Taxi zum Krankenhaus chauffieren lassen. Ihr feiner Herr Sohn, dieser Nichtsnutz, sei ja wieder mal nicht zur Stelle gewesen, um sie zu begleiten. Es ginge ihr inzwischen jedoch wieder besser, eine Aussage, die in krassem Gegensatz zur Leichenblässe ihres Gesichts und zu den zitternden Händen stand.

Sie sagte, sie habe Judith im Wartezimmer sitzen sehen und sich gefragt, ob sie ihr vielleicht eine Weile Gesellschaft leisten dürfte. Ein bisschen Gesellschaft würde ihr die Zeit vertreiben, sie könne sowieso nicht wieder einschlafen.

Sie wollte wissen, worauf Judith wartete, und Judith erzählte es ihr. Als Louise Barring von dem Fest hörte und dem verletzten Inder, sagte sie, da habe ihr Sohn auch hinwollen. Um zu feiern, wahrscheinlich wieder mit einer wildfremden Frau.

Dann fing sie an, vom *Eiskrieger* zu reden, der Film, in den sie und ihr Sohn so große Hoffnungen setzten. «Glauben Sie, Kindchen, es wird ein guter Film werden? Hilmar hat mir erzählt, Sie haben eine kleine Rolle übernommen.»

«Mir gefällt das Drehbuch. Soweit ich das beurteilen kann, hat es Potenzial. Und der Regisseur scheint mir ein ausgezeichneter Visualist zu sein.»

«Ja, das Drehbuch ist gut, aber Hilmar hätte sich ruhig ein bisschen mehr quälen dürfen, dann wäre vielleicht ein *sehr gutes* Drehbuch daraus geworden. Immerhin hat er sich mehr als zwei Jahre mit dem Thema beschäftigt und sich alles angelesen, was er über Runologie, das Germanentum und Gletscherkunde in die Finger bekommen konnte. Sogar zwei Teilnehmer der damaligen Expedition hat er aufgetrieben und interviewt.»

«Er hat es selbst geschrieben? Auf dem Deckblatt des Exemplars, das er mir gab, steht als Drehbuchautor Jan Kohrs.»

«Das war so abgesprochen zwischen den beiden, auch deshalb, weil Kohrs noch eine Menge Änderungen vorgenommen hat. Aus dramaturgischen Gründen, um, wie er sagte, die Geschichte runder und schneller und glaubwürdiger zu machen.»

Jetzt schaute die alte Barring Judith beim Studium der Wortkombinationen zu. Angesichts der vielen Varianten schien sie ebenso ratlos zu sein wie Judith.

«Phantastereien», sagte sie schließlich barsch. «Was wollen wir damit anfangen, Kindchen, wenn es fertig ist?»

«Wir?», fragte Judith und blickte auf.

«Ich meine Sie, die Polizei, natürlich, wer sonst? Bringt Sie das da weiter?»

«Dafür, dass wir vor ein paar Stunden noch gar nichts hatten und jetzt einen der an den Morden beteiligten Männer kennen und von ihm darüber hinaus ein paar Informationsbrocken bekommen haben, finde ich, sind wir ziemlich weit. Sie nicht?»

«Wenn Sie mich fragen, sollten Sie sich diese Rockerbrüder vornehmen.»

«Gehen Sie nach Hause, Frau Barring. Legen Sie sich hin», sagte Judith.

«Ich dachte, wenn wir …»

«Gute Nacht, Frau Barring.»

«Also gut, schön, meinetwegen.»

Seit der Operation des Inders waren vier Stunden verstrichen. Wie durch ein Wunder hatte das Messer, das unterhalb der Rippen und des Zwerchfells eingedrungen war, keine lebenswichtigen Organe verletzt. Der Eingriff war ohne Komplikationen verlaufen, so viel wusste Judith inzwischen.

Mit einem Lächeln trat die Ärztin jetzt durch die Schwingtür und sagte zu Judith: «Wir wären dann so weit. Fünf Minuten, höchstens. Der Patient braucht sehr viel Ruhe.»

Louise Barring, elektrisiert von dieser Nachricht, machte Anstalten, Judith zu folgen, doch Judith gab ihr zu verstehen, ihre Anwesenheit sei unerwünscht. Widerstrebend blieb Louise Barring stehen, ihren Ärger über die Zurückweisung mühsam unterdrückend.

Die Tür des Krankenzimmers machte ein trauriges Geräusch, als sie hinter Judith zuschlug. Da lag er unter seiner dünnen Krankenhausdaune, der Inder, der in diesem Moment einen röchelnden Knurrlaut von sich gab. Seine Haut hatte die Farbe von hellem Kaffee, sogar im harten Licht der Leuchtstoffröhren sah die Haut glatt und makellos aus.

Judith zog sich einen Stuhl ans Bett und setzte sich. Sie beugte sich nach vorn, um nicht so laut sprechen zu müssen.

«Wie geht es Ihnen, Herr Burshan? Sind Sie imstande, mir ein paar Fragen zu beantworten?»

Vielleicht verstand er sie, vielleicht auch nicht.

Rakesh Burshan versuchte, die Augen zu öffnen, aber seine Lider schienen schwer wie Blei zu sein. Er nickte nur leicht mit dem Kopf.

«Wir wissen», begann Judith, «wer Ihnen das angetan hat. Was wir nicht wissen, ist, warum er es tat.»

Wieder nickte der Inder.

«Sie haben sich an Ihren Freund Argná Kristjánsson gewandt, weil Sie seine Hilfe suchten, stimmt das?»

Noch ein Nicken.

«Haben Sie vor etwas Angst?»

Nicken.

«Was haben Sie gesehen?»

Burshans Halsmuskeln spannten sich, als er versuchte, einen Ton herauszubringen. Ein leises Krächzen kündigte an, gleich würde es so weit sein.

«Was haben Sie gesehen?», ermunterte Judith ihn.

«Meine Frau hat sie gesehen … die Tote … aber sie konnte nichts mehr tun … Sie kam nach Hause, weinte die ganze Zeit und erzählte mir davon. Sie war auf dem Heimweg von Inga, einer schwedischen Studentin, die manchmal bei uns isst. Die beiden haben sich angefreundet und verbringen viel Zeit miteinander. Von Ingas Wohnung aus muss sie am Tjörnin vorbei … und dann … da hat sie gesehen, wie er weggegangen ist.»

«Wer?» Judith richtete sich auf. «Hat sie ihn erkannt? Wusste sie, wer der Mann war, der weggegangen ist?»

Nicken.

«Was geschah dann?»

«Wir dachten … wir brauchen Geld, deshalb dachten wir … unser Schweigen wäre ihm … vielleicht etwas wert … Einen Brief haben wir ihm geschrieben und zweihundertfünfzigtausend Kronen verlangt … Auf dem Friedhof sollte er das Geld in einer Plastiktüte hinter einer Bank verstecken … Wir warteten drei Stunden, dann ging Arundhati hin, um das Geld … zu holen.»

Judith spürte, wie seine Kräfte versiegten, immer häufiger gerieten seine Worte ins Stocken, sie konnte ihn kaum noch verstehen.

«Weshalb sind Sie nicht selbst zum Friedhof gegangen?»

«Das wollte ich ja ... aber ich war ... bekifft ... und zu betrunken ...»

Den Namen, sie musste den Namen haben, eher er wieder wegdämmerte.

«Wer ist es, reden Sie! Oder wollen Sie noch mehr Schuld auf sich laden?» Jetzt wurde sie laut, sie wusste es, aber sie durfte keine Zeit verlieren.

«Arundhati wusste gleich ... wen sie gesehen hat ... sie sagte ... bei uns im Lokal ... fragen Sie Madame.»

Judiths Handy summte, ärgerlich griff sie in ihre Tasche, um es auszuschalten, warf vorher aber schnell noch einen Blick auf das Display. Sie sah die gespeicherte Nummer von Frank Tannen.

«Muss das sein, Frank? Gerade jetzt passt es überhaupt nicht. Der verletzte Inder ist dabei, mir den Namen des Mörders zu nennen, und du haust einfach dazwischen.»

«Ich sitze mit Richard an der Bar im Borg, der Nachtportier hat sie extra für uns geöffnet. Wir sind vor einer halben Stunde angekommen, seitdem spielen wir Scrabbel, du weißt schon, mit den Worten, die Kristjánsson noch ausgespuckt hat.»

«Nun mach schon, was ist so dringend?»

«Eva Wahlberg ist auch hier, sie hat die ganze Nacht an ihrer Story geschrieben. Sie warf ebenfalls einen Blick darauf und reimt sich jetzt eine abenteuerliche Theorie zusammen, typisch Klatschtante. Trotzdem solltest du sie dir anhören, ihre Theorie. Sie glaubt, die Schlüsselwörter seien Joker, Nirwana und James. Möglicherweise, sagt sie, stehe James für James Dean, bei Nirwana fiel ihr sofort Kurt Cobain ein, und der Joker, das sei, glasklar, der Gegenspieler von Batman, im letzten Film gespielt von Heath Ledger. Kannst du damit was anfangen?»

«Nein, ihr vielleicht? Und jetzt lass mich in Ruhe mit dem Unsinn. Sobald ich fertig bin, komme ich zu euch rüber.»

Sie drückte das Gespräch weg und wandte sich wieder Rakesh Burshan zu, der, während sie mit Tannen sprach, weiter vor sich hingemurmelt hatte, doch davon hatte sie nichts mitgekriegt. Jetzt lag er reglos da und atmete flach.

«Herr Burshan?»

«... Madame ... weiß ... Film ...»

Mit einem kaum hörbaren Seufzer kippte sein Kopf zur Seite. Seine Augenlider zuckten, dann schlief er ein.

Während Judith im Fahrstuhl nach unten fuhr, dachte sie über Tannens Anruf nach. Sie hatte keine Vorstellung, wie James Dean, Heath Ledger und Kurt Cobain in ihren Fall hineinpassten.

Auf einer Bank im Erdgeschoss wartete Louise Barring. Von irgendwoher hatte sie sich eine zerlesene Ausgabe des britischen Modemagazins Vogue und einen Pappbecher Kaffee besorgt. Als sie Judith kommen sah, sprang sie auf und eilte ihr entgegen.

«Hat er geredet?»

«Warum sind Sie noch hier?

«Was hat er gesagt? Mein Taxi muss gleich da sein, ich kann Sie mitnehmen, wollen Sie?»

Judith ging an ihr vorbei und auf den Ausgang zu. Sie sagte, sie brauche frische Luft.

Sie wollte allein sein und mit Louise Barring nicht über ihre Ermittlungen sprechen. Frau Barring unternahm noch einen weiteren Versuch, Judith zu überreden, doch sie winkte ab und ließ die alte Dame stehen. Die automatische Schiebetür öffnete sich, und Eiseskälte schlug ihr entgegen.

Die zersplitterten Sätze des Inders schwammen in ihrem Kopf, als sie auf die Straße hinaustrat.

Zehn Minuten später in der Bar des Borg schloss sie Gossmann fest in ihre Arme. Es schien, als wollte sie ihn nicht wieder loslassen, bis Tannen fragte, was mit ihm sei.

Sie sagte: «Das war gut, Frank. Das war wirklich ganz und gar gut.»

Zu mehr ließ sie sich nicht hinreißen, denn an seiner Seite, am Tresen, stand Eva Wahlberg. Wenn sie es genau betrachtete, lehnte sie sogar an Tannens Schulter.

Der Nachtportier erschien und fragte, ob sie etwas zu trinken wünsche. Sie bestellte ein Glas Rotwein und behielt gleich die ganze Flasche da. So warteten sie darauf, dass es Tag wurde. An Schlaf dachte niemand mehr.

Sie redeten und tranken ein bisschen dabei. Gossmann hoffte, es würde bald Frühstück geben.

Ein Taxi fuhr vor den Eingang des Hotels und wenig später wieder ab. Gegen sechs Uhr tauchte der erste Reisebus auf, um eine amerikanische Reisegruppe an Bord zu nehmen für den Golden Circle, die Standardtour zum Gullfoss-Wasserfall mit weiteren Stopps beim Strokkur und dem Pingvellir, wo der Freistaat und die Republik Island ausgerufen worden waren. Nur dass heute das Fotoshooting am Strokkur ausfallen würde, weil die Spurensicherung dort immer noch ihrer Arbeit nachging.

«Jemand hat Kristjánsson dafür bezahlt, ihm bei den Morden zu helfen», sagte Judith. «Das heißt, er muss Kristjánsson gekannt und ihm vertraut haben, oder er war bereit, ein großes Risiko einzugehen. Derjenige hat Geld», fuhr sie fort, «ich nehme an, er wird ihn bar bezahlt haben. 50 000 Euro hebt man nicht mal eben so vom Konto ab. Also müssen die Morde von langer Hand geplant worden sein. Wer wusste von den Dreharbeiten zum *Eiskrieger*?»

«Alle, die mit dem Film zu tun haben», sagte Tannen. «Plus denen, die im Vorfeld mit der Organisation beschäftigt waren, in Deutschland und in Island.»

«Vergesst nicht all die anderen, die Wind vom Thema des Films bekamen, wie der Orden der Armanen zum Beispiel», sagte Gossmann. «Vorsichtig geschätzt reden wir über mehr als dreihundert Leute.»

Eva Wahlberg, die an ihren Tisch in der Ecke der Bar zurückgekehrt war, um den Artikel für die nächste Ausgabe ihrer Zeitung zu beenden, klappte jetzt ihren Laptop zu und setzte sich wieder zu ihnen.

«Eben, beim Schreiben, ist mir was eingefallen. Vielleicht ist es Blödsinn, ich erzähl's euch trotzdem, wenn ihr mir einen Manhattan als Absacker spendiert. Kurt Cobain, James Dean, Heath Ledger und noch ein paar andere wurden erst nach ihrem Tod wirklich berühmt. Das ist es, was die drei gemeinsam haben. James Dean verunglückte mit seinem Sportwagen und wurde erst dadurch zum Idol. Nach dem Selbstmord von Kurt Cobain, er schoss sich den Kopf weg, so wie Hemingway, verkauften sich die CDs seiner Band Nirwana doppelt so schnell wie zuvor. Und die Menschen stürmten in die Kinos, als Heath Ledger unter merkwürdigen Umständen starb, um sich Knight Rider, den dritten Teil der Batman-Saga, anzusehen. Nicht anders war es übrigens bei Michael Jackson: Gleich sechs seiner alten CDs blockierten nach seinem überraschenden Tod wochenlang die ersten Plätze der Charts.»

«Jan Kohrs hat mir erzählt», sagte Judith, «die internationalen Filmverleiher stehen Schlange, um die Rechte am letzten Film der toten Julia Mestrom zu erwerben. Egal, ob der Film gut oder schlecht ist, er wird viele Millionen einspielen, so viel steht fest. Man braucht kein Einstein zu sein, um darauf zu kommen, wer von dem Geschäft am meisten profitiert.»

«Die Knossos Filmproduktion», sagte Tannen.

«Eigentümer Louise und Hilmar Barring», fügte Judith hinzu.

Gossmann war sichtlich noch nicht überzeugt.

«Es gibt keine Beweise, die wir herzeigen können», sagte er. «Ebenso gut hätten die Pseudogermanen ein Motiv für die Morde gehabt.»

«Demnach lautet die Frage», sagte Judith, «Gier oder Glaube. Was wiegt schwerer?»

«Sieh dich um auf der Welt, dann weißt du, dass die beiden auf Augenhöhe miteinander konkurrieren», sagte Gossmann. «Wenn Kriege ausbrechen, sind dafür in der Regel die Gier oder ein fanatischer Glaube die Urheber.»

«Wir werden philosophisch», mahnte Tannen. «Halten wir uns an die Fakten.»

Vom Nachtportier ließ Judith sich die Telefonnummer des Krankenhauses geben.

«Was hast du vor», wollte Gossmann wissen. «Fragen, ob der Inder schon wieder wach ist?»

«Nein, die melden sich, wenn es so weit ist. Ich möchte was überprüfen, bloß ein Bauchgefühl.»

In der Notaufnahme des Krankenhauses erkundigte sie sich, ob in der vergangenen Nacht eine Louise Barring behandelt worden sei, die Frau habe akute Atemprobleme gehabt.

Die Schwester sagte, ihre Schicht habe erst angefangen, sie müsse die Notfallkartei durchsehen. Dann teilte sie

Judith mit, nein, eine Frau mit diesem Namen sei bei ihnen nicht als Patientin registriert.

Minuten später standen sie vor der Suite von Louise Barring – Judith, Tannen und Gossmann. Sie waren sich der delikaten Natur ihres Auftrags bewusst. Nach mehrfachem Klopfen wurde ihnen geöffnet. Louise Barring trug ein hellblaues Nachthemd und darüber einen weißen Hotelbademantel. Ein Radio brabbelte leise im Hintergrund.

«Darf ich um eine Erklärung bitten? Ich versuche zu schlafen, das tun Menschen gewöhnlich um diese Zeit.»

Es klang wie: Schaut, was ihr angerichtet habt.

Sie zog energisch die schweren Vorhänge beiseite, aber dadurch wurde es nicht heller im Zimmer.

«Setzen Sie sich. Ich lasse uns Kaffee bringen.»

«Nicht nötig», erwiderte Judith.

«Ist mir egal. Ich für meinen Teil brauche einen Kaffee.»

Sie nahm den Hörer ab und bestellte beim Zimmerservice einen doppelten Mocca – «mit einem kleinen Schuss Milch, ein Glas lauwarmes Wasser und drei Scheiben Toast, nicht zu braun, mit Orangenmarmelade».

«Frau Barring, Sie haben mich angelogen», begann Judith ohne Umschweife. «Die Notaufnahme der Nachtschicht im Krankenhaus hat keine Unterlagen über Sie. Weil Sie gar nicht dort gewesen sind. Warum fuhren Sie wirklich ins Krankenhaus? Um uns nachzuspionieren?»

«Kindchen, was glauben Sie, wen Sie vor sich haben? Bis ich Sie zufällig da getroffen habe, wusste ich überhaupt nichts von einem verletzten Inder und den Vorfällen bei diesen … diesen *Rockern*.»

«Ihr Sohn hat Ihnen nichts davon erzählt, obwohl er praktisch dabei gewesen ist?»

«Nein!»

Es war ein Nein, das wusste, was es wollte.

«Seit dem Nachmittagskaffee habe ich Hilmar nicht mehr gesehen, weiß der Himmel, wo der sich rumtreibt. Und was meinen Krankenhausbesuch betrifft: Rufen Sie noch einmal an und fragen Sie diesmal nach Louise Strüving. Mein Mädchenname. Hier», sie drückte Judith ihre Versicherungskarte in die Hand, «da steht es.»

Judith starrte sie an: Hatte sie wirklich Strüving gesagt? Ihr Hochgefühl schrumpfte zu einem kleinen harten Knoten Verlegenheit zusammen.

«Mein Mann und ich, Gott hab ihn selig, haben nie geheiratet. Seine erste Frau, Hilde, sie lebt immer noch, irgendwo in der Schweiz, soweit ich weiß, wollte nie in die Scheidung einwilligen, und mein Mann stammte aus einer streng katholischen Familie. Wir haben uns arrangiert, es ging auch ohne Heirat, aber nach einigen Jahren wurde ich zu Frau Barring, automatisch. Was mir mehr zusagte als Strüving.»

Den Anruf im Krankenhaus ersparte sich Judith. Sie wusste, die alte Barring hatte die Wahrheit gesagt, Lügen widersprachen ihren Prinzipien.

Ein Hotelpage, noch keine zwanzig, groß und schüchtern, au-pair-mädchenhaft, trug auf einem Tablett das Frühstück herein und stellte es umständlich auf dem Tisch ab.

«Wenn Sie bitte unterschreiben würden, gnädige Frau.»

Diskret, oder was er für diskret hielt, deutete er auf das lederne Etui.

Sie griff nach dem Füller, der neben einem Briefpapierblock lag, setzte ihre Brille auf, überprüfte kritisch die einzelnen Posten und malte ihren Namen auf den Beleg.

«Da, nehmen Sie! Und nun gehen Sie schon.»

Armer Kerl. Kein Trinkgeld, kein nettes Wort, der Tag fing nicht vielversprechend für ihn an. Er war schon an der Tür, als Tannen ihn zurückrief.

«Kann ich die Rechnung bitte noch einmal sehen?»

Als habe man ihn auf frischer Tat ertappt, errötete der Page und fragte leise: «Stimmt etwas nicht mit der Rechnung?»

«Das haben wir gleich.»

Es war nicht die Rechnung selbst, die Tannen interessierte, sondern die Unterschrift von Louise Barring. Die Farbe der Tinte.

Grün.

Tannen faltete eine Serviette auseinander und holte damit den Stadtplan von Reykjavík aus seiner Tasche, den er Kristjánsson am Strokkur abgenommen hatte. Er faltete ihn auseinander und zeigte auf die Kreuze, die Buchstaben, die Wörter, die Runen, die Leylinie. Alles grün.

Das war es also. Endlich passierte etwas.

Judith und Gossmann begriffen, worauf er hinauswollte.

«Haben Sie das geschrieben?», fragte Tannen. Er breitete den Stadtplan vor Louise Barring aus. Sie warf durch ihre Brille einen Blick auf den Plan, zögerte.

«Unfug. Wo haben Sie das her?»

Sie stieß einen Seufzer aus, einen von der Sorte, die zu einer Nachfrage einladen.

«Und der Füller gehört Ihnen auch nicht?»

Sie schaute den Füller in ihrer Hand an, dann Tannen.

«Den hat mein Sohn gestern hier vergessen, als wir das Budget durchgegangen sind. Bei den Kosten liegen wir deutlich über Plan, das macht uns langsam Sorgen. Für alles braucht man Geld, ständig. Hilmar kann nicht besonders gut damit umgehen.»

«Da hast du deinen Beweis, Richard», sagte Tannen und wartete auf ein Lob. «Mit Sicherheit finden wir seine Fingerabdrücke auf dem Füller.»

Stattdessen sagte Judith: «Was hast du dir dabei gedacht, Frank? Die Karte einfach mitzunehmen.»

«Alles war nass, ich dachte, es wäre besser, wenn ich sie in Sicherheit bringe. Für die Spurensicherung.»

«Das bringt dich in Schwierigkeiten, das ist dir doch klar», entgegnete Judith. Sie verzog die Lippen zu einem Dummkopf, sagte es aber nicht, schüttelte nur den Kopf.

Gossmann, der still und müde auf dem Sofa gesessen hatte, stand auf und sagte: «Macht später mit eurem Kleinkrieg weiter, ihr zwei. Ich will ins Bett. Sehen wir lieber zu, dass wir in die Gänge kommen. Wir werden Ihrem Herrn Sohn», sagte er zu Louise Barring, «jetzt einen kleinen Besuch abstatten und ihm die Natur seiner aktuellen Schwierigkeiten verklickern.»

Doch Hilmar Barring öffnete ihnen nicht. Sie standen vor seiner Tür, Zimmer 244, und klopften zum wiederholten Mal. Es war unmöglich, dass er sie nicht hörte, niemand konnte einen so festen Schlaf haben.

«Ich könnte sie eintreten», bot Tannen an.

«Das denke ich mir, dass du das tun möchtest», erwiderte Judith. «Ich hole den Concierge, der kann uns aufsperren. Das ist weniger gewalttätig.»

«Klar», sagte Tannen, «du magst es lieber sanft.»

Unten, am Empfang, warteten einige Gäste darauf auszuchecken. Aus dem Restaurant kam Carola Kleinschmidt, sie entdeckte Judith und eilte mit einem herzlichen Lächeln auf sie zu.

«So früh schon auf den Beinen? Haben Sie meinen Rat befolgt? Frische Luft ist die reinste Medizin.»

«Ich brauche Ihre Hilfe», entgegnete Judith. «Wir müssen mit Herrn Barring sprechen. Es ist sehr dringend. Können Sie uns seine Tür aufsperren?»

«Oh, da kommen Sie zu spät. Herr Barring hat uns heute Morgen schon sehr früh verlassen.»

Das Taxi, dachte Judith.

28

Hilmar Barring spürte sein Herz klopfen, unregelmäßig, den einen oder anderen Schlag aussetzend. Es tat sicher, was es konnte. Wie lange würde das reichen?

Er wusste, dass es vorbei war. Er hatte es in dem Moment gewusst, als die Polizei zum Lagerhaus kam und der Rettungswagen wenig später mit dem Inder, diesem Rakesh noch was, davonfuhr.

Kristjánsson hatte die Sache mustergültig vermasselt. Anscheinend bestand sein von Drogen und Alkohol und Lärm malträtiertes Gehirn nur noch aus Götterspeise, wie sonst war zu erklären, dass er den Inder mit einem Messer im Bauch einfach liegen ließ? Tot wäre in Ordnung gewesen, lebend war der Mann so gefährlich wie eine Klapperschlange. Denn er würde reden. Darum sollte ihn Kristjánsson ja beiseiteschaffen. Und was war dabei herausgekommen? Mehr als zwei Jahre intensiver Vorbereitung lösten sich vor Barrings Augen in ein großes Nichts auf.

Dabei hatte es vielversprechend angefangen, etwa nicht? Julia Mestrom tot und verstümmelt im Stadtpark von Reykjavík. Ein gefundenes Fressen für die Aasgeier von den Medien, so wie er es vorausgesehen hatte.

Runenmord: Berühmte Schauspielerin von durchgedrehten Germanen hingerichtet.

Wie sich das anhörte! Bis dahin ganz gut.

Mit den zu Yoga-Runen geformten toten Frauenkörpern hatten er und Kristjánsson der Polizei etwas zum Tüfteln gegeben, an dem sie sich abarbeiten konnten. Außerdem rundeten die Yoga-Runen das Bild für seinen Geschmack recht schlüssig ab.

Doch dann fingen die Schwierigkeiten an. Eine unglückliche Verkettung von Ereignissen setzte den ausgefeilten Fahrplan außer Kraft. Der Zug sprang aus den Schienen.

Plötzlich waren die beiden Inder auf der Bildfläche erschienen, die Frau, die behauptete, ihn, Barring, im Park beim Tjörnin gesehen zu haben, zu ungefähr der gleichen Zeit, als der Mord geschah. Geschrieben hatte sie ihm das, und 250 000 Kronen verlangt für ihr Schweigen. Da wusste er noch nicht, dass sie es war, die hübsche Bedienung aus dem Tadsch Mahal, wo er mit seiner Mutter und Kohrs und Julia Mestrom einige Male zum Dal-Essen hingegangen war. Natürlich musste sie beseitigt werden, das kapierte auch Kristjánsson, je hübscher die Inszenierung, desto intensiver die Wirkung. Noch ein Runenmord. Mein Gott, diese Isländer!

Auch ihr Mann musste weg, das war klar, aber den hatte sich zuerst die Polizei geschnappt, und danach war er untergetaucht, bis er sich ausgerechnet Kristjánsson als Beichtvater aussuchte. Der es dann vermasselte.

Und Kurt Küster? Das war Kristjánssons Idee gewesen,

um ehrlich zu sein. Verwirrung stiften. Der Polizei was zum Beißen geben. Geschah dem Großmaul Küster ganz recht. Wie war er bloß auf die Idee gekommen, diesen Blender für seinen Film zu engagieren?

Noch mehr Schlagzeilen. Schlagzeilen waren die Schmiere für das große Geld im Filmgeschäft. Für das ganz große Geld. Die Anfragen von Verleihern aus ganz Europa, den USA, Japan, China und Indien überfluteten seit Tagen den E-Mail-Account von Knossos Film. Vorsichtig geschätzt dürften sich die Einnahmen in einer Größenordnung zwischen 100 und 150 Millionen Euro bewegen. Nach Steuern.

Dass er nie in den Genuss dieses Vermögens kommen würde, schmerzte ihn sehr. Noch viel mehr aber schmerzte ihn die neuerliche Niederlage vor den Augen seiner Mutter. Ihre gefürchteten Demütigungen würden ihn verfolgen, bis er ins Grab sank. Jetzt erst recht.

Seit seiner Kindheit, solange er zurückdenken konnte, hatte sie ihn heruntergeputzt, bei jeder Gelegenheit. Lappalien wie ein zerschlagenes Ei an Ostern – er war noch keine fünf gewesen – wurden von ihr als Affront gegen sie persönlich mit zwei Tagen Bettruhe bestraft. Geschlagen hatte sie ihn nie. Doch manchmal wünschte er sich, sie hätte es getan, nur um sich einreden zu können, es wäre vielleicht ein Akt der Zuneigung gewesen. Wen die Eltern lieben, den züchtigen sie, war es nicht so? Stattdessen: unerbittliche Strenge. Höher. Weiter. Mehr. Sein Vater – vorgeführt als Versager. Sie – die fehlerlose Antreiberin. Er – niemals gut genug.

Aus. Für immer.

Aber er hatte noch eine hübsche Überraschung in petto. Eine allerletzte Inszenierung.

Louise Barring bewahrte Haltung. Ihr geschicktes Lavieren bei der Vernehmung nötigte Judith Respekt ab, mit keiner Miene gab die alte Dame preis, was in ihr vorging. Nach ihrem Sohn wurde als Mörder gefahndet. Und sie? Saß da, eine Statue, umgeben von einem Panzer der Gleichgültigkeit. Aus ihrem Mund kam nichts, was Judith nicht schon einmal gehört hätte.

Bisher war alles Vorgeplänkel gewesen, es wurde Zeit, die Daumenschrauben anzuziehen.

«Frau Barring, wenn Sie wissen, wo sich Ihr Sohn in diesem Moment aufhält, müssen Sie es uns sagen. Sie machen sich mitschuldig, wenn Sie das weiter vor sich herschieben.»

Die Überprüfung der Passagierlisten aller 7-Uhr-Maschinen, die an diesem Morgen vom internationalen Flughafen Kevlavik gestartet waren – insgesamt fünf, zwei nach London, drei nach Kopenhagen –, hatte ergeben: kein Barring an Bord, weder bei Iceland Express, Astraeus oder Efata Papua, den drei Fluglinien, die diese Ziele bedienten. Auch auf den späteren Flügen nach Frankfurt und Paris tauchte sein Name nirgends auf. Inzwischen kontrollierte die Polizei jeden abfliegenden Gast, gut möglich, dass Barring versuchte, mit falschem Pass, unter anderem Namen, auszureisen.

Die Hafenbehörde war informiert worden, und der Inlandsflughafen und der Busterminal wurden ebenfalls überwacht.

Ein Disponent in der Zentrale von Borgabill-Taxi bestätigte, dass an diesem Morgen für 4.45 Uhr ein Wagen zum Hotel Borg bestellt worden war, mit dem Endziel Kevlavik. Was auch der Nachtportier zu Protokoll gab, denn er war es gewesen, der das Taxi bestellt hatte. Allerdings, hieß es bei Borgabill, habe es sich der Fahrgast plötzlich anders überlegt und sei nach ein paar Minuten bereits wieder ausgestiegen. Mitsamt seinen beiden Rollkoffern. Dem Fahrer habe er mit einem anständigen Trinkgeld über seinen Ärger wegen der verpassten Tour hinweggeholfen.

Die Mitarbeiter sämtlicher Autoverleiher in der Stadt, davon gab es mehr als zwanzig, wenige große und viele kleine, erklärten, kein Fahrzeug an einen Mann namens Hilmar Barring vermietet zu haben.

Von Barring fehlte jede Spur.

«Wie lange wollen Sie mich hier festhalten, Kindchen?», fragte Louise Barring. «Was ich weiß, habe ich Ihnen erzählt, mehr werden Sie von mir nicht hören. Ich verlange den Namen Ihres Vorgesetzten zu erfahren.»

Judith sagte: «Sie haben den Brakteat sofort wiedererkannt, als ich Sie deswegen aufsuchte, hab ich recht?»

Das bremste sie. Ihr Mund stand lange offen, ehe sie sich wieder unter Kontrolle hatte.

«Falls Sie glauben, ich äußere mich dazu, ehe mein Anwalt hier ist, dann irren Sie sich.»

Sie hatte den langjährigen Anwalt der Familie, Dr. Max Mathews, einen Deutsch-Amerikaner, vor einer halben Stunde angerufen, als ihr klar wurde, dass sie und ihr Sohn in Schwierigkeiten steckten. Noch am Abend würde er aus München eintreffen.

«Verraten Sie mir mal eins», sagte Judith. «Angenommen, Sie haben bemerkt, dass Ihr Sohn das Amulett eingesteckt hat. Haben Sie ihn zur Rede gestellt, als ich Ihnen sagte, wo und unter welchen Umständen es gefunden wurde?»

«Das ist doch absurd.»

«Ich weiß, dass es Ihr Amulett ist», erwiderte Judith.

«Wie könnten Sie?»

«Das ist mein Beruf. Ich finde Dinge heraus.»

Das leuchtete ihr offenbar ein. Warum nicht.

«Warum haben Sie für Ihren Sohn gelogen? Darauf gibt es nur eine Antwort meiner Ansicht nach: Sie wussten Bescheid. Wussten von Anfang an, was Ihr Sohn plante, und haben ihm vielleicht sogar dabei geholfen. Frau Barring, wir werden Anklage gegen Sie erheben, wegen Mittäterschaft in zwei Mordfällen, ist Ihnen das klar? Die Beweislast ist erdrückend. Wenn Sie mir sagen, wo wir Ihren Sohn finden, sorge ich dafür, dass sich Ihre Aussage strafmildernd auswirkt. Seine Lage ist ausweglos. Soweit wir wissen, befindet er sich noch in Island, und von hier kommt er nicht weg, ohne dass wir ihn kriegen.»

Wirklich erstaunlich, wie die alte Barring das wegsteckte. Saß einfach da in ihrem Bademantel, in dem Sessel, als würde sie von Stricken gehalten. Sie schien darauf zu warten, dass Judith endlich fertig wurde und ging.

«Ich an Ihrer Stelle würde mir Sorgen machen», sagte Judith. «Ihr Sohn befindet sich in einer ausweglosen Situation. Das weiß er. Manche Menschen tun unüberlegte Dinge, wenn sie in die Enge getrieben werden.»

Zum ersten Mal meinte Judith eine Regung im Gesicht der alten Barring zu erkennen. Ein winziges Zucken über dem linken Auge.

«Hilmar ist kein Psycho!», entgegnete Louise Barring, nun plötzlich mit großer Leidenschaft. Sie spuckte das Wort förmlich aus.

«Offenbar haben Sie mich missverstanden. Ich denke, er hat nicht die Absicht, einen weiteren Mord zu begehen. Wozu? Viel wahrscheinlicher ist meiner Ansicht nach, dass er sich für den Hemingway-Exit entscheidet.»

An der Überraschung, die jetzt in die Augen der alten Barring trat, erkannte Judith, dass sie ihr nicht erklären musste, was das bedeutete. Dass sich Ernest Hemingway, der große Schriftsteller, mit einer doppelläufigen Schrotflinte den halben Kopf weggeschossen hatte und sein Vater, seine Schwester, sein Bruder und seine Enkelin sich ebenfalls selbst töteten.

«Halten Sie Ihren Sohn für labil, Frau Barring?»

Hilmar Barring saß am Steuer des Geländewagens mit den grotesk großen Flugzeugreifen, ein 1997er Ford Pick-up, und kämpfte gegen die Müdigkeit an. Sein Gehirn sandte ihm Bilder, von denen er wusste, dass es Halluzinationen waren. Er beugte sich weit nach vorn, um in dieser beschissenen Wildnis, in der es nur Dunkelheit und Steine zu geben schien, den Weg im Auge zu behalten.

Bald würden sie die Eiszone erreichen.

Bei ihm war Jan Kohrs. Der Regisseur schnarchte auf dem Beifahrersitz leise vor sich hin.

Barring hatte ihn im Hotel aus dem Bett geklingelt, ihm gesagt, er solle den Pick-up mitbringen, der für die Filmproduktion angemietet worden war. Er wolle noch einmal zum Langjökull rauffahren, um sich nach ein paar frischen Motiven umzusehen. Kohrs hatte gemurrt. Sei das denn nötig? Um diese Zeit? Er wunderte sich noch mehr, als Barring ihm sagte, wo er hinkommen sollte. Zur Nationalgalerie? Was er da mache, so früh am Morgen, wollte Kohrs wissen. Das werde er ihm erklären, sagte Barring. Sobald er da sei.

Als Kohrs die beiden Rollkoffer sah, die Barring hinter den Sitzen des Pick-ups verstaute, und darauf bestand, selbst zu fahren, sah er aus, als brauchte er eine Weile, um das in seinen Kopf zu kriegen. Später, sagte Barring, als Kohrs um eine Erklärung bat.

Oben am Gletscher standen die Wohnwagen für die Crew. Dahin wollte Barring. Fürs Erste würde er dort in Sicherheit sein. Bis jemand darauf kam, wo er sich versteckte, würde einige Zeit vergangen sein.

Genug Zeit, seine Pläne in die Tat umzusetzen.

Auf die Idee mit den Wohnwagen brachte sie Kurt Küster. Der Moderator trank im Restaurant des Borg heißen Kakao mit Sahne und labte sich an einer großen Schüssel Müsli mit frischen Früchten. Aus der Tiefkühltruhe.

«Da würde ich hinfahren, wenn ich er wäre», sagte er zu Frank Tannen.

Küster nippte an seiner Tasse Kakao und wandte dabei seinen Blick nicht von Tannen ab. Dann fing er an zu grinsen und sagte: «Dieser verrückte Idiot. Warum hat er das getan?»

«Das versuchen wir herauszufinden», sagte Tannen.

Er rührte Zucker in seinen vierten Espresso, Hunger hatte er keinen.

Die Befragung der Filmcrew, des Hotelpersonals und aller anderen in Frage kommenden Leute, die etwas über den Verbleib Barrings wissen konnten, zog sich hin. Mit vielen von ihnen hatten sie bereits gesprochen. Nur Jan Kohrs war nirgends zu finden gewesen.

Küster war der Letzte auf Tannens Liste. Seine in Mull verpackten Hände lagen triumphierend auf dem Tisch. Wie er damit den Löffel und die Tasse halten konnte, blieb Tannen ein Rätsel, aber irgendwie gelang es ihm.

«Da oben auf dem Gletscher hat es ihm gefallen», sagte Küster. «Bevor wir mit den Dreharbeiten anfingen, haben wir ein Wochenende in den Wohnwagen verbracht. Er hat mich dazu eingeladen, mich und Kohrs, er sagte, die

Einsamkeit würde uns guttun. Und er hatte recht. Es war phantastisch. Keine Menschen. Keine Tiere, nichts. Bloß Natur. Und vielleicht ein paar Trolle, aber die kriegten wir natürlich nicht zu sehen. Zweimal gingen wir wandern, die meiste Zeit saßen wir jedoch im Wohnwagen, tranken Bier und sprachen über den Film, spielten Karten. Dieser Film war sein Ein und Alles. Ich erinnere mich an einen aus dem Showbiz, der langsam zugrunde ging, weil er ...»

Endlich hatten sie einen Anhaltspunkt, noch dazu einen, der plausibel klang. Tannen erhob sich und ließ Küster weiter sein Müsli knabbern. Er rief Judith an.

Zehn Minuten später fuhr Kommissar Hinriksson in einem schicken Polizeiwagen vor, einem Jeep Cherokee mit Allradantrieb. Diesmal konnten sie den Polizeihubschrauber vergessen. Der Sturm hatte noch keinen Deut nachgelassen, die Wettervorhersage warnte vor Ausflügen ins Hochland und stellte für die nächsten Stunden keine Besserung in Aussicht.

Hinriksson verzichtete darauf, weitere Einsatzkräfte hinzuzuziehen. Vier Leute, sagte er, sollten genügen, Barring festzunehmen. Falls er auf dem Gletscher war. Er ließ sich von Küster den Platz auf der Karte zeigen, wo die Wohnwagen standen, und markierte die Stelle.

Zwanzig Minuten später bog Hinriksson von der Hauptstraße ab, die hinauf in die Berge führte. Gossmann ahnte, wohin er wollte.

Hinriksson hielt vor dem Haus seiner Mutter. «Hab ihr versprochen, die Sachen so bald wie möglich vorbeizubringen.» Er holte zwei Plastiktüten mit Lebensmitteln aus dem Kofferraum. Aus einer Tüte ragte ein Büschel Grünzeug.

Als er zurückkam, hielt er eine große Tüte in der Hand. «Brote. Für unterwegs. Zwei sind mit Schafskäse, Salat und Oliven belegt, die andern beiden mit Lammwurst und süßem Senf. Greift zu!»

Und das taten sie.

Den Pick-up sahen sie schon von weitem. Er parkte neben dem Wohnwagen, dessen Rückseite an eine Felswand stieß. Die beiden anderen Wohnwagen standen ein Stück entfernt. Hinriksson hielt an, den Motor im Leerlauf.

«Wie machen wir es?», fragte Gossmann.

«Nichts dabei», sagte Tannen. «Ich geh rein und hole ihn raus.»

Hinriksson schien darüber nachzudenken.

«Diesmal entscheide ich, wo's langgeht, ob es dir passt oder nicht», sagte er. Er hatte den Zwischenfall mit den Bloodhounds und den White Palms noch in bester Erinnerung.

«Vielleicht ist er bewaffnet», sagte Tannen.

«Ob er weiß, dass wir hier sind?», fragte Judith.

Sie nahmen den Wagen von drei Seiten in die Zange, schlichen vorsichtig näher. Drinnen rührte sich nichts. Als sie nah genug waren, gab Hinriksson das vereinbarte Zeichen: Jetzt kannst du. Tannen lief los und bezog Position neben der Tür.

Hinriksson verließ seine Deckung und rief mit lauter Stimme: «Kommen Sie heraus! Mit erhobenen Armen. Wir wissen, dass Sie da drin sind. Machen Sie keinen Unsinn, Herr Barring.»

Nichts geschah.

Hinriksson versuchte es noch einmal. Dann nickte er Tannen zu.

Tannen, mit dem Rücken zum Wohnwagen, tastete mit der linken Hand nach dem Türgriff, er rechnete damit, dass abgeschlossen war. Er drückte die Klinke runter. Die Tür ging auf.

Er sprang in den Wagen, sein ausgestreckter Arm mit der Waffe in der Hand schwang in alle Richtungen, schnell und ausholend. Das Sofa, die Kochnische, die Betten. Er riss die Klotür auf. Niemand da. Im ganzen Wagen nicht.

Er steckte die Waffe zurück ins Holster und bedeutete den anderen, zu ihm zu kommen.

Offenbar hatten sie Barring knapp verpasst. Als sie jetzt die Fußspuren betrachteten, die im Schnee vom Pick-up zum Wohnwagen führten, begriffen sie, dass Barring nicht allein war.

Weitere Beweise fanden sie im Wagen: Die beiden Rollkoffer Barrings standen neben der Spüle, und auf einem Ausziehbett lag eine blaue Daunenjacke mit abgesetztem Kapuzenfell, die Barring viel zu klein gewesen wäre.

Die Fußspuren, die zum Wagen führten, führten auch wieder weg. Sie beschrieben einen Bogen um den Felsen, an dem der Wagen stand, und verloren sich in der Wildnis des Gletschers hinter der Felswand.

«Wer ohne Jacke da hochgeht, muss verrückt sein», sagte Hinriksson.

«Oder man zwingt ihn dazu», erwiderte Judith.

Sie machten sich bereit, den Spuren zu folgen, zogen die Reißverschlüsse ihrer Jacken hoch, setzten die Kapuzen auf.

Gossmann blieb im Wohnwagen, um zu sehen, was passierte. Vielleicht kam Barring ja zurück.

Tannen sagte: «An einem solchen Tag, wer würde da schon hoch wollen? Niemand», gab er sich gleich selbst die Antwort, «es sei denn, er hat was vor, das er nur auf dem Gletscher erledigen kann.»

Barring trieb Kohrs vor sich her. Durch den Schnee, immer höher.

Kohrs hielt an, keuchte, drehte sich um: «Das war's. Ich geh keinen Schritt weiter.»

«Los, sonst schieß ich dir ein Ohr ab», sagte Barring und stieß ihn vorwärts. Kohrs ließ sich in den Schnee fallen.

Und bei Gott, er tat es tatsächlich. Barring hielt Kohrs die Mündung hinters Ohrläppchen und drückte ab.

Der scharfe Knall an seinem Ohr machte Kohrs taub. Sekunden später setzte der Schmerz ein. Kohrs lag da, stöhnte und blutete den Schnee voll.

«Warum?», schrie er plötzlich auf.

Er hat es immer noch nicht kapiert, dachte Barring.

Gut, dann würde er es hier zu Ende bringen. War auch egal. Barring war bereit.

«Zieh dich aus!», befahl er Kohrs und fuchtelte mit der Waffe vor ihm herum. «Mach schon. Zieh alles aus.»

Als Kohrs nackt und zitternd vor ihm stand, nahm er seine Kleider und warf sie in eine Felsspalte.

Dann zog er sich selbst aus. Behielt nur die Waffe.

«Setz dich», sagte er zu Kohrs.

«Willst du, dass wir erfrieren?», jammerte Kohrs, eine Hand auf sein verletztes Ohr gepresst.

«Erraten. Du merkst es gar nicht. Das Zittern hört gleich auf, und dann spürst du bald auch die Kälte nicht mehr, nach einer Weile wirst du müde, dein Herzschlag verlangsamt sich und du schläfst ein.»

Barring kniete nieder und fegte auf einer großen Fläche den Schnee beiseite. Mit dem Lauf seiner Waffe ritzte er zackige Linien ins Eis, zehn Runen, dicht nebeneinander: Ehwaz, Isa, Sowulo, Kenaz, Raidho, Isa, Ehwaz, Gebo, Ehwaz, Raidho. Zusammen ergaben sie EISKRIEGER.

Zufrieden mit seiner Arbeit, sagte er zu Kohrs: «Ich schwöre bei Gott, das wird unser erfolgreichster Film werden. Überall auf der Welt werden die Menschen ins Kino laufen, um den *Eiskrieger* zu sehen, weil sie aus den Zeitungen die tragische Geschichte dahinter kennen. Du wirst berühmt werden, Kohrs.»

Längst war Kohrs zu schwach, um darauf zu antworten. Seine Zähne klapperten. Die Arme vor die Brust gepresst, versuchte er, ein bisschen Wärme bei sich zu behalten, ein Vorhaben, das Barring belächelte.

Barring legte sich auf die Runen im Eis, damit der Wind sie nicht ausradierte.

Jetzt war alles getan.

Gleich würde es vorbei sein.

Der Schuss war von vorn gekommen, ganz in der Nähe. Hinriksson, der als Erster ging, trieb sie zur Eile an. Sie beschleunigten ihre Schritte und holten ihre Waffen hervor.

Weit brauchten sie nicht zu gehen.

Sie sahen die beiden Gestalten im Schnee liegen. Eine bewegte sich noch, drehte jetzt den Kopf in ihre Richtung, riss die Augen auf. Barring.

Wieso war er nackt?

Sie wollten zu ihm hingehen. Zu ihm und dem anderen Mann, in dem sie jetzt Jan Kohrs erkannten. Er hatte die Augen geschlossen und rührte sich nicht. Auf diese Entfernung war nicht zu erkennen, ob er noch lebte.

Barring begann zu kreischen.

«Ihr kommt zu früh! Es ist noch nicht vollbracht.»

Er versuchte hochzukommen, stützte sich auf einen Ellbogen. Sie sahen die Waffe in seiner Hand. Er hielt sie sich an die Schläfe.

«Noch einen Schritt, und ich drücke ab!»

Tannen fragte Judith: «Verstehst du, was das soll? Ist am Erfrieren und will sich erschießen? Das macht doch keinen Sinn.»

«Wir warten», sagte Hinriksson, «bis er zu schwach ist.»

«Vielleicht ist es dann für Kohrs schon zu spät», wandte Judith ein.

Tannen schüttelte den Kopf, drehte sich blitzschnell um die eigene Achse – und schoss. Die Kugel durchschlug Barrings Unterarm. Barring sackte weg, die Waffe fiel ihm aus der Hand. Ehe er mit der anderen Hand nach der Waffe greifen konnte, waren sie bei ihm.

«Wo sind eure Klamotten?», fragte Hinriksson.

Barring hielt seinen blutenden Arm und schwieg.

Judith sah nach, ob Kohrs noch lebte. Schwacher Puls. Sie zog ihre Jacke aus und deckte ihn damit zu.

«Frank, wir müssen sie runterbringen», sagte sie. «Sofort.»

Das stimmte nur zum Teil. Denn erst mal mussten sie die beiden warm halten, sonst würden sie es nicht bis zum Wohnwagen schaffen. Tannen zog ebenfalls seine Jacke aus und gab sie Barring.

«Hier, ziehen Sie die an! Wenn Sie nicht wollen, helfe ich nach. Das wird ziemlich schmerzhaft. Und jetzt will ich wissen, was mit euren Sachen passiert ist.»

Hinriksson folgte den frischen Spuren im Schnee und fand die Sachen in der Felsspalte.

Es kostete sie einige Mühe, die beiden Männer anzukleiden. Kohrs war wieder bei Bewusstsein und half ihnen dabei, so gut er konnte. Barring jetzt auch. Es machte keinen Sinn mehr, sich dagegen zu wehren. Sein großes Finale war gescheitert. Warum auch noch dafür sterben?

Das letzte Bild, zwei tote Männer auf dem Gletscher, erfroren im ewigen Eis, vielleicht ganz in der Nähe von Thumelicus, dem Sohn des Arminius, würde nie jemand zu sehen bekommen. Nicht einmal der Polizeifotograf.

29

Am nächsten Morgen trugen die Häuser Bärte aus Eiszapfen. Judith hatte die halbe Nacht in der Badewanne gelegen, mit den *Heidi Chronicles* von Wendy Wasserstein als Gesellschaft. Immer wieder ließ sie heißes Wasser nachlaufen und kippte Unmengen Badeöl hinein.

Mit geziemendem Brimborium waren sie mit Hilmar Barring und Jan Kohrs vom Gletscher zurückgekehrt. Kohrs hatte Erfrierungen zweiten Grades an den Fingern, der Nase und den Zehen davongetragen, davon abgesehen ging es ihm gut. Er lag in der Universitätsklinik, ein paar Zimmer weiter lag Barring, dessen zersplitterter Knochen wieder zusammengeflickt worden war. Auf einem Stuhl vor seiner Tür saß ein Polizist in Uniform und passte auf, dass niemand rein- oder rausging.

Die beiden Männer zum Wohnwagen zu schleppen war eine ordentliche Plackerei gewesen, ein Wettlauf gegen die Zeit. Im Wohnwagen hatten sie die Gasheizung aufgedreht und alles an Decken und Laken zusammengesucht, was sie auftreiben konnten. Darin packten sie Kohrs und Barring ein, um sie warm zu halten. Judith kochte Tee, den sie ihnen schluckweise einflößten. In der Wildnis gab es keinen Handyempfang, deshalb fuhr Hinriksson los, um nach Hilfe zu telefonieren. Als die Rettungswagen endlich eintrafen, hatten Kohrs und Barring schon beinahe wieder rote Backen.

Den Rest des Tages verbrachten Judith und die anderen mit dem Schreiben von Protokollen. Es würde Wochen dauern, bis alle Beweisstücke zusammengetragen und ausgewertet waren. Das war die Aufgabe von Kommissar Hinriksson und seinen Männern. Wann und ob Barring nach Deutschland ausgeliefert werden würde, mussten die Gerichte entscheiden. Ihr Job war erledigt.

Vorhin hatte Hinriksson sie zum Flughafen gefahren und jedem zum Abschied ein Päckchen in die Hand gedrückt, mit der Bitte, es erst zu Hause öffnen.

Jetzt saßen Judith, Tannen und Gossmann im Flugzeug und rollten zur Startbahn.

«Werdet ihr euch den Film ansehen?», fragte Gossmann. «Kohrs sagt, er schneidet ihn fertig, und die alte Barring wird Himmel und Hölle und sämtliche Zwischenwelten in Bewegung setzen, damit er in die Kinos kommt.»

Das Päckchen von Hinriksson lag auf seinem Schoß.

«Keine Spur», sagte Tannen.

«Ich schon», sagte Judith.

Sie öffnete den Umschlag, den ihr Frau Kleinschmidt – «Denken Sie daran, meine Liebe: Frische Luft ist Medizin!» – bei der Abreise ausgehändigt hatte, und las erneut den Ausdruck der Mail, der sich darin befand.

Die Mail kam von ihrem Bruder Alexander. Er gratulierte zu ihrem Erfolg, schrieb, er sei auf einer heißen Spur. Der Kontaktmann, den er im Café in Wien mit ihrer Hilfe getroffen habe, hätte sich als außerordentlich hilfreich erwiesen. Er käme dem Mann, dem Mörder der jungen Frau, langsam näher.

Als das Flugzeug abhob, gewann Gossmanns Ungeduld die Oberhand. Er riss das Klebeband von seinem Päckchen ab und klappte den Pappdeckel hoch.

«Du meine Güte!», sagte er.

Er holte einen Islandpullover heraus, der von oben bis unten mit bestickten Runen übersät war.

Tannen sagte: «Du musst nur die passende Einstellung dazu finden.»

Gossmann verstaute den Pullover wieder. Wenn man mal davon absah, dass er das Ding niemals anziehen würde, war es immerhin eine nette Geste von Hinriksson, sie auf diese Weise an ihre gemeinsame Zeit in Island zu erinnern.

«Was macht ihr eigentlich Silvester?», fragte Tannen. «In ein paar Tagen ist es so weit. Schon was vor? Ich überlege, ob ich das Ensemble einlade, ihr wisst schon, Carlyn, Margret, Bettina. Euch natürlich auch. Na, wie klingt das in euren Ohren?»

Carlyn Overboek und Margret Karven gehörten ebenfalls zum Dezernat für Okkulte Verbrechen. Carlyn, eine Holländerin, galt als Spezialistin für Hexen und Satanssekten in Europa, Margrets Gebiet waren indianische und asiatische Kulte und Religionen. Bettina Riess, die liebenswerte kleine Punkerin, war die Sekretärin des Ensembles.

«Kannst du denn kochen?», fragte Gossmann.

«Wer sagt, dass ich koche? Wir wollen doch einen schönen Abend verbringen. Ich kenne einen ausgezeichneten Türken, der macht scharfe Köfte, Alanya Kebab, dazu Pide. Kann man auch mitnehmen. Vorweg Tarkana-Suppe? Lässt sich machen. Und zum Nachtisch Baklava. Für dich, Richard, besorge ich Eisbein, Rouladen und Sülze.»

«In dieser Reihenfolge, bitte», erwiderte Gossmann.

«Kommt ja nicht auf die Idee, mir Grünzeug mitzubringen. Blumen begehen Selbstmord, wenn sie mich nur sehen. Sie schlitzen sich ihre kleinen Pflanzenpulsadern auf, sobald ich sie in meiner Wohnung habe … Judith, du sagst nicht, wie du darüber denkst. Was ist los?»

«Ich versuch nur herauszufinden, was du da eigentlich redest.»

Die Art, wie sie das sagte, veranlasste ihn, ihr von der Sonne beschienenes Gesicht genauer zu betrachten.

Ihm war klar, dass er dieses Gesicht noch sehr, sehr lange anschauen wollte.

«Wir könnten was zu essen mitbringen», schlug sie vor.

«Wozu soll das gut sein? Sind doch beide bei mir um die Ecke, die Altberliner Kneipe und der Türke auch.»

«Wer immer nur nach dem Zweck der Dinge fragt, wird ihn nie entdecken.»

«Hat wer gesagt?»

Judith fragte: «Hast du schon mal Halldór Laxness gelesen?»

Tannen sagte: «Wen?»

ENDE